季羡林

大家经典

人生

季羡林 著

山东文艺出版社

图书在版编目（CIP）数据

人生/季羡林著.—济南:山东文艺出版社,2017.6
ISBN 978-7-5329-5487-2

Ⅰ.①人… Ⅱ.①季… Ⅲ.①散文集—中国—当代 Ⅳ.①I267

中国版本图书馆 CIP 数据核字(2017)第 091927 号

人　生

季羡林　著

主管单位	山东出版传媒股份有限公司
出版发行	山东文艺出版社
社　　址	山东省济南市英雄山路 189 号
邮　　编	250002
网　　址	www.sdwypress.com

读者服务	0531-82098776（总编室）
	0531-82098775（市场营销部）
电子邮箱	sdwy@sdpress.com.cn

印　　刷	山东临沂新华印刷物流集团有限责任公司
开　　本	880 毫米×1230 毫米　1/32
印　　张	11.5
字　　数	258 千
版　　次	2017 年 6 月第 1 版
印　　次	2020 年 1 月第 5 次印刷
书　　号	ISBN 978-7-5329-5487-2
定　　价	39.90 元

版权专有，侵权必究。如有图书质量问题，请与出版社联系调换。

目 录

辑一 岁月

- 003 我的童年
- 013 八十述怀
- 018 我写我
- 021 忘
- 026 人生的意义与价值
- 029 人生
- 031 再谈人生
- 033 知足知不足
- 035 时间
- 039 当时只道是寻常

辑二 风物

- 045 黄昏
- 050 兔子
- 057 海棠花
- 061 槐花
- 064 怀念西府海棠
- 068 晨趣
- 071 神奇的丝瓜
- 074 老猫
- 085 二月兰
- 091 一条老狗

辑三 幽情

- 101 回忆
- 106 寂寞
- 110 老人
- 119 寻梦
- 122 一双长满老茧的手
- 127 春满燕园
- 130 梦萦未名湖
- 135 北京忆旧
- 139 梦萦水木清华
- 143 月是故乡明

辑四　游历

149	登庐山
153	在敦煌
170	富春江边　瑶琳仙境
176	海上世界
180	火车上观日出
183	台游随笔
215	重返哥廷根
223	去故国 ——欧游散记之一
228	表的喜剧 ——欧游散记之一
234	听诗 ——欧游散记之一

辑五　学问

243	研究学问的三个境界
246	略说中国传统文化及其特点
251	21世纪：东方文化的时代
256	我和外国文学
264	漫谈散文
272	假若我再上一次大学
277	我的书斋
280	国学漫谈
285	一个老知识分子的心声
292	对我影响最大的几本书

辑六　追忆

297	西谛先生
305	他实现了生命的价值 ——悼念朱光潜先生
311	遥远的怀念
319	悼念曹老
323	我记忆中的老舍先生
328	悼念沈从文先生
333	哭冯至先生
340	晚节善终　大节不亏 ——悼念冯芝生（友兰）先生
346	悼许国璋先生
353	回忆陈寅恪先生

辑 一

岁 月

我的童年

回忆起自己的童年来,眼前没有红,没有绿,是一片灰黄。

七十多年前的中国,刚刚推翻了清代的统治,神州大地,一片混乱,一片黑暗。我最早的关于政治的回忆,就是"朝廷"二字。当时的乡下人管当皇帝叫坐朝廷,于是"朝廷"二字就成了皇帝的别名。我总以为朝廷这种东西似乎不是人,而是有极大权力的玩意。乡下人一提到它,好像都肃然起敬。我当然更是如此。总之,当时皇威犹在,旧习未除,是大清帝国的继续,毫无万象更新之象。

我就是在这新旧交替的时刻,于1911年8月6日,生于山东省清平县(现改临清市)的一个小村庄——官庄。当时全中国的经济形势是南方富而山东(也包括北方其他省份)穷。专就山东论,是东部富而西部穷。我们县在山东西部又是最穷的县,我们村在穷县中是最穷的村,而我们家在全村中又是最穷的家。

我们家据说并不是一向如此。在我诞生前似乎也曾有过比较好的日子。可是我降生时祖父、祖母都已去世。我父亲的亲兄弟共有三人,最小的一个(大排行是第十一,我们把他叫一叔)送给了别人,改了姓。我父亲同另外的一个弟弟(九叔)孤苦伶仃,相依为命。房无一间,地无一垄,两个无父无母的孤儿,活下去是什么滋味,活着是多么困难,概可想见。他们的堂伯父是一个举人,是方圆几十里最有学问的人物,做官做到一个什么县的教谕,也算是最大的官。他曾养育过我父亲和叔父,据说待他们很不错。可是家庭大,人多是非多。他们俩有几次饿得到枣林里去拣落到地上的干枣充饥。最后还是被迫弃家(其实已经没了家)出走,兄弟俩逃到济南去谋生。"文化大革命"中我自己"跳出来"反对那一位臭名昭著的"第一张马列主义大字报"的作者,惹得她大发雌威,两次派人到我老家官庄去调查,一心一意要把我"打成"地主。老家的人告诉那几个"革命"小将,说如果开诉苦大会,季羡林是官庄的第一名诉苦者,他连贫农都不够。

我父亲和叔父到了济南以后,人地生疏,拉过洋车,扛过大件,当过警察,卖过苦力。叔父最终站住了脚。于是兄弟俩一商量,让我父亲回老家,叔父一个人留在济南挣钱,寄钱回家,供我的父亲过日子。

我出生以后,家境仍然是异常艰苦。一年吃白面的次数有限,平常只能吃红高粱面饼子;没有钱买盐,把盐碱地上的土扫起来,在锅里煮水,腌咸菜,什么香油,根本见不到。一年到底,就吃这种咸菜。举人的太太,我管她叫奶奶,她很喜欢我。我三四岁的时候,每天一睁眼,抬腿就往村里跑(我们家在村外),跑到奶奶跟前,只见她把手一卷,卷到肥大的袖子里面,手再伸出来的时候,就会有半个白面馒头拿在手中,递给我。我吃起来,仿佛是龙胆凤髓一般,我不知道天下还有比白面馒头更好吃的东西。这白面馒头是她的两个儿子（每家有几十亩地）特别孝敬她的。她喜欢我这个孙子，每天总省下半个，留给我吃。在长达几年的时间内，这是我每天最高的享受，最大的愉快。

大概到了四五岁的时候，对门住的宁大婶和宁大姑，每到夏秋收割庄稼的时候，总带我走出去老远到别人割过的地里去拾麦子或者豆子、谷子。一天辛勤之余，可以拣到一小篮麦穗或者谷穗。晚上回家，把篮子递给母亲，看样子她是非常欢喜的。有一年夏天，大概我拾的麦子比较多，她把麦粒磨成面粉，贴了一锅死面饼子。我大概是吃出味道来了，吃完了饭以后，我又偷了一块吃，让母亲看到了，赶着我要打。我当时是赤条条浑身一丝不挂，我逃到房后，往水坑里一跳。母亲没有法子下来捉我，我就站在水中把剩下的白面饼子尽情地享受了。

现在写这些事情还有什么意义呢？这些芝麻绿豆般的小事是不折不扣的身边琐事，使我终生受用不尽。它有时候能激励我前进，有时候能鼓舞我振作。我一直到今天对日常生活要求不高，对吃喝从不计较，难道同我小时候的这一些经历没有关系吗？我看到一些独生子女的父母那样溺爱子女，也颇不以为然。儿童是祖国的花朵，花朵当然要爱护，但爱护要得法，否则无疑是坑害子女。

不记得是从什么时候起我开始学着认字，大概也总在四岁到六岁之间。我的老师是马景功先生。现在我无论如何也记不起有什么类似私塾之类的场所，也记不起有什么《百家姓》《千字文》之类的书籍。我那一个家徒四壁的家就没有一本书，连带字的什么纸条子也没有见过。反正我总是认了几个字，否则哪里来的老师呢？马景功先生的存在是不能怀疑的。

虽然没有私塾，但是小伙伴是有的。我记得最清楚的有两个：一个叫杨狗，我前几年回家，才知道他的大名，他现在还活着，一字不识；另一个叫哑巴小（意思是哑巴的儿子），我到现在也没有弄清楚他姓甚名谁。我们三个天天在一起玩，洑水，打枣，捉知了，摸虾，不见不散，一天也不间断。后来听说哑巴小当了山大王，练就了一身蹿房越脊的惊人本领，能用手指抓住大庙的椽子，浑身悬空，围绕大殿走一周。有一次被捉住，是十冬腊月，赤身露体，浇上凉水，被捆起来，倒挂一夜，仍然能活着。据说他从来不到官庄来作案，"兔子不吃窝边草"，这是绿林英雄的义气，后来终于被捉杀掉。我每次想到这样一个光着屁股游玩的小伙伴竟成为这样一个"英雄"，就颇有骄傲之意。

我在故乡只待了六年，我能回忆起来的事情还多得很。但是我不想再写下去了。已经到了同我那一个一片灰黄的故乡告别的时候了。

我六岁那一年，是在春节前夕，公历可能已经是 1917 年，我离开父母，离开故乡，是叔父把我接到济南去的。叔父此时大概日子已经可以了，他兄弟俩只有我一个男孩子，想把我培养成人，将来能光大门楣，只有到济南去一条路。这可以说是我一生中最关键的一个转折点，否则我今天仍然会在故乡种地（如果我能活着的话），这当然算是一件好事。但是好事也会有成为坏事的时候。"文化大革命"中间，我曾有几次想到：如果我叔父不把我从故乡接到济南的话，我总能过一个浑浑噩噩但却舒舒服服的日子，哪能被"革命家"打倒在地，身上踏上一千只脚还要永世不得翻身呢？呜呼，世事多变，人生易老，真叫作没有法子！

到了济南以后，过了一段难过的日子。一个六七岁的孩子离开母亲，他心里会是什么滋味，非有亲身经历者，实难体会。我曾有几次从梦里哭着醒来。尽管此时不但能吃上白面馒头，而且还能吃上肉，但是我宁愿再啃红高粱饼子就苦咸菜。这种愿望当然只是一个幻想。我毫无办法，久而久之，也就习以为常了。

叔父望子成龙，对我的教育十分关心。先安排我在一个私塾里学习。老师是一个白胡子老头，面色严峻，令人见而生畏。每天入学，先向孔子牌位行礼，然后才是"赵钱孙李"。大约就在同时，叔父又把我送到一师附小去念书。这个地方在旧城墙里面，街名叫升官街，看上去很堂皇，实际上"官"者"棺"也，整条街都是做棺材的。此时五四运动大概已经起来了。校长是一师校长兼任，他是山东得风气之先的人物，在一个小学生眼里，他是一个大人物，轻易见不到面。想不到在十几年以后，我大学毕业到济南高中去教书的时候，我们俩竟成了同事，他是历史教员。我执弟子礼甚恭，他则再三逊谢。我当时觉得，人生真是变幻莫测啊！

因为校长是维新人物，我们的国文教材就改用了白话。教科书里面有一段课文，叫做《阿拉伯的骆驼》。故事是大家熟知的。但当时对我却是陌生而又新鲜，我读起来感到非常有趣味，简直是爱不释手。然而这篇文章却惹了祸。有一天，叔父翻看我的课本，我只看到他蓦地勃然变色。"骆驼怎么能说人话呢？"他愤愤然了，"这个学校不能念下去了，要转学！"

于是我转了学。转学手续比现在要简单得多，只经过一次口试就行了。而且口试也非常简单，只出了几个字叫我们认。我记得字中间有一个"骡"字。我认出来了，于是定为高一。一个比我大两岁的亲戚没有认出来，于是定为初三。为了一个字，我沾了一年的便宜，这也算是轶事吧。

这个学校靠近南圩子墙，校园很空阔，树木很多。花草茂密，景色算是秀丽的。在用木架子支撑起来的一座柴门上面，悬着一块木匾，上面刻着四个大字："循规蹈矩"。我当时并不懂这四个字的含义，只觉得笔画多得好玩而已。我就天天从这个木匾下出出进进，上学，游戏。当时立匾者的用心到了后来我才了解，无非是想让小学生规规矩矩做好孩子而已。但是用了四个古怪的字，小孩子谁也不懂，结果形同虚设，多此一举。

我"循规蹈矩"了没有呢？大概是没有。我们有一个珠算教员，眼睛长得凸了出来，我们给他起了一个绰号，叫做 shao qianr（济南话，意思是知了）。他对待学生特别蛮横。打算盘，错一个数，打一板子。打算盘错上十个八个数，甚至上百数，是很难避免的。我们都挨了不少的板子。不知是谁一嘀咕："我们架（小学生的行话，意思是赶走）他！"立刻得到大家的同意。我们这一群十岁左右的小孩子也要"造反"了。大家商定：他上课时，我们把教桌弄翻，然后一起离开教室，躲在假山背后。我们自己认为这个锦囊妙计实在非常高明；如果成功了，这位教员将无颜见人，非卷铺盖回家不可。然而我们班上出了"叛徒"，虽然只有几个人，他们想拍老师的马屁，没有离开教室。这一来，大大长了老师的气焰，他知道自己还有"群众"，于是威风大振，把我们这一群不知天高地厚的"叛逆者"狠狠地用大竹板打手心打了一阵，我们每个人的手都肿得像发面馒头。然而没有一个人掉泪。我以后每次想到这一件事，觉得很可以写进我的"优胜纪略"中去。"革命无罪，造反有理"，如果当时就有那么一位伟大的"革命家"创造了这两句口号，那该有多么好呀！

谈到学习，我记得在三年之内，我曾考过两个甲等第三（只有三名甲等），两个乙等第一；总起来看，属于上等，但是并不拔尖。实际上，我当时并不用功，玩的时候多，念书的时候少。我们班上考甲等第一的叫李玉和，年年都是第一。他比我大五六岁，好像已经很成熟了，死记硬背，刻苦努力，天天皱着眉头，不见笑容，也不同我们打闹。我从来就是少无大志，一点也不想争那个状元。但是我对我这一位老学长并无敬意，还有点瞧不起的意思，觉得他是非我族类。

我虽然对正课不感兴趣，但是也有我非常感兴趣的东西，那就是看小说。我叔父是古板人，把小说叫作"闲书"，闲书是不许我看的。在家里的时候，我书桌下面有一个盛白面的大缸，上面盖着一个用高粱秆编成的"盖垫"（济南话）。我坐在桌旁，桌上摆着《四书》，我看的却是《彭公案》《济公传》《西游记》《三国演义》等等旧小说。《红楼梦》大概太深，我看不懂其中的奥妙，黛玉整天价哭哭啼啼，为我所不喜，因此看不下去。其余的书都是看得津津有味。冷不防叔父走了进来，我就连忙掀起盖垫，把闲书往里一丢，嘴巴里念起"子曰"，"诗云"来。

到了学校里，用不着防备什么，一放学，就是我的天下。我往往躲到假山背后，或者一个盖房子的工地上，拿出闲书，狼吞虎咽似的大看起来。常常是忘记了时间，忘记了吃饭，有时候到了天黑，才摸回家去。我对小说中的绿林好汉非常熟悉，他们的姓名背得滚瓜烂熟，连他们用的兵器也如数家珍，比教科书熟悉多了。自己当然也希望成为那样的英雄。有一回，一个小朋友告诉我，把右手五个指头往大米缸里猛戳，一而再，再而三，一直到几百次，上千次。练上一段时间以后，再换上砂粒，用手猛戳，最终可以练成铁砂掌，五指一戳，能够戳断树木。我颇想有一个铁砂掌，信以为真，猛练起来，结果把指头戳破了，鲜血直流。知道自己与铁砂掌无缘，遂停止不练。

学习英文，也是从这个小学开始的。当时对我来说，外语是一种非常神奇的东西。我认为，方块字是天经地义，不用方块字，只弯弯曲曲像蚯蚓爬过的痕迹一样，居然能发出音来，还能有意思，简直是不可思议。越是神秘的东西，便越有吸引力。英文对于我就有极大的吸引力。我万没有想到望之如海市蜃楼般的可望而不可即的东西竟然唾手可得了。我现在已经记不清楚，学习的机会是怎么来的。大概是有一位教员会一点英文，他答应晚上教一点，可能还要收点学费。总之，一个业余英文学习班很快就组成了，参加的大概有十几个孩子。究竟学了多久，我已经记不清楚，时候好像不太长，学的东西也不太多，二十六个字母以后，学了一些单词。我当时有一个非常伤脑筋的问题：为什么"是"和"有"算是动词，它们一点也不动嘛？当时老师答不上来；到了中学，英文老师也答不上来。当年用"动词"来译英文的 verb 的人，大概不会想到他这个译名惹下的祸根吧。

每次回忆学习英文的情景时，我眼前总有一团零乱的花影，是绛紫色的芍药花。原来在校长办公室前的院子里有几个花畦，春天一到，芍药盛开，都是绛紫色的花朵。白天走过那里，紫花绿叶，极为分明。到了晚上，英文课结束后，再走过那个院子，紫花与绿叶化成一个颜色，朦朦胧胧的一堆一团，因为有白天的印象，所以还知道它们的颜色。但夜晚眼前却只能看到花影，鼻子似乎有点花香而已。这一幅情景伴随了我一生，只要是一想起学习英文，这一幅美妙无比的情景就浮现到眼前来，带给我无量的幸福与快乐。

然而时光像流水一般飞逝,转瞬三年已过:我小学该毕业了,我要告别这一个美丽的校园了。我十三岁那一年,考上了城里的正谊中学。我本来是想考鼎鼎大名的第一中学的。但是我左衡量,右衡量,总觉得自己这一块料分量不够,还是考与"烂育英"齐名的"破正谊"吧。我上面说到我幼无大志,这又是一个证明。正谊虽"破",风景却美。背靠大明湖,万顷苇绿,十里荷香,不啻人间乐园。然而到了这里,我算是已经越过了童年,不管正谊的学习生活多么美妙,我也只好搁笔,且听下回分解了。

综观我的童年,从一片灰黄开始,到了正谊算是到达了一片浓绿的境界——我进步了。但这只是从表面上来看,从生活的内容上来看,依然是一片灰黄。即使到了济南,我的生活也难找出什么有声有色的东西。我从来没有什么玩具,自己把细铁条弄成一个圈,再弄个钩一推,就能跑起来,自己就非常高兴了。贫困、单调、死板、固执,是我当时生活的写照。接受外面信息,仅凭五官。什么电视机、收录机,连影都没有。我小时连电影也没有看过,其余概可想见了。

今天的儿童有福了。他们有多少花样翻新的玩具呀!他们有多少儿童乐园、儿童活动中心呀!他们饿了吃面包,渴了喝这可乐、那可乐,还有牛奶、冰激凌。电影看厌了,看电视。广播听厌了,听收录机。信息从天空、海外,越过高山大川,纷纷蜂拥而来。他们才真是"儿童不出门,便知天下事"。可是他们偏偏不知道旧社会。就拿我来说,如果不认真回忆,我对旧社会的情景也逐渐淡漠,有时竟淡如云烟了。

今天我把自己的童年尽可能真实地描绘出来，不管还多么不全面，不管怎样挂一漏万，也不管我的笔墨多么拙笨，就是上面写出来的那一些，我们今天的儿童读了，不是也可以从中得到一点启发、从中悟出一些有用的东西来吗？

1986 年 6 月 6 日

八十述怀

我从来没有想到，我能活到八十岁；如今竟然活到了八十岁，然而又一点也没有八十岁的感觉。岂非咄咄怪事！

我向无大志，包括自己活的年龄在内。我的父母都没有活过五十，因此，我自己的原定计划是活到五十。这样已经超过了父母，很不错了。不知怎么一来，宛如一场春梦，我活到了五十岁。那时正值所谓三年自然灾害。我流年不利，颇挨了一阵子饿。但是，我是"曾经沧海难为水"，在第二次世界大战时，我正在德国，我经受了而今难以想象的饥饿的考验，以致失去了饱的感觉。我们那一点灾害，同德国比起来，真如小巫见大巫；我从而顺利地度过了那一场灾难，而且我当时的精神面貌是我一生最好的时期，一点苦也没有感觉到，于不知不觉中冲破了我原定的年龄计划，度过了五十岁大关。

五十一过，又仿佛一场春梦似的，一下子就到了古稀之年，不容我反思，不容我踟蹰。其间跨越了一个十年浩劫。我当然是在劫难逃，被送进牛棚。我现在不知道应当感谢哪一路神灵：佛祖、上帝、安拉。由于一个万分偶然的机缘，我没有走上绝路，活下来了。活下来了,我不但没有感到特别高兴,反而时有悔愧之感在咬我的心。活下来了,也许还是有点好处的。我一生写作翻译的高潮,恰恰出现在这个期间,原因并不神秘:我获得了余裕和时间。在浩劫期间,我被打得一佛出世,二佛升天。后来不打不骂了,我却变成了"不可接触者"。在很长时间内,我被分配挖大粪,看门房,守电话,发信件。没有以前的会议,没有以前的发言。没有人敢来找我,很少人有勇气同我谈上几句话。一两年内,没收到一封信。我服从任何人的调遣与指挥,只敢规规矩矩,不敢乱说乱动。然而我的脑筋还在,我的思想还在,我的感情还在,我的理智还在。我不甘心成为行尸走肉,我必须干点事情。二百多万字的印度大史诗《罗摩衍那》,就是在这时候译完的。"雪夜闭门写禁文",自谓此乐不减羲皇上人。

又仿佛是一场缥缈的春梦,一下子就活到了今天,行年八十矣,是古人称之为耄耋之年了。倒退二三十年,我这个在寿命上胸无大志的人,偶尔也想到耄耋之年的情况:手拄拐杖,白须飘胸,步履维艰,老态龙钟。自谓这种事情与自己无关,所以想得不深也不多。哪里知道,自己今天就到了这个年龄了。今天是新年元旦。从夜里零时起,自己已是不折不扣的八十老翁了。然而这老景却真如古人诗中所说的"青霭入看无",我看不到什么老景。看一看自己的身体,平平常常,同过去一样。看一看周围的环境,平平常常,同过去一样。金色的朝阳从窗子里流了进来,平平常常,同过去一样。楼前的白杨,确实粗了一点,但看上去也是平平常常,同过去一样。时令正是冬天,叶子落尽了;但是我相信,它们正蜷缩在土里,做着春天的梦。水塘里的荷花只剩下残叶,"留得残荷听雨声",现在雨没有了,上面只有白皑皑的残雪。我相信,荷花们也蜷缩在淤泥中,做着春天的梦。总之,我还是我,依然故我;周围的一切也依然是过去的一切……

我是不是也在做着春天的梦呢?我想,是的。我现在也处在严寒中,我也梦着春天的到来。我相信英国诗人雪莱的两句话:"既然冬天已经到了,春天还会远吗?"我梦着楼前的白杨重新长出了浓密的绿叶;我梦着池塘里的荷花重新冒出了淡绿的大叶子;我梦着春天又回到了大地上。

可是,我万万没想到,"八十"这个数字竟有这样大的威力,一种神秘的威力。"自己已经八十岁了!"我吃惊地暗自思忖。它逼迫着我向前看一看,又回头看一看。向前看,灰蒙蒙一团,路不清楚,但也不是很长。确实没有什么好看的地方,不看也罢。

而回头看呢,则在灰蒙蒙的一团中,清晰地看到了一条路,路极长,是我一步一步地走过来的,这条路的顶端是在清平县的官庄。我看到了一片灰黄的土房,中间闪着苇塘里的水光,还有我大奶奶和母亲的面影。这条路延伸出去,我看到了泉城的大明湖。这条路又延伸出去,我看到了水木清华,接着又看到德国小城哥廷根斑斓的秋色,上面飘动着我那母亲似的女房东和祖父似的老教授的面影。路陡然又从万里之外折回到神州大地,我看到了红楼,看到了燕园的湖光塔影。令人泄气而且大煞风景的是,我竟又看到了牛棚的牢头禁子那一副牛头马面似的狞恶的面孔。再看下去,路就缩住了,一直缩到我的脚下。

在这一条十分漫长的路上,我走过阳关大道,也走过独木小桥。路旁有深山大泽,也有平坡宜人;有杏花春雨,也有塞北秋风;有山重水复,也有柳暗花明;有迷途知返,也有绝处逢生。路太长了,时间太长了,影子太多了,回忆太重了。我真正感觉到，我负担不了，也忍受不了，我想摆脱掉这一切，还我一个自由自在身。

回头看既然这样沉重，能不能向前看呢？我上面已经说到，向前看，路不是很长，没有什么好看的地方。我现在正像鲁迅的散文诗《过客》中的那一个过客。他不知道是从什么地方走来的，终于走到了老翁和小女孩的土屋前面，讨了点水喝。老翁看他已经疲惫不堪，劝他休息一下。他说："从我还能记得的时候起，我就在这么走，要走到一个地方去，这地方就在前面。我单记得走了许多路，现在来到这里了。我接着就要走向那边去……况且还有声音常在前面催促我，叫唤我，使我息不下。"那边，西边是什么地方呢？老人说："前面，是坟。"小女孩说："不，不，不的。那里有许多野百合，野蔷薇，我常常去玩，去看他们的。"

我理解这个过客的心情，我自己也是一个过客。但是却从来没有什么声音催着我走，而是同世界上任何人一样，我是非走不行的，不用催促，也是非走不行的。走到什么地方去呢？走到西边的坟那里，这是一切人的归宿。我记得屠格涅夫的一首散文诗里，也讲了这个意思。我并不怕坟，只是在走了这么长的路以后，我真想停下来休息片刻。然而我不能，不管你愿意不愿意，反正是非走不行。聊以自慰的是，我同那个老翁还不一样，有的地方颇像那个小女孩，我既看到了坟，也看到野百合和野蔷薇。

我面前还有多少路呢？我说不出，也没有仔细想过。冯友兰先生说："何止于米？相期以茶。""米"是八十八岁，"茶"是一百〇八岁。我没有这样的雄心壮志，我是"相期以米"。这算不算是立大志呢？我是没有大志的人，我觉得这已经算是大志了。

我从前对穷通寿夭也是颇有一些想法的。"十年浩劫"以后,我成了陶渊明的志同道合者。他的一首诗,我很欣赏:

> 纵浪大化中,
> 不喜亦不惧。
> 应尽便须尽,
> 无复独多虑。

我现在就是抱着这种精神,昂然走上前去。只要有可能,我一定做一些对别人有益的事,决不想成为行尸走肉。我知道,未来的路也不会比过去的更笔直、更平坦,但是我并不恐惧。我眼前还闪动着野百合和野蔷薇的影子。

1991 年 1 月 1 日

我写我

我写我,真是一个绝妙的题目;但是,我的文章却不一定妙,甚至很不妙。

每一个人都有一个"我",二者亲密无间,因为实际上是一个东西。按理说,人对自己的"我"应该是十分了解的;然而,事实上却不尽然。依我看,大部分人是不了解自己的,都是自视过高的。这在人类历史上竟成了一个哲学上的大问题。否则古希腊哲人发出狮子吼:"认识你自己!"岂不成了一句空话吗?

我认为,我是认识自己的,换句话说,是有点自知之明的。我经常像鲁迅先生说的那样剖析自己。然而结果并不美妙,我剖析得有点过了头,我的自知之明过了头,有时候真感到自己一无是处。

这表现在什么地方呢?

拿写文章做一个例子。专就学术文章而言,我并不认为"文章是自己的好"。我真正满意的学术论文并不多。反而别人的学术文章,包括一些青年后辈的文章在内,我觉得是好的。为什么会出现这种心情呢?我还没得到答案。

再谈文学作品。在中学时候，虽然小伙伴们曾赠我一个"诗人"的绰号，实际上我没有认真写过诗。至于散文，则是写的，而且已经写了六十多年，加起来也有七八十万字了。然而自己真正满意的也屈指可数。在另一方面，别人的散文就真正觉得好的也十分有限。这又是什么原因呢？我也还没得到答案。

在品行的好坏方面，我有自己的看法。什么叫好？什么又叫坏？我不通伦理学，没有深邃的理论，我只能讲几句大白话。我认为，只替自己着想，只考虑个人利益，就是坏。反之能替别人着想，考虑别人的利益，就是好。为自己着想和为别人着想，后者能超过一半，他就是好人。低于一半，则是不好的人；低得过多，则是坏人。

拿这个尺度来衡量一下自己，我只能承认自己是一个好人。我尽管有不少的私心杂念，但是总起来看，我考虑别人的利益还是多于一半的。至于说真话与说谎，这当然也是衡量品行的一个标准。我说过不少谎话，因为非此则不能生存，但是我还是敢于讲真话的。我的真话总是大大地超过谎话，因此我是一个好人。

我这样一个自命为好人的人，生活情趣怎样呢？我是一个感情充沛的人，也是兴趣不老少的人。然而事实上生活了八十年以后，到头来自己都感到自己枯燥乏味，干干巴巴，好像是一棵枯树，只有树干和树枝，而没有一朵鲜花，一片绿叶。自己搞的所谓学问，别人称之为"天书"。自己写的一些专门的学术著作，别人视之为神秘。年届耄耋，过去也曾有过一些幻想，想在生活方面改弦更张，减少一点枯燥，增添一点滋润，在枯枝粗干上开出一点鲜花，长上一点绿叶；然而直到今天，仍然是忙忙碌碌，有时候整天连轴转，"为他人做嫁衣裳"，而且退休无日，路穷有期,可叹亦复可笑!

  我这一生,同别人差不多,阳关大道,独木小桥,都走过跨过。坎坎坷坷,弯弯曲曲,一路走了过来。我不能不承认,我运气不错,所得到的成功,所获得的虚名,都有点名不副实。在另一方面,我的倒霉也有非常人所可得者。在那骇人听闻的所谓什么"大革命"中,因为敢于仗义执言,几乎把老命赔上。皮肉之苦也是永世难忘的。

  现在,我的人生之旅快到终点了。我常常回忆八十年来的历程,感慨万端。我曾问过自己一个问题:如果真有那么一个造物主,要加恩于我,让我下一辈子还转生为人,我是不是还走今生走的这一条路?经过了一些思虑,我的回答是:还要走这一条路。但是有一个附带条件:让我的脸皮厚一些,让我的心黑一点,让我考虑自己的利益多一点,让我自知之明少一点。

1992 年 11 月 16 日

忘

记得曾在什么地方听过一个笑话:一个人善忘。一天,他到野外去出恭。任务完成后,却找不到自己的腰带了。出了一身汗,好歹找到了,大喜过望,说道:"今天运气真不错,平白无故地捡了一条腰带!"一转身,不小心,脚踩到了自己刚才拉出来的屎堆上。于是勃然大怒:"这是哪一条混账狗在这里拉了一泡屎?"

这本来是一个笑话,在我们现实生活中,未必会有的。但是,人一老,就容易忘事糊涂,却是经常见到的事。

我认识一位著名的画家,本来是并不糊涂的。但是,年过八旬以后,却慢慢地忘事糊涂起来。我们将近半个世纪以前就认识了,颇能谈得来,而且平常也还是有些接触的。然而,最近几年来,每次见面,他把我的尊姓大名完全忘了。从眼镜后面流出来的淳朴宽厚的目光,落到我的脸上,其中饱含着疑惑的神气。我连忙说:"我是季羡林,是北京大学的。"他点头称是。但是,过了没有五分钟,他又问我:"你是谁呀?"我敬谨回答如上。在每一次会面中,尽管时间不长,这样尴尬的局面总会出现几次。我心里想：老友确是老了！

　　有一年，我们邂逅在香港。一位有名的企业家设盛筵，宴嘉宾。香港著名的人物参加者为数颇多，比如饶宗颐、邵逸夫、杨振宁等先生都在其中。宽敞典雅、雍容华贵的宴会厅里，一时珠光宝气，璀璨生辉，可谓极一时之盛。至于菜肴之精美，服务之周到，自然更不在话下了。我同这一位画家老友都是主宾，被安排在主人座旁。但是正当觥筹交错，逸兴遄飞之际，他忽然站了起来，转身要走，他大概认为宴会已经结束，到了拜拜的时候了。众人愕然，他夫人深知内情，赶快起身，把他拦住，又拉回到座位上，避免了一场尴尬的局面。

　　前几年，中国敦煌吐鲁番学会在富丽堂皇的北京图书馆的大报告厅里举行年会。我这位画家老友是敦煌学界的元老之一，获得了普遍的尊敬。按照中国现行的礼节，必须请他上主席台并且讲话。但是，这却带来了困难。像许多老年人一样，他脑袋里刹车的部件似乎老化失灵。一说话，往往像开汽车一样，刹不住车，说个不停，没完没了。会议是有时间限制的，听众的忍耐也决非无限。在这危难之际，我同他的夫人商议，由她写一个简短的发言稿，往他口袋里一塞，叮嘱他念完就算完事，不悖行礼如仪的常规。然而他一开口讲话，稿子之事早已忘入九霄云外，看样子是打算从盘古开天辟地讲起。照这样下去，讲上几千年，也讲不到今天的会。到了听众都变成了化石的时候，他也许才讲到春秋战国！我心里急如热锅上的蚂蚁，忽然想到：按既定方针办。我请他的夫人上台，从他的口袋掏出了讲稿，耳语了几句。他恍然大悟，点头称是，把讲稿念完，回到原来的座位。于是一场惊险才化险为夷，皆大欢喜。

我比这位老友小六七岁。有人赞我耳聪目明，实际上是耳欠聪，目欠明。如人饮水，冷暖自知，其中滋味，实不足为外人道也。但是，我脑袋里的刹车部件，虽然老化，尚可使用。再加上我有点自知之明，我的新座右铭是：老年之人，刹车失灵，戒之在说。一向奉行不违，还没有碰到下不了台的窘境。在潜意识中颇有点沾沾自喜了。

然而，我的记忆机构也逐渐出现了问题。虽然还没有达到画家老友那样"神品"的水平，也已颇有可观。在这方面，我是独辟蹊径，创立了有季羡林特色的"忘"的学派。

我一向对自己的记忆力，特别是形象的记忆，是颇有一点自信的。四五十年前，甚至六七十年前的一个眼神，一个手势，至今记忆犹新，招之即来，显现在眼前、耳旁，如见其形，如闻其声，移到纸上，即成文章。可是，最近几年以来，古旧的记忆尚能保存，对眼前非常熟的人，见面时往往忘记了他的姓名。在第一瞥中，他的名字似乎就在嘴边、舌上。然而一转瞬间，不到十分之一秒，这个呼之欲出的姓名，就蓦地隐藏了起来，再也说不出了。说不出，也就算了，这无关宇宙大事、国家大事，甚至个人大事，完全可以置之不理的。而且脑袋里像电灯似的断了的保险丝，还会接上的。些许小事，何必介意？然而不行，它成了我的一块心病。我像着了魔似的，走路、看书、吃饭、睡觉，只要思路一转，立即想起此事。好像是如果想不出来，自己就无法活下去，地球就停止了转动。我从字形上追忆，没有结果；我从发音上追忆，结果杳然。最怕半夜里醒来，本来睡得香香甜甜，如果没有干扰，保证一夜幸福。然而，像电光石火一闪，名字问题又浮现出来。古人常说的平旦之气，是非常美妙的，然而此时却美妙不起来了。我辗转反侧,瞪着眼一直瞪到天亮。其苦味实不足为外人道也。但是,不知道是哪一位神灵保佑,脑袋又像电光石火似的忽然一闪,他的姓名一下子出现了。古人形容快乐常说"洞房花烛夜,金榜题名时",差可同我此时的心情相比。

这样小小的悲喜剧,一出刚完,又会来第二出,有时候对于同一个人的姓名,竟会上演两出这样的戏,而且出现的频率还是越来越多。自己不得不承认,自己确实是老了。郑板桥说:"难得糊涂。"对我来说,并不难得,我于无意中得之,岂不快哉!

然而忘事糊涂就一点好处都没有吗?

我认为,有的,而且很大。自己年纪越来越老,对于"忘"的评价却越来越高,高到了宗教信仰和哲学思辨的水平。苏东坡的词说:"人有悲欢离合,月有阴晴圆缺,此事古难全。"他是把悲和欢、离和合并提,然而古人说:不如意事常八九。这是深有体会之言。悲总是多于欢,离总是多于合,几乎每个人都是这样。如果造物主——如果真有的话——不赋予人类以"忘"的本领——我宁愿称之为本能——那么,我们人类在这么多的悲和离的重压下,能够活下去吗?我常常暗自胡思乱想:造物主这玩意儿(用《水浒》的词儿,应该说是"这话儿")真是非常有意思。他(她?它?)既严肃,又油滑;既慈悲,又残忍。老子说:"天地不仁,以万物为刍狗。"这话真说到了点子上。人生下来,既能得到一点乐趣,又必须忍受大量的痛苦,后者所占的比重要多得多。如果不能"忘",或者没有"忘"这个本能,那么痛苦就会时时刻刻都新鲜生动,时时刻刻像初产生时那样剧烈残酷地折磨着你。这是任何人都无法忍受下去的。然而,人能"忘",渐渐地从剧烈到淡漠,再淡漠,再淡漠,终于只剩下一点残痕。

有人，特别是诗人，甚至爱抚这一点残痕，写出了动人心魄的诗篇，这样的例子，文学史上还少吗？

因此，我必须给赋予我们人类"忘"的本能的造化小儿大唱赞歌。试问，世界上哪一个圣人、贤人、哲人、诗人、阔人、猛人、这人、那人，能有这样的本领呢？

我还必须给"忘"大唱赞歌。试问：如果人人一点都不忘，我们的世界会成什么样子呢？

遗憾的是，我现在尽管在"忘"的方面已经建立了有季羡林特色的学派，可是自谓在这方面仍是钝根。真要想达到我那位画家朋友的水平，仍须努力。如果想达到我在上面说的那个笑话中人的境界，仍是可望而不可即。但是，我并不气馁，我并没有失掉信心，有朝一日，我总会达到的。勉之哉！勉之哉！

1993 年 7 月 6 日

人生的意义与价值

当我还是一个青年大学生的时候，报刊上曾刮起一阵讨论人生的意义与价值的微风，文章写了一些，议论也发表了一通。我看过一些文章，但自己并没有参加进去。原因是，有的文章不知所云，我看不懂。更重要的是，我认为这种讨论本身就无意义，无价值，不如实实在在地干几件事好。

时光流逝，一转眼，自己已经到了望九之年，活得远远超过了我的预算。有人认为长寿是福，我看也不尽然。人活得太久了，对人生的种种相，众生的种种相，看得透透彻彻，反而鼓舞时少，叹息时多。远不如早一点离开人世这个是非之地，落一个耳根清净。

那么，长寿就一点好处都没有吗？也不是的。这对了解人生的意义与价值，会有一些好处的。

根据我个人的观察，对世界上绝大多数人来说，人生一无意义，二无价值。他们也从来不考虑这样的哲学问题。走运时，手里攥满了钞票，白天两顿美食城，晚上一趟卡拉OK，玩一点小权术，耍一点小聪明，甚至恣睢骄横，飞扬跋扈，昏昏沉沉，浑浑噩噩，等到钻入了骨灰盒，也不明白自己为什么活过一生。

其中不走运的则穷困潦倒，终日为衣食奔波，愁眉苦脸，长吁短叹。即使日子还能过得去的，不愁衣食，能够温饱，然而也终日忙忙碌碌，被困于名缰，被缚于利索。同样是昏昏沉沉，浑浑噩噩，不知道为什么活过一生。

对这样的芸芸众生，人生的意义与价值从何处谈起呢？

我自己也属于芸芸众生之列，也难免浑浑噩噩，并不比任何人高一丝一毫。如果想勉强找一点区别的话，那也是有的：我，当然还有一些别的人，对人生有过一些想法，动过一点脑筋，而且自认这些想法是有点道理的。

我有些什么想法呢？话要说得远一点。当今世界上战火纷飞，人欲横流，"黄钟毁弃，瓦釜雷鸣"，是一个十分不安定的时代。但是，对于人类的前途，我始终是一个乐观主义者。我相信，不管还要经过多少艰难曲折，不管还要经历多少时间，人类总会越变越好的，人类大同之域决不会仅仅是一个空洞的理想。但是，想要达到这个目的，必须经过无数代人的共同努力。有如接力赛，每一代人都有自己的一段路程要跑。又如一条链子，是由许多环组成的，每一环从本身来看，只不过是微不足道的一点东西；但是没有这一点东西，链子就组不成。在人类社会发展的长河中，我们每一代人都有自己的任务，而且是绝非可有可无的。如果说人生有意义与价值的话，其意义与价值就在这里。

但是，这个道理在人类社会中只有少数有识之士才能理解。鲁迅先生所称之"中国的脊梁"，指的就是这种人。对于那些肚子里吃满了肯德基、麦当劳、比萨饼，到头来终不过是浑浑噩噩的人来说，有如夏虫不足以与语冰，这些道理是没法谈的。他们无法理解自己对人类发展所应当承担的责任。

　　话说到这里，我想把上面说的意思简短扼要地归纳一下：如果人生真有意义与价值的话，其意义与价值就在于对人类发展的承上启下，承前启后的责任感。

1995 年

人 生

在一个"人生漫谈"的专栏中,首先谈一谈人生,似乎是理所当然的,未可厚非的。

而且我认为,对于我来说,这个题目也并不难写。我已经到了望九之年,在人生中已经滚了八十多个春秋了。一天天面对人生,时时刻刻面对人生,让我这样一个世故老人来谈人生,还有什么困难呢?岂不是易如反掌吗?

但是,稍微进一步一琢磨,立即出了疑问:什么叫人生呢?我并不清楚。

不但我不清楚,我看芸芸众生中也没有哪一个人真清楚的。古今中外的哲学家谈人生者众矣。什么人生意义,又是什么人生的价值,花样繁多,扑朔迷离,令人眼花缭乱;然而他们说了些什么呢?恐怕连他们自己也是越谈越糊涂。以己之昏昏,焉能使人昭昭!

哲学家的哲学,至矣高矣。但是,恕我大不敬,他们的哲学同吾辈凡人不搭界,让这些哲学,连同它们的"家",坐在神圣的殿堂里去独现辉煌吧!像我这样一个凡人,吃饱了饭没事儿的时候，有时也会想到人生问题。我觉得，我们"人"的"生"，都绝对是被动的。没有哪一个人能先制定一个诞生计划，然后再下生，一步步让计划实现。只有一个人是例外，他就是佛祖释迦牟尼。他住在天上，忽然想降生人寰，超度众生。先考虑要降生的国家，再考虑要降生的父母。考虑周详之后，才从容下降。但他是佛祖，不是吾辈凡人。

吾辈凡人的诞生，无一例外，都是被动的，一点主动也没有。我们糊里糊涂地降生，糊里糊涂地成长，有时也会糊里糊涂地夭折，当然也会糊里糊涂地寿登耄耋，像我这样。

生的对立面是死。对于死，我们也基本上是被动的。我们只有那么一点主动权，那就是自杀。但是，这点主动权却是不能随便使用的。除非万不得已，是决不能使用的。

我在上面讲了那么些被动，那么些糊里糊涂，是不是我个人真正欣赏这一套，赞扬这一套呢？否，否，我决不欣赏和赞扬。我只是说了一点实话而已。

正相反，我倒是觉得，我们在被动中，在糊里糊涂中，还是能够有所作为的。我劝人们不妨在吃饱了燕窝鱼翅之后，或者在吃糠咽菜之后，或者在卡拉OK、高尔夫之后，问一问自己：你为什么活着？活着难道就是为了恣睢的享受吗？难道就是为了忍饥受寒吗？问了这些简单的问题之后，会使你头脑清醒一点，会减少一些糊涂。谓予不信，请尝试之。

1996 年 11 月 9 日

再谈人生

人生这样一个变化莫测的万花筒,用千把字来谈,是谈不清楚的,所以来一个"再谈"。

这一回我想集中谈一下人性的问题。

大家知道,中国哲学史上,有一个不大不小的争论问题:人是性善,还是性恶?这两个提法都源于儒家。孟子主性善,而荀子主性恶。争论了几千年,也没有争论出一个名堂来。

记得鲁迅先生说过:"人的本性是,一要生存,二要温饱,三要发展。"(记错了,由我负责)这同中国古代一句有名的话,精神完全是一致的:"食色,性也。"食是为了解决生存和温饱的问题,色是为了解决发展问题,也就是所谓传宗接代。

我看,这不仅仅是人的本性,而且是一切动植物的本性。试放眼观看大千世界,林林总总,哪一个动植物不具备上述三个本能?动物姑且不谈,只拿距离人类更远的植物来说,"桃李无言",它们不但不能行动,连发声也发不出来。然而,它们求生存和发展的欲望,却表现得淋漓尽致。桃李等结甜果子的植物,为什么结甜果子呢?无非是想让人和其他能行动的动物吃了甜果子把核带到远的或近的其他地方，落在地上，生入土中，能发芽、开花、结果，达到发展，即传宗接代的目的。

你再观察，一棵小草或其他植物，生在石头缝中，或者甚至压在石头块下，缺水少光，但是它们却以令人震惊得目瞪口呆的毅力，冲破了身上的重压，弯弯曲曲地、忍辱负重地长了出来，由细弱变为强硬，由一根细苗甚至变成一棵大树，再作为一个独立体，继续顽强地实现那三种本性。"下自成蹊"，就是"无言"的结果吧。

你还可以观察，世界上任何动植物，如果放纵地任其发挥自己的本性，则在不太长的时间内，哪一种动植物也能长满塞满我们生存的这一个小小的星球地球。那些已绝种或现在濒临绝种的动植物，属于另一个范畴，另有其原因，我以后还会谈到。

那么，为什么到现在还没有哪一种动植物——包括万物之灵的人类在内——能塞满了地球呢？

在这里，我要引老子的话："天地不仁，以万物为刍狗。"是造化小儿——谁也不知道，他究竟有没有？他究竟是什么样子？我不信什么上帝，什么天老爷，什么大梵天，宇宙间没有他们存在的地方。

但是，冥冥中似乎应该有这一类的东西，是他或它巧妙计算，不让动植物的本性光合得逞。

1996 年 11 月 12 日

知足知不足

曾见冰心老人为别人题座右铭："知足知不足，有为有不为。"言简意赅，寻味无穷。特写短文两篇，稍加诠释。先讲知足知不足。

中国有一句老话："知足常乐。"为大家所遵奉。什么叫"知足"呢？还是先查一下字典吧。《现代汉语词典》说："知足，满足于已经得到的（指生活、愿望等）。"如果每个人都能满足于已经得到的东西，则社会必能安定，天下必能太平，这个道理是显而易见的。可是社会上总会有一些人不安分守己，癞蛤蟆想吃天鹅肉。这样的人往往要栽大跟头的。对他们来说，"知足常乐"这句话就成了灵丹妙药。

但是，知足或者不知足也要分场合的。在旧社会，穷人吃草根树皮，阔人吃燕窝鱼翅。在这样的场合下，你劝穷人知足，能劝得动吗？正相反，应当鼓励他们不能知足，要起来斗争。这样的不知足是正当的，是有重大意义的，它能伸张社会正义，能推动人类社会前进。

除了场合以外，知足还有一个分的问题。什么叫分？笼统言之,就是适当的限度。人们常说的"安分""非分"等等,指的就是限度。这个限度也是极难掌握的,是因人而异、因地而异的。勉强找一个标准的话,那就是"约定俗成"。我想,冰心老人之所以写这一句话,其意不过是劝人少存非分之想而已。至于知不足,在汉文中虽然字面上相同,其含义则有差别。

这里所谓"不足",指的是"不足之处","不够完美的地方"。这句话同"自知之明"有联系。

自古以来,中国就有一句老话:"人贵有自知之明。"这一句话暗示我们,有自知之明并不容易,否则这一句话就用不着说了。事实上也确实如此。就拿现在来说,我所见到的人,大都自我感觉良好。专以学界而论,有的人并没有读几本书,却不知天高地厚,以天才自居,靠自己一点小聪明——这能算得上聪明吗?——狂傲恣睢,骂尽天下一切文人,大有用一管毛锥横扫六合之概,令明眼人感到既可笑,又可怜。这种人往往没有什么出息。因为,又有一句中国老话:"学如逆水行舟,不进则退。"还有一句中国老话:"学海无涯。"说的都是真理。但在这些人眼中,他们已经穷了学海之源,往前再没有路了,进步是没有必要的。他们除了自我欣赏之外,还能有什么出息呢?

古代希腊人也认为自知之明是可贵的,所以语重心长地说出了:"认识你自己!"中国同希腊相距万里,可竟说了几乎是一模一样的话,可见这些话是普遍的真理。中外几千年的思想史和科学史,也都证明了一个事实:只有知不足的人才能为人类文化作出贡献。

2001 年 2 月 21 日

时　间

　　一抬头，就看到书桌上座钟的秒针在一跳一跳地向前走动。它那里一跳，我的心就一跳。孔子说："逝者如斯夫，不舍昼夜！"这里指的是水。水永远不停地流逝，让孔夫子吃惊兴叹。我的心跳，跳的是时间。水是能看得见，摸得着的。时间却是看不见，摸不着的，它的流逝你感觉不到，然而确是在流逝。现在我眼前摆上了座钟，它的秒针一跳一跳，让我再清楚不过地看到了时间的流逝，焉能不心跳？焉能不兴叹呢？

　　远古的人大概是很幸福的。他们日出而作，日入而息，根据太阳的出没来规定自己的活动。即使能感到时间的流逝，也只在依稀隐约之间。后来，他们聪明了，根据太阳光和阴影的推移，把时间称做光阴。再后来，人们的聪明才智更提高了，用铜壶滴漏的办法来显示和测定时间的推移，这是用人工来抓住看不见、摸不着的时间的尝试。到了近几百年，人类发明了钟表，把时间的存在与流逝清清楚楚地摆在每一个人的面前。这是人类文明进步的表现。但是，正如人们常说的那样，"有一利必有一弊"，人类成了时间的奴隶，成了手表的奴隶。现在各种各样的会极多，开会必须规定时间，几点几分，不能任意伸缩。如果参加重要的会而路上偏偏赶上堵车，任你怎样焦急，怎样频频看手表，都是白搭。这不是典型的时间的奴隶又是什么呢？然而，话又说了回来，在今天头绪纷纭杂乱有章的社会里，开会不定时间，还像古人那样"日出而作，日入而息"，优哉游哉，顺帝之则，今天的社会还能运转吗？不管你愿意不愿意，成为时间的奴隶就正是文明的表现。

不管你意识到还是没有意识到，大自然还是把虚无缥缈的时间用具体的东西暗示给了人们。比如用日出日落标志出一天，用月亮的圆缺标志出一月，用四季（在印度是六季或者两季）标志出一年。农民最关心这些问题，一年二十四个节气对他们种庄稼有重要意义。在自然科学家和哲学家眼中，时间具有另外的意义。他们说，大千世界，人类万物，都生长在时间和空间内，而时间是无头无尾的，空间是无边无际的。我既不是自然科学家，也不是哲学家，对无头无尾和无边无际实在难以理解。可是不这样又能怎样呢？如果时间有了头尾，头以前尾以后又是什么呢？因此，难以理解也只得理解，此外更没有其他途径。

生与死也属于时间范畴。一般人总是把生与死绝对对立起来。但是，中国古代的道家却主张"万物方生方死"，把生与死辩证地联系在一起，而且准确无误地道出了生即是死的关系。随着座钟秒针的一跳，我自己就长了无法用言语表达出来的那么一点点儿。同时也就是向着死亡走近了那么一点点儿。不但我是这样，现在正是初夏，窗外的玉兰花、垂柳和深埋在清塘里的荷花，也都长了那么一点点儿。不久前还是冰封的湖水，现在是"风乍起，吹皱一池夏水"，波光潋滟，水色接天。岸上的垂杨，从光秃秃的枝条上逐渐长出了小叶片,一转瞬间,出现了一片鹅黄,再一转瞬,就是一片嫩绿,现在则是接近浓绿了。小山上原来是一片枯草,"一夜东风送春暖,满山开遍二月兰"。今年是二月兰的大年,山上地下,只要有空隙,二月兰必然出现在那里,座钟的秒针再跳上多少万次,二月兰即将枯萎,也就是走向暂时的死亡了。所有这些东西,都是方生方死。这是自然的规律,不可逆转的。

印度人是聪明的,他们把时间和死亡视为一物。梵文 hāla,既是"时间",又是"死亡或死神"。《罗摩衍那》的主人公罗摩,在活了极长的时间以后,hāla 走上门来,这表示他就要死亡了。罗摩泰然处之,既不"饮恨",也不"吞声"。他知道这是自然规律,人类是无能为力的。我们今天知道,不但人类是这样,世界上万事万物都有始有终,无一例外。"顺其自然"是最好的办法。我在这里顺便说一下。在梵文里,动词"死"的字根是 mn,但是此字不用 manati 来表示现在时,而是用被动式 mniyati(ti),这表示,印度人认为"死"是被动的,主动自杀者究属少数。

同印度人比较起来,中国人大概希望争取长生。越是有钱有势的人越希望活下去,在旧社会里生活在水深火热中的小百姓,决不会愿意长远活下去的。而富有天下的天子则热切希望长生,中国历史上几位有名的英主,莫不如此。秦始皇和汉武帝都寻求不死之药或者仙丹什么的。连唐太宗都是服用了印度婆罗门的"仙药"而中毒身亡的。老百姓书呆子中也有寻求肉身升天的,而且连鸡犬都带了上去。我这个木头脑袋瓜真想也想不通。如果真有那么一个"天"的话,人数也不会太多。升到那里去干些什么呢?那里不会有官僚衙门,想走后门靠贿赂来谋求升官,没有这个可能。那里也不会有什么市场，什么 WTO，想发财也英雄无用武之地。想打麻将，唱卡拉 OK，唱几天，打几天，还是会有兴趣的，但让你一月月一年年永远打下去，你受得了吗？养鸡喂狗，永远喂下去，你也受不了。"不为无益之事，何以遣有涯之生！"无益之事天上没有。在天上待长了，你一定会自杀的。苏东坡说"起舞弄清影，何似在人间"！是有见地之言。我们还是老老实实待在人间吧。

要待在人间，就必须受时间的制约。在时间面前，人人平等。如果想不通我在上面说的那一些并不深奥的道理，时间就变成了枷锁，让你处处感到不舒服。但是，如果真想通了，则戴着枷锁跳舞反而更能增加一些意想不到的兴趣。我自认是想通了。现在照样一抬头就看到书桌上座钟的秒针一跳一跳地向前走动，但是我的心却不跳了。我觉得这是时间给我提醒儿，让我知道时间的价值。"一寸光阴不可轻"，朱子这一句诗对我这个年过九十的老头儿也是适用的。

2002 年 3 月 31 日

当时只道是寻常

这是一句非常明白易懂的话,却道出了几乎人人都有的感觉。所谓"当时"者,指人生过去的某一个阶段。处在这个阶段中时,觉得过日子也不过如此,是很寻常的。过了十几二十年或者更长的时间,回头一看,当时实在有不寻常者在。因此有人,特别是老年人,喜欢在回忆中生活。

在中国,这种情况更突出,魏晋时代的人喜欢做羲皇上人。这是一种什么心理呢?"鸡犬之声相闻,而老死不相往来",真就那么好吗?人类最初不会种地,只是采集植物,猎获动物,以此为生。生活是十分艰苦的。这样的生活有什么可向往的呢?

然而,根据我个人的经验,发思古之幽情,几乎是每个人都有的。到了今天,沧海桑田,世界有多少次巨大的变化。人们思古的情绪却依然没变。我举一个具体的例子。十几年前,我重访了我曾待过十年的德国哥廷根。我的老师瓦尔德施密特教授夫妇都还健在。但已今非昔比,房子捐给梵学研究所,汽车也已卖掉。他们只有一个独生子,二战中阵亡。此时,老夫妇二人孤零零地住在一座十分豪华的养老院里。院里设备十分齐全，游泳池、网球场等等一应俱全。但是，这些设备对七八十岁、八九十岁的老人有什么用处呢？让老人们触目惊心的是，每隔一段时间就有某一个房号空了出来——主人见上帝去了。这对老人们的刺激之大是不言而喻的。我的来临大出教授的意料，他简直有点喜不自胜的意味。夫人摆出了当年我在哥廷根时常吃的点心。教授仿佛返老还童，回到了当年去了。他笑着说："让我们好好地过一过当年过的日子，说一说当年常说的话！"我含着眼泪离开了教授夫妇，嘴里说着连自己都不相信的话："过几年，我还会来看你们的。"

我的德国老师不会懂"当时只道是寻常"的隐含的意蕴，但是古今中外人士所共有的这种怀旧追忆的情绪却是有的。这种情绪通过我上面描述的情况完全流露出来了。

仔细分析起来，"当时"是很不相同的。国王有国王的"当时"，有钱人有有钱人的"当时"，平头老百姓有平头老百姓的"当时"。在李煜眼中，"当时"是车如流水马如龙，花月正春风游上林苑的"当时"。对此，他没有别的办法，只有哀叹"天上人间"了。

我不想对这个概念再进行过多的分析。本来是明明白白的一点真理，过多的分析反而会使它迷离模糊起来。我现在想对自己提出一个怪问题：你对我们的现在，也就是眼前这个现在，感觉到是寻常呢还是不寻常？这个"现在"，若干年后也会成为"当时"的。到了那时候，我们会不会说"当时只道是寻常"呢？现在无法预言。现在我住在医院中，享受极高的待遇。应该说，没有什么不满足的地方。但是，倘若扪心自问："你认为是寻常呢，还是不寻常?"我真有点说不出,也许只有到了若干年后,我才能说:"当时只道是寻常。"

2003 年 6 月 20 日

辑 二

风 物

黄 昏

　　黄昏是神秘的,只要人们能多活下去一天,在这一天的末尾,他们便有个黄昏。但是,年滚着年,月滚着月,他们活下去。有数不清的天,也就有数不清的黄昏。我要问:有几个人觉到这黄昏的存在呢?

　　早晨,当残梦从枕边飞去的时候,他们醒转来,开始去走一天的路。他们走着,走着,走到正午,路陡然转了下去。仿佛只一溜,就溜到一天的末尾,当他们看到远处弥漫着白茫茫的烟,树梢上淡淡涂上了一层金黄色,一群群的暮鸦驮着日色飞回来的时候,仿佛有什么东西轻轻地压在他们心头。他们知道:夜来了。他们渴望着静息,渴望着梦的来临。不久,薄冥的夜色糊了他们的眼,也糊了他们的心。他们在低矮的小屋里忙乱着,把黄昏关在门外。倘若有人问:你看到黄昏了没有?黄昏真美啊。他们却茫然了。

　　他们怎能不茫然呢?当他们再从屋里探出头来寻找黄昏的时候,黄昏早随着白茫茫的烟的消失,树梢上金黄色的消失,鸦背上日色的消失而消失了,只剩下朦胧的夜。这黄昏,像一个春宵的轻梦，不知在什么时候漫了来，在他们心上一掠，又不知在什么时候去了。

黄昏走了。走到哪里去了呢？——不，我先问：黄昏从哪里来的呢？这我说不清。又有谁说得清呢？我不能够抓住一把黄昏，问它到底。从东方么？东方是太阳出来的地方。从西方么？西方不正亮着红霞么？从南方么？南方只充满了光和热。看来只有说从北方来的最适宜了。倘若我们想了开去，想到北方的极北端，是北冰洋和北极，我们可以在想象里描画出：白茫茫的天地，白茫茫的雪原，和白茫茫的冰山。再往北，在白茫茫的天边上，分不清哪是天，是地，是冰，是雪，只是朦胧的一片灰白。朦胧灰白的黄昏不正应当从这里蜕化出来么？

然而，蜕化出来了，却又扩散开去。漫过了大平原、大草原，留下了一层阴影；漫过了大森林，留下了一片阴郁的黑暗；漫过了小溪，把深灰的暮色融入玎琮的水声里，水面在阒静里透着微明；漫过了山顶，留给它们星的光和月的光；漫过了小村，留下了苍茫的暮烟……给每个墙角扯下了一片，给每个蜘蛛网网住了一把。以后，又漫过了寂寞的沙漠，来到我们的国土里。我能想象：倘若我迎着黄昏站在沙漠里，我一定能看着黄昏从辽远的天边跑了来，像——像什么呢？是不是应当像一阵灰蒙的白雾？或者像一片扩散的云影？跑了来，仍然只是留下一片阴影，又跑了去，来到我们的国土里，随了弥漫在远处的白茫茫的烟，随了树梢上的淡淡的金黄色，也随了暮鸦背上的日色，轻轻地落在人们的心头，又被人们关在门外了。

但是，在门外，它却不管人们关心不关心，寂寞地，冷落地，替他们安排好了一个幻变的又充满了诗意的童话般的世界，朦胧、微明，正像反射在镜子里的影子，它给一切东西涂上银灰的梦的色彩。牛乳色的空气仿佛真牛乳似的凝结起来，但似乎又在软软地、黏黏地、浓浓地流动。它带来了阒静，你听：一切静静的，像下着大雪的午夜。但是死寂么？却并不，再比现在沉默一点儿，也会变成坟墓般地死寂。仿佛一点儿也不多，一点儿也不少，优美的、轻适的阒静软软地、黏黏地、浓浓地压在人们的心头，灰的天空像一张薄幕；树木，房屋，烟纹，云缕，都像一张张的剪影，静静地贴在这幕上。这里，那里，点缀着晚霞的紫嚑和小星的冷光。黄昏真像一首诗，一支歌，一篇童话；像一片月明楼上传来的悠扬的笛声，像一声缭绕在长空里亮唳的鹤鸣；像陈了几十年的绍酒；像一切美到说不出来的东西。说不出来，只能去看；看之不足，只能意会；意会之不足，只能赞叹——然而，却终于给人们关在门外了。

给人们关在门外，是我这样说么？我要小心，因为所谓人们，不是一切人们，也决不会是一切人们的。我在童年的时候，就常常待在天井里等候黄昏的来临。我这样说，并不是想表明我比别人强。意思很简单，就是：别人不去，也或者是不愿意去这样做。我（自然也还有别人）适逢其会地常常这样做而已。常常在夏天里，我坐在很矮的小凳上，看墙角里渐渐暗了下来，四周的白墙上也布上了一层淡淡的黑影。在幽暗里，夜来香的花香一阵阵地沁入我的心里。天空里飞着蝙蝠。檐角上的蜘蛛网，映着灰白的天空，在朦胧里，还可以数出网上的线条和粘在上面的蚊子和苍蝇的尸体。在不经意的时候蓦地再一抬头，暗灰的天空里已经嵌上闪着眼的小星了。在冬天，天井里满铺着白雪。我蜷伏在屋里。当我看到白的窗纸渐渐灰了起来，炉子里在白天看不出颜色来的火焰渐渐红起来、亮起来的时候，我也会知道：这是黄昏了。我从风门的缝里望出去：灰白的天空，灰白的盖着雪的屋顶。半弯惨淡的凉月印在天上，虽然有点儿凄凉，但仍然掩不了黄昏的美丽。这时，连常常坐在天井里等着它来临的人也不得不蜷伏在屋里。只剩了灰蒙的雪色伴了它在冷清的门外，这幻变的朦胧的世界造给谁看呢？黄昏不觉得寂寞么？

但是寂寞也延长不了多久。黄昏仍然要走的。李商隐的诗说："夕阳无限好，只是近黄昏。"诗人不正慨叹黄昏的不能久留吗？它也真的不能久留，一瞬间，这黄昏，像一个轻梦，只在人们心上一掠，留下黑暗的夜，带着它的寂寞走了。

走了，真的走了。现在再让我问：黄昏走到哪里去了呢？这我不比知道它从哪里来的更清楚。我也不能抓住黄昏的尾巴，问它到底。但是，推想起来，从北方来的应该到南方去了吧。谁说不是到南方去了呢？我看到它怎样走的了——漫过了南墙，漫过了南边那座小山，那片树林；漫过了美丽的南国，一直到辽阔的非洲。非洲有耸峭的峻岭，岭上有深邃的亘古苍暗的大森林。再想下去，森林里有老虎——老虎？黄昏来了，在白天里只呈露着淡绿的暗光的眼睛该亮起来了吧。像不像两盏灯呢？森林里还该有莽苍葳蕤的野草，比人高。草里有狮子，有大蚊子，有大蜘蛛，也该有蝙蝠，比平常的蝙蝠大。夕阳的余晖从树叶的稀薄处，透过了架在树枝上的蜘蛛网，漏了进来，一条条灿烂的金光，照耀得全林子里都发着棕红色，合了草底下毒蛇吐出来的毒气，幻成五色绚烂的彩雾。也该有萤火虫吧，现在一闪一闪地亮起来了。也该有花，但似乎不应该是夜来香或晚香玉。是什么呢？是一切毒艳的恶之花。在毒气里，不正应该产生恶之花吗？

这花的香慢慢融入棕红色的空气里，融入绚烂的彩雾里。搅乱成一团，滚成一团暖烘烘的热气。然而，不久这热气就给微明的夜色消融了。只剩一闪一闪的萤火虫，现在渐渐地更亮了。老虎的眼睛更像两盏灯了，在静默里瞅着暗灰的天空里才露面的星星。

然而，在这里，黄昏仍然要走的。再走到哪里去呢？这却真的没人知道了——随了淡白的稀疏的冷月的清光爬上暗沉沉的天空里去么？随了眨着眼的小星爬上了天河么？压在蝙蝠的翅膀上钻进了屋檐么？随了西天的晕红消融在远山的后面么？这又有谁能明白地知道呢？我们知道的，只是：它走了，带了它的寂寞和美丽走了，像一丝微飔，像一个春宵的轻梦。

是了——现在，现在我再有什么可问呢？等候明天么？明天来了，又明天，又明天。当人们看到远处弥漫着白茫茫的烟，树梢上淡淡涂上了一层金黄色，一群群的暮鸦驮着日色飞回来的时候，又仿佛有什么东西压在他们的心头，他们又渴望着梦的来临，把门关上了。关在门外的仍然是黄昏。当他们再伸出头来找的时候，黄昏早已走了。从北冰洋跑了来，一过路，到非洲森林里去了。再到，再到哪里，谁知道呢？然而夜来了，漫长的漆黑的夜，闪着星光和月光的夜，浮动着暗香的夜……只是夜，长长的夜，夜永远也不完，黄昏呢？——黄昏是永远不存在在人们的心里的。只一掠，走了，像一个春宵的轻梦。

1934 年 1 月 4 日

兔 子

不记得是什么时候，大概总在我们全家刚从一条满铺了石头的古旧的街的北头搬到南头以后，我有了三只兔子。

说起兔子，我从小就喜欢的。在故乡里的时候，同村的许多人家里都养着一窝兔子。在地上掘一个井似的圆洞，不深，在洞底又有向旁边通的小洞。兔子就住在里面。不知为什么，我们却总不记得家里有过这样的洞。每次随了大人往别的养兔子的家里去玩的时候，大人们正在扯不断拉不断絮絮地谈得高兴的当儿，我总是放轻了脚步走到洞口，偷偷地向里瞧——兔子正在小洞外面徘徊着呢。有黑白花的，有纯黑的。我顶喜欢纯白的，因为眼睛红亮得好看。透亮的长耳朵左右摇摆着，嘴也仿佛战栗似的颤动着，在嚼着菜根什么的。蓦地看见人影，都迅速地跑进小洞去了，像一溜溜的白色黑色的烟。倘若再伏下身子去看，在小洞的薄暗里，便只看见一对对的莹透的宝石似的眼睛了。

在我走出了童年以前的某一个春天，记得是刚过了年，因为一种机缘的凑巧，我离开故乡，到一个以湖山著名的都市里去。从栉比的高的楼房的空隙里，我只看到一线蓝蓝的天，这哪里像故乡里锅似的覆盖着的天呢？我看不到远远的笼罩着一层轻雾的树。我看不到天边上飘动的水似的云烟。我嗅不到土的气息。我仿佛住在灰之国里。终日里，我只听到闹嚷嚷的车马的声音。在半夜里，还有小贩的咽声从远处的小巷里飘了过来。我是地之子，我渴望着再回到大地的怀里去。当时，小小的心灵也会感到空漠的悲哀吧。但是，最使我不能忘怀的，占据了我的整个的心的，却还是有着宝石似的眼睛的故乡里的兔子。

也不记得是几年以后了，总之是在秋天，叔父从望口山回家来，仆人挑了一担东西。上面是用蒲包装的有名的肥桃，下面有一个木笼。我正怀疑木笼里会装些什么东西，仆人已经把木笼举到我的眼前了——战栗似的颤动着的嘴，透亮的长长的耳朵，红亮的宝石似的眼睛……这不正是我梦寐渴望的兔子么？记得他临到望口山去的时候，我曾向他说过，要他带几个兔子回来。当时也不过随意一说，现在居然真带来了。这仿佛把我拉回了故乡里去。我是怎么狂喜呢？笼里一共有三只：一只大的，黑色，像母亲；两只小的，白色。我立刻舍弃了美味的肥桃，东跑西跑，忙着找白菜，找豆芽，喂它们。我又替它们张罗住处，最后就定住在我的床下。

童年在故乡里的时候，伏在别人的洞口上，羡慕人家的兔子，现在居然也有三只在我的床下了。对我，这简直比童话还不可信。最初，才从笼里放出来的时候，立刻就有猫挤上来。兔子仿佛很胆怯，伏在地上，不敢动。耳朵紧贴在头上，只有嘴颤动得更厉害。把猫赶走了，才慢慢地试着跑。我一转眼，大的早领着两只小的躲在花盆后面了。再一转眼，早又跑到床下面去了。有了兔子以后的第一个夜里，我躺在床上，辗转着睡不沉，听兔子在床下嚼着豆芽的声音,我仿佛浮在云堆里。已经忘记了做过些什么样的梦了。

就这样,我的床下面便凭空添了三个小生命。每当我坐在靠窗的一张桌子的旁边读书的时候,兔子便偷偷地从床下面踱出来,没有一点声音。我从书页上面屏息地看着它们。——先是大的一探头,又缩回去;再一探头,走出来了,一溜黑烟似的。紧随着的是两只小的,都白得像一团雪,眼睛红亮,像——我简直说不出像什么。像玛瑙么?比玛瑙还光莹。就用这小小的红亮的眼睛四面看着,走到从花盆里垂出的拂着地的草叶下面,嘴战栗似的颤动几下,停一停,走到书架旁边,嘴战栗似的颤动几下,停一停,走到小凳下面。嘴战栗似的颤动几下,停一停。忽然我觉得有软茸茸的东西靠上了我的脚了。我知道是小兔正伏在我的脚下。我忍耐着不敢动。不知怎地,腿忽然一抽。我再看时,一溜黑烟,两溜白烟,兔子都藏到床下面去。伏下身子去看,在床下面暗黑的角隅里,便只看见莹透的宝石似的一对对的眼睛了。

是秋天,前面已经说过,我住的屋的窗外有一棵海棠树。以前常听人说,兔子是顶孱弱的,猫对它便是个大的威胁。在兔子没来我床下面住以前,屋里也常有猫的踪迹。门关严了的时候,这棵海棠树就成了猫来我屋里的路。自从有了兔子以后,在冷寂的秋的长夜里,我常常无所谓的蓦地醒转来。——窗外风吹着落叶,窸窣地响,我又疑心是猫从海棠树上爬上了窗子。绵连的夜雨击着落叶,窸窣地响,我又疑心是猫爬上了窗子。我静静地等着,不见有猫进来。低头看时,兔子正在地上来回地跑着,在微明的灯光里,更像一溜溜的黑烟和白烟了。眼睛也更红亮得像宝石了。当我正要蒙眬睡去的时候,恍惚听到"咪"的一声,看窗子上破了一个洞的地方，正有两颗灯似的眼睛向里瞅着。

　　第二天早晨起来，第一件要做的事情，就是伏下头去看，兔子丢了没有。看到两个小兔两团白絮似的偎在大的身旁熟睡的时候，心里仿佛得到点安慰。过了一会，再回到屋里来读书的时候，又可以看到它们在脚下来回地跑了。其实并没有什么声息，屋里总仿佛充满了生气与欢腾似的。周围的空气，也软浓浓地变得甜美了。兔子也渐渐不胆怯起来。看见我也不很躲避了。第一次一个小兔很驯顺地让我抚摸的时候，我简直欢喜得流泪呢。

　　倘若我的记忆靠得住的话，大约总有半个秋天，就在这样的颇有诗意的情况里度过去。我还能模模糊糊地记得：兔子才在笼里装来的时候，满院子都挤满了花。我一闭眼，还能看到当时院子里飘动的那一层淡淡的绿色。兔子常从屋里跑出来，到花盆缝里去玩，金鱼缸里的子午莲还仿佛从水面上突出两朵白花来。只依稀有一点影。这记忆恐怕靠不大住了。随了这绿色，这金鱼缸，我又能看到靠近海棠树的涂上了红油绿油的窗子嵌着一方不小的玻璃，上面有雨和土的痕迹。窗纸上还粘着几条蜘蛛丝，窗子里面就是我的书桌，再往里，就是床，兔子就住在床下面……这一切都仿佛在眼前浮动。但又像烟，像雾，眼看就要幻化到空蒙里去了。

　　我不是说大概过了有半个秋天么？——等到院子里的花草渐渐地减少了，立刻显得很空阔。落叶却在阶下多起来，金鱼缸里早没了水。天更蓝，更长；澹远的秋有转入阴沉的冬的样儿了。就在这样一个蓝天的早晨，我又照例伏下身子，去看兔子丢了没有。——奇怪，床下面空空的，仿佛少了什么东西似的。再仔细看，只看到两个小兔凄凉地互相偎着睡。它们的母亲跑到哪里去了呢？我立刻慌了，汗流遍了全身。本来，几天以来，大兔子的胆更大了，常常自己偷跑到天井里去。这次恐怕又是自己偷跑出去了吧。但屋里，屋外，都找了，没有影，回头又看到两个小兔子偎在我的脚下，一种莫名其妙的凄凉袭进了我的心。我哭了，我是很早就离开母亲的。我时常想到她。我感到凄凉和寂寞。看来这两个小兔子也同我一样地感到凄凉和寂寞吧。我没地方倾诉，除非在梦里，小兔子又向哪里，而且又怎样倾诉呢？——我又哭了。

起初，我还有希望，我希望大兔子会自己跑回来，蓦地给我一个大的欢喜。但是一天一天地过去，我这希望终于成了泡影。我却更爱这两个小兔子了。以前我爱它们，因为它们红亮的眼睛，雪絮似的软毛。这以后的爱里，却掺入了同情。有时我还想拿我的爱抚来弥补它们失掉母亲的悲哀。但这哪是可能的呢？眼看它们渐渐消瘦了下去。在屋里跑的时候也不像以前那样轻快了，时常偎到我的脚下来。我把它们抱在怀里，也驯顺地伏着不动。当我看到它们踽踽地走开的时候，小小的心真的充满了无名的悲哀呢！

这样的情况也没能延长多久，两三天以后，我忽然发现在屋里跑着的只有一个兔子，那个同伴到哪里去了呢？我又慌了，又各处地找：墙隅、桌下，又在天井里各处找，低声唤着，落叶在脚下索索地响。终于，没有影。当我看到这剩下的一个小生命孤独地踱着的时候，再听檐边秋天特有的风声，眼泪又流下来了。——它在找它的母亲吗？找它的兄弟吗？为什么连叹息一声也不呢？宝石似的眼睛里也仿佛含着晶莹的泪珠了。夜里，在微明的灯光下，我不见它在床下沉睡，它只是不停地在屋里跑着。这冷硬的土地，这漫漫的秋的长夜，没有母亲，没有兄弟偎着，凄凉的冷梦萦绕着它。它怎能睡得下去呢？

第二天的早晨，天更蓝，蓝得有点古怪。小屋里照得通明，小兔在我眼前跑过的时候，洁白的茸毛上，仿佛有一点红，一闪，我再看，就在透明红润的耳朵旁边，发现一点血痕——只一点，衬了雪白的毛，更显得红艳，像鸡血石上的斑，像西天一点晚霞。我却真有点焦急了。我听人说，兔子只要见血，无论多少，就会死去的。这剩下的一个没有母亲，没有兄弟的孤独的小生命也要死去吗？我不相信，这比神话还渺茫，然而摆在眼前的却就是那一点红艳的血痕，怎样否认呢？我把它抱了起来，它仿佛也知道有什么不幸要临到它身上，只伏在我的怀里，不动，放下，也不大跑了。就在这天的末尾，在黄昏的微光里，当我再伏下头去看床下的时候，除了一堆白菜和豆芽之外，什么也看不到了。我各处找了找，也没找到什么。我早知道有什么事情要发生。而且，我也想：这样也倒好的。不然，孤零零的一个活在这世界上，得不到一点温热，在凄凉和寂寞的袭击下，这长长的一生又怎样消磨呢？我不哭，但是眼泪却流在肚子里去了，悲哀沉重地压在心头，我想到了故乡里的母亲。

就这样，半个秋天以来，在我床下面跑出跑进的三个兔子一个都不见了。我再坐在靠窗的桌子旁读书的时候，从书页上面，什么都看不到了。从有着风和雨的痕迹的玻璃窗里望出去：海棠树早落净了叶子，只剩下秃光的枝干，撑着晴晴的秋的长空。夜里，我再听到外面，窸窸窣窣地响的时候，我又疑心是猫。我从朦胧中醒转来，虽然有时也会在窗洞里看到两盏灯似的圆圆的眼睛。但是看床下的时候，却没有兔子来回地踱着了。眼一花，便会看到满地历乱的影子，一溜黑烟，一溜白烟，再仔细看，有什么呢?什么也没有,只有暗淡的灯照彻了冷寂的秋夜,外面又窸窣地响,是雨吧?冷栗,寂寞,混上了一点轻微空漠的悲哀,压住了我的心。一切都空虚。我能再做什么样的梦呢?

1934 年 2 月 16 日

海棠花

早晨到研究所去的路上，抬头看到人家的园子里正开着海棠花，缤纷烂漫地开成一团。这使我想到自己故乡院子里的那两棵海棠花，现在想也正是开花的时候了。

我虽然喜欢海棠花，但却似乎与海棠花无缘。自家院子里虽然就有两棵，枝干都非常粗大，最高的枝子竟高过房顶，秋后叶子落光了的时候，看到尖尖的顶枝直刺着蔚蓝悠远的天空，自己的幻想也仿佛跟着爬上去，常默默地看上半天；但是要到记忆里去搜寻开花时的情景，却只能搜到很少几个断片。搬过家来以前，曾在春天到原来住在这里的亲戚家里去讨过几次折枝，当时看了那开得团团滚滚的花朵，很羡慕过一番。但这已经是很久很久以前的事情，现在回忆起来都有点儿渺茫了。

家搬过来以后，自己似乎只在家里待过一个春天。当时开花时的情景，现在已想不真切。记得有一个晚上同几个同伴在家南边一个高崖上游玩，向北看，看到一片屋顶，其中纵横穿插着一条条的空隙，是街道。虽然也可以幻想出一片海浪，但究竟单调得很。可是在这一片单调的房顶中却蓦地看到一树繁花的尖顶，绚烂得像是西天的晚霞。当时我真有说不出的高兴，其中还夹杂着一点儿渴望，渴望自己能够走到这树下去看上一看。于是我就按着这一条条的空隙数起来，终于发现，那就是自己家里那两棵海棠树。我立刻跑下崖头，回到家里，站在海棠树下，一直站到淡红的花团渐渐消逝到黄昏里去，只朦胧留下一片淡白。

但是这样的情景只有过一次，其余的春天我都是在北京度过的。北京是古老的都城，尽有许多机会可以作赏花的韵事，但是自己却很少有这福气。我只到中山公园去看过芍药，到颐和园去看过一次木兰。此外，就是同一个老朋友在大毒日头下面跑过许多条窄窄的灰土街道到崇效寺去看过一次牡丹，又因为去得太晚了，只看到满地残英。至于海棠，不但是很少看到，连因海棠而出名的寺院似乎也没有听说过。北京的春天是非常短的，短到几乎没有。最初还是残冬，可是接连吹上几天大风，再一看树木都长出了嫩绿的叶子，天气陡然暖了起来，已经是夏天了。

夏天一来，我就又回到故乡去。院子里的两棵海棠已经密密层层地盖满了大叶子，很难令人回忆起这上面曾经开过团团滚滚的花。长昼无聊，我躺在铺在屋里面地上的席子上睡觉，醒来往往觉得一枕清凉，非常舒服。抬头看到窗纸上历历乱乱地布满了叶影。我间或也坐在窗前看点儿书，满窗浓绿，不时有一只绿色的虫子在上面慢慢地爬过去，令我幻想深山大泽中的行人。蜗牛爬过的痕迹就像是山间林中的蜿蜒的小路。就这样，自己可以看上半天。晚上吃过饭后，就搬了椅子坐在海棠树下乘凉，从叶子的空隙处看到灰色的天空，上面嵌着一颗一颗的星。结在海棠树下檐边中间的蜘蛛网，借了星星的微光，把影子投在天幕上。一切都是这样静。这时候，自己往往什么都不想，只让睡意轻轻地压上眉头。等到果真睡去半夜里再醒来的时候，往往听到海棠叶子寒寒窣窣地直响,知道外面下雨了。

似乎这样的夏天也没有能过几个。六年前的秋天,当海棠树的叶子渐渐地转成淡黄的时候,我离开故乡,来到了德国。一转眼,在这个小城里,就住了这么久。我们天天在过日子,却往往不知道日子是怎样过的。以前在一篇什么文章里读到这样一句话:"我们从现在起要仔仔细细地过日子了。"当时颇有同感,觉得自己也应立刻从即时起仔仔细细地过日子了。但是过了一些时候,再一回想,仍然是有些捉摸不住,不知道日子是怎样过去的。到了德国,更是如此。我本来是下定了决心用苦行者的精神到德国来念书的,所以每天除了钻书本以外,很少想到别的事情。可是现实的情况又不允许我这样做。而且祖国又时来入梦,使我这万里外的游子心情不能平静。就这样,在幻想和现实之间,在祖国和异域之间,我的思想在挣扎着。不知道怎样一来,一下子就过了六年。

哥廷根是有名的花城。来到这里的第一个春天,这里花之多,就让我吃惊。雪刚融化,就有白色的小花从地里钻出来。以后,天气逐渐转暖,一转眼,家家园子里都挤满了花。红的、黄的、蓝的、白的,大大小小,五颜六色,锦似的一片,都不知道是什么时候开放的。山上树林子里,更有整树的白花。我常常一个人在暮春五月到山上去散步,暖烘烘的香气飘拂在我的四周。人同香气仿佛融而为一,忘记了花,也忘记了自己,直到黄昏才慢慢回家。但是我却似乎一直没注意到这里也有海棠花。原因是,我最初只看到满眼繁花,多半是叫不出名字。"看花苦为译秦名",我也就不译了。因而,也就不分什么花什么花,只是眼花缭乱而已。

但是,真像一个奇迹似的,今天早晨我竟在人家园子里看到盛开的海棠花。我的心一动,仿佛刚睡了一大觉醒来似的,蓦地发现,自己在这个异域的小城里住了六年了。乡思浓浓地压上心头，无法排解。

我前面说，我同海棠花无缘。现在我不知道应该怎样说好了，乡思并不是很舒服的事情。但是在这垂尽的五月天，当自己心里填满了忧愁的时候，有这么一团十分浓烈的乡思压在心头，令人感到痛苦。同时我却又爱惜这一点儿乡思，欣赏这一点儿乡思。它使我想到：我是一个有故乡和祖国的人。故乡和祖国虽然远在天边，但是现在他们却近在眼前。我离开他们的时间愈远，他们却离我愈近。我的祖国正在苦难中，我是多么想看到他呀！把祖国召唤到我眼前来的，似乎就是海棠花，我应该感激它才是。

想来想去，我自己也糊涂了。晚上回家的路上，我又走过那个园子去看海棠花。它依旧同早晨一样，缤纷烂漫地开成一团。它似乎一点儿也不理会我的心情。我站在树下，待了半天，抬眼看到西天正亮着同海棠花一样红艳的晚霞。

1941 年 5 月 29 日于德国哥廷根

槐　花

自从移家朗润园,每年在春夏之交的时候,我一出门向西走,总是清香飘拂,溢满鼻官。抬眼一看,在流满了绿水的荷塘岸边,在高高低低的土山上面,就能看到成片的洋槐,满树繁花,闪着银光;花朵缀满高树枝头,开上去,开上去,一直开到高空,让我立刻想到新疆天池上看到的白皑皑的万古雪峰。

这种槐树在北方是非常习见的树种。我虽然也陶醉于氤氲的香气中,但却从来没有认真注意过这种花树——惯了。

有一年,也是在这样春夏之交的时候,我陪一位印度朋友参观北大校园。走到槐花树下,他猛然用鼻子吸了吸气,抬头看了看,眼睛瞪得又大又圆。我从前曾看到一幅印度人画的人像,为了夸大印度人眼睛之大,他把眼睛画得扩张到脸庞的外面。这一回我真仿佛看到这一位印度朋友瞪大了的眼睛扩张到面孔以外来了。

"真好看呀!这真是奇迹!"

"什么奇迹呀?"

"你们这样的花树。"

"这有什么了不起呢?我们这里多得很。"

"多得很就不了不起了吗?"

我无言以对,看来辩论下去已经毫无意义了。可是他的话却对我起了作用:我认真注意槐花了,我仿佛第一次见到它,非常陌生,又似曾相识。我在它身上发现了许多新的,以前从来没有发现的东西。

在沉思之余,我忽然想到,自己在印度也曾有过类似的情景。我在海德拉巴看到耸入云天的木棉树时,也曾大为惊诧。碗口大的红花挂满枝头,殷红如朝阳,灿烂似晚霞,我不禁大为慨叹:

"真好看呀!简直神奇极了!"

"什么神奇?"

"这木棉花。"

"这有什么神奇呢?我们这里到处都有。"

陪伴我们的印度朋友满脸迷惑不解的神气。我的眼睛瞪得多大,我自己看不到。现在到了中国,在洋槐树下,轮到印度朋友(当然不是同一个人)瞪大眼睛了。

在我们的日常生活中,我们都有这样一个经验:越是看惯了的东西,便越是习焉不察,美丑都难看出。这种现象在心理学上是容易解释的:一定要同客观存在的东西保持一定的距离,才能客观地去观察。难道我们就不能有意识地去改变这种习惯吗?难道我们就不能永远用新的眼光去看待一切事物吗?

我想自己先试一试看,果然有了神奇的效果。我现在再走过荷塘看到槐花,努力在自己的心中制造出第一次见到的幻想,我不再熟视无睹,而是尽情地欣赏。槐花也仿佛是得到了知己,大大小小、高高低低的洋槐,似乎在喃喃自语,又似乎是在对我讲话。周围的山石树木,仿佛一下子活了起来,一片生机,融融氤氲。荷塘里的绿水仿佛更绿了,槐树上的白花仿佛更白了,人家篱笆里开的红花仿佛更红了。风吹,鸟鸣,都洋溢着无限生气。一切眼前的东西联在一起,汇成了宇宙的大欢畅。

1986 年 6 月 3 日

怀念西府海棠

暮春三月,风和日丽。我偶尔走过办公楼前面,在盘龙石阶的两旁,一边站着一棵翠柏,浑身碧绿,扑人眉宇,仿佛是从地心深处涌出来的两股青色的力量,喷薄腾越,顶端直刺蔚蓝色的晴空,其气势虽然比不上杜甫当年在孔明祠堂前看到的那一些古柏:"苍皮溜雨四十围,黛色参天二千尺",然而看到它,自己也似乎受到了感染,内心溢满了力量。我顾而乐之,流连不忍离去。

然而,我的眼前蓦地一闪,就在这两棵翠柏站立的地方出现了两棵西府海棠,正开着满树繁花。已经绽开的花朵呈粉红色,没有绽开的骨朵呈鲜红色,粉红与鲜红,纷纭交错,宛如半天的粉红色云彩。成群的蜜蜂飞舞在花丛中,嗡嗡的叫声有如春天的催眠曲。我立刻被这色彩的声音吸引住,沉醉于其中了。眼前再一闪,翠柏与海棠同时站立在同一个地方,两者的影子重叠起来,翠绿与鲜红纷纭交错起来了。

这是怎么一回事呢?

我一时有点儿茫然、憒然,然而不需要半秒钟,我立刻就意识到,眼前的翠柏与海棠都是现实。翠柏是眼前的现实,海棠则是过去的现实,它确曾在这个地方站立过,而今这两个现实又重叠起来,可是过去的现实早已化为灰烬,随风飘零了。

事情就发生在"十年浩劫"期间。一时忽然传说:养花是修正主义,最低的罪名也是玩物丧志。于是"四人帮"一伙就在海内名园燕园大肆"斗私、批修",先批人,后批花木,几十年上百年的丁香花树砍伐殆尽,屡见于清代笔记中的几架古藤萝也被斩草除根,几座楼房外面墙上爬满了的"爬山虎"统统拔掉,办公楼前的两棵枝干繁茂绿叶葳蕤的西府海棠也在劫难逃。总之,一切美好的花木,也像某一些人一样,被打翻在地,身上踏上了一千只脚,永世不得翻身了。

这两棵西府海棠在老北京是颇有一点儿名气的。据说某一个文人的笔记中还专门讲到过它。熟悉北京掌故的人,比如邓拓同志等,生前每到春天都要来园中探望一番。我自己不敢说对北京掌故多么熟悉,但是,每当西府海棠开花时,也常常自命风雅,到树下流连徘徊,欣赏花色之美,听一听蜜蜂的鸣声,顿时觉得人间毕竟是非常可爱的,生活毕竟是非常美好的,胸中的干劲儿陡然腾涌起来,我的身体好像成了一个蓄电瓶,看到了西府海棠,便仿佛蓄满了电,能够在自己所从事的工作中精神抖擞地驰骋一气了。

中国古代的诗人中,喜爱海棠者颇不乏人。大家欣赏海棠之美,但颇以海棠无香为憾。在古代文人的笔记和诗话中,有很多地方谈到这个问题,可见文人墨客对海棠的关心。宋代著名的爱国大诗人陆游有几首《花时遍游诸家园》的诗,其中之一是讲海棠的:

> 为爱名花抵死狂,
> 只愁风日损红芳。
> 绿章夜奏通明殿,
> 乞借春阴护海棠。

　　陆游喜爱海棠达到了何等疯狂的地步啊！稍有理智的人都应当知道，海棠与人无争，与世无忤，决不会伤害任何人的。它只能给人间增添美丽，给人们带来喜悦，能让人们热爱自然，热爱祖国。然而，就连这样天真无邪的海棠也难逃"四人帮"的毒手。燕园内的两棵西府海棠现在已经不知道消逝到什么地方去了，这也算是一种"含冤逝世"吧。代替它站在这里的是两棵翠柏。翠柏也是我所喜爱的，它能给人们带来美感享受，我毫无贬低翠柏的意思。但是，以燕园之大，竟不能给海棠一点儿立足之地，一定要铲除海棠，栽上翠柏，一定要争这方尺之地，翠柏而有知，自己挤占了海棠的地方，也会感到对不起海棠吧！

　　"四人帮"要篡党夺权，有一些事情容易理解；但是砍伐花木、铲除海棠，仿佛这些花木真能抓住他们那罪恶的黑手，令人百思不得其解。宋代苏洵在《辨奸论》中说："凡事之不近人情者，鲜不为大奸慝。"砍伐西府海棠之不近人情，一望而知。爱好美好的东西是人类的天性，任何人都有权利爱好美好的东西，花木当然也包括在里面。然而"四人帮"却偏要违反人性，必欲把一切美好的东西铲除净尽而后快。他们这一伙人是大奸慝，已经丝毫无可怀疑了。

　　事情已过去了将近二十年，为什么西府海棠的影子今天又忽然展现在我的眼前呢？难道说是名花有灵，今天向我"显圣"来了吗？难道说它是向我告状来了吗？可惜我一非包文正，二非海青天，更没有如来佛起死回生的神通，我所有的能耐至多也只能一洒同情之泪，我还有什么话可说呢？

我从来不相信什么神话，但是现在我真想相信有一个天国。可是我知道，须弥山已经为印度所独占，他们把自己的天国乐园安放在那里。昆仑山又为中国人所垄断，王母娘娘就被安顿在那里。我现在只能希望在辽阔无垠的宇宙中间还能有那么一块干净的地方，能容得下一个阆苑乐土。那里有四时不谢之花、八节长春之草，大地上一切花草的魂魄都永恒地住在那里，随时随地都是花团锦簇，五彩缤纷。我们燕园中被无端砍伐了的西府海棠的魂灵也遨游其间。我相信，它决不会忘记自己待了多年的美丽的燕园，每当三春繁花盛开之际，它一定会来到人间，驾临燕园，风前月下，凭吊一番。"环佩空归月下魂"，明妃之魂归来，还有环佩之声，西府海棠之魂归来时，能有什么迹象呢？我说不出，我只能时时来到办公楼前，在翠柏影中，等候倩魂。我是多么想为海棠招魂啊！结果恐怕只能是"上穷碧落下黄泉，两地茫茫皆不见"了。奈何，奈何！

在这风和日丽的三月，我站在这里，浮想联翩，怅望晴空，眼睛里流满了泪水。

> 1987年4月26日写于上海华东师范大学专家招待所。行装甫卸，倦意犹存。在京构思多日的这篇短文，忽然躁动于心中，于是悚然而起，援笔立就，如有天助，心中甚喜。

晨　趣

一抬头，眼前一片金光：朝阳正跳跃在书架顶上玻璃盒内日本玩偶藤娘身上。藤娘一身和服，花团锦簇，手里拿着淡紫色的藤萝花，熠熠发光，而且闪烁不定。

我开始工作的时候，窗外暗夜正在向前走动。不知怎样一来，暗夜已逝，旭日东升。这阳光是从哪里流进来的呢？窗外一棵高大的梧桐树，枝叶繁茂，仿佛张开了一张绿色的网。再远一点儿，在湖边上是成排的垂柳。所有这一些都不利于阳光的穿透，然而阳光确实流进来了，就流在藤娘身上……

然而，一转瞬间，阳光忽然又不见了，藤娘身上，一片阴影。窗外，在梧桐和垂柳的缝隙里，是一块块蓝色的天空，成群的鸽子正盘旋飞翔在这样的天空里，黑影在蔚蓝上面画上了弧线。鸽影落在湖中，清晰可见，好像比天空里的更富有神韵，宛如镜花水月。

朝阳越升越高，透过浓密的枝叶，一直照到我的头上。我心中一动，阳光好像有了生命，它启迪着什么，它暗示着什么。我忽然想到印度大诗人泰戈尔，每天早上对着初升的太阳，静坐沉思，幻想与天地同体，与宇宙合一。我从来没达到这样的境界，我没有这一份福气。可是我也感到太阳的威力，心中思绪腾翻，仿佛也能洞察三界，透视万有了。

现在我正处在每天工作的第二阶段的开头上。紧张地工作了一个阶段以后，我现在想缓松一下。心里有了余裕，能够抬一抬头，向四周，特别是窗外观察一下。窗外风光如旧，但是四季不同：春花、秋月、夏雨、冬雪，情趣各异，动人则一。现在正是夏季，浓绿扑人眉宇，鸽影在天，湖光如镜。多少年来，当然都是这个样子。为什么过去我竟视而不见呢？今天，藤娘的身上一点儿闪光，仿佛照透了我的心，让我抬起头来，以崭新的眼光来衡量一切。眼前的东西既熟悉，又陌生，我仿佛搬到了一个新的地方，把我好奇的童心一下子都引逗起来了。我注视着藤娘，我的心却飞越茫茫大海，飞到了日本，怀念起赠送给我藤娘的室伏干律子夫人和室伏佑厚先生一家来。真挚的友情温暖着我的心……

窗外太阳升得更高了。梧桐树椭圆的叶子和垂柳尖长的叶子，交织在一起，椭圆与细长相映成趣。最上一层阳光照在上面，一片嫩黄；下一层则处在背阴处，一片黑绿。远处的塔影，屹立不动。天空里的鸽影仍然在划着或长或短，或远或近的弧线。再把眼光收回来，则看到里面窗台上摆着的几盆君子兰，深绿肥大的叶子，给我心中增添了绿色的力量。

多么可爱的清晨，多么宁静的清晨！

此时我怡然自得，其乐陶陶。我真觉得，人生毕竟是非常可爱的，大地毕竟是非常可爱的。我有点儿不知老之已至了。我这个从来不写诗的人心中似乎也有了一点儿诗意。

此身合是诗人未？
　　鸽影湖光入目明。

我好像真正成为一个诗人了。

1988 年 10 月 13 日晨

神奇的丝瓜

今年春天,孩子们在房前空地上,斩草挖土,开辟出来了一个一丈见方的小花园。周围用竹竿扎了一个篱笆,移来了一棵玉兰花树,栽上了几株月季花,又在竹篱下面随意种上了几棵扁豆和两棵丝瓜。土壤并不肥沃,虽然也铺上了一层河泥,但估计不会起很大的作用,大家不过是玩玩儿而已。

过了不久,丝瓜竟然长了出来,而且日益茁壮。这当然增加了我们的兴趣,但是我们也并没有过高的期望。我自己每天早晨工作疲倦了,常到屋旁的小土山上走一走,站一站,看看墙外马路上的车水马龙和亚运会招展的彩旗,顾而乐之,只不过顺便看一看丝瓜罢了。

丝瓜是普通的植物,我也并没有想到会有什么神奇之处。可是忽然有一天,我发现丝瓜秧爬出了篱笆,爬上了楼墙。以后,每天看丝瓜,总比前一天向楼上爬了一大段。最后竟从一楼爬上了二楼,又从二楼爬上了三楼。说它每天长出半尺,决非夸大之词。丝瓜的秧不过像细绳一般粗,如不注意,连它的根在什么地方都找不到。这样细的一根秧竟能在一夜之间输送这样多的水分和养料，供应前方，使得上面的叶子长得又肥又绿，爬在灰白色的墙上，一片浓绿，给土墙增添了无量活力与生机。

这当然让我感到很惊奇，我的兴趣随之大大地提高。每天早晨看丝瓜成了我的主要任务，爬小山反而成为次要的了。我往往注视着细细的瓜秧和浓绿的瓜叶，陷入沉思，想得很远，很远……

又过了几天，丝瓜开出了黄花。再过几天，有的黄花就变成了小小的绿色的瓜。瓜越长越长，越长越长，当然也越来越重，最初长出的那一个小瓜竟把瓜秧坠下来了一点儿，直挺挺地悬垂在空中，随风摇摆。我真是替它担心，生怕它经不住这一份重量，会整个儿地从楼上坠了下来落到地上。

然而不久就证明了，我这种担心是多余的。最初长出来的瓜不再长大，仿佛得到命令停止了生长。在上面，在三楼一位一百〇二岁的老太太的室外窗台上，却长出来了两个瓜。这两个瓜后来居上，发疯似的猛长，不久就长成了小孩胳膊一般粗了。这两个瓜加起来恐怕有五六斤重，那一根细秧怎么能承担得住呢？我又担心起来。没过几天，事实又证明了我是杞人忧天。两个瓜不知从什么时候忽然弯了起来，把躯体放在老太太的窗台上，从下面看上去，活像两个粗大弯曲的绿色牛角。

不知道从哪一天起，我忽然又发现，在两个大瓜的下面，在二三楼之间，在一根细秧的顶端，又长出来一个瓜，垂直地悬在那里。我又犯了担心病：这个瓜上面够不到窗台，下面也是空空的，总有一天，它越长越大，会把上面的两个大瓜也坠了下来，一起坠到地上，落叶归根，同它的根部聚合在一起。

然而今天早晨，我却看到了奇迹。同往日一样，我习惯地抬头看瓜，下面最小的那一个早已停止生长，孤零零地悬在空中，似乎一点儿分量都没有；上面老太太窗台上那两个大的，似乎长得更大了，威武雄壮地压在窗台上；中间的那一个却不见了。我看看地上，没有看到掉下来的瓜。等我倒退几步抬头再看时，却看到那一个我认为失踪了的瓜，平着身子躺在抗震加固时筑上的紧靠楼墙凸出的一个台子上。这真让我大吃一惊。这样一个原来垂直悬在空中的瓜怎么忽然平身躺在那里了呢？这个凸出的台子无论是从上面还是从下面都是无法上去的，决不会有人把丝瓜摆平的。

我百思不得其解，徘徊在丝瓜下面，像达摩老祖一样，面壁参禅。我仿佛觉得这棵丝瓜有了思想，它能考虑问题，而且还有行动。它能让无法承担重量的瓜停止生长；它能给处在有利地形的大瓜找到承担重量的地方，给这样的瓜特殊待遇，让它们疯狂地长；它能让悬垂的瓜平身躺下。如果不是这样的话，无论如何也无法解释我上面谈到的现象。但是，如果真是这样的话，又实在令人难以置信。丝瓜用什么来思想呢？丝瓜靠什么来指导自己的行动呢？上下数千年，纵横几万里，从来也没有人说过，丝瓜会有思想。我左考虑，右考虑，越考虑越糊涂。我无法同丝瓜对话，这是一个沉默的奇迹。瓜秧仿佛成了一根神秘的绳子，绿叶上照旧浓翠扑人眉宇。我站在丝瓜下面，陷入梦幻。而丝瓜则似乎心中有数，无言静观，它怡然泰然悠然坦然，仿佛含笑面对秋阳。

1990 年 10 月 9 日

老　猫

老猫虎子蜷曲在玻璃窗外窗台上一个角落里，缩着脖子，眯着眼睛，一片寂寞、凄清、孤独、无助的神情。

外面正下着小雨，雨丝一缕一缕地向下飘落，像是珍珠帘子。时令虽已是初秋，但是隔着雨帘，还能看到紧靠窗子的小土山上丛草依然碧绿，毫无要变黄的样子。在万绿丛中赫然露出一朵鲜艳的红花。古诗"万绿丛中一点红"，大概就是这般光景吧。这一朵小花如火似燃，照亮了浑茫的雨天。

我从小就喜爱小动物，同小动物在一起，别有一番滋味。它们天真无邪，率性而行；有吃抢吃，有喝抢喝；不会说谎，不会推诿；受到惩罚，忍痛挨打，一转眼间，照偷不误。同它们在一起，我心里感到怡然、坦然、安然、欣然，不像同人在一起那样，应对进退，谨小慎微，斟酌词句，保持距离，感到异常地别扭。

十四年前，我养的第一只猫，就是这个虎子。它刚到我家来的时候，比老鼠大不了多少。蜷曲在窄狭的窗台上，活动的空间好像富富有余。它并没有什么特点，只是一只最平常的狸猫，身上有虎皮斑纹，颜色不黑不黄，并不美观。但是它异于常猫的地方也有。它有两只炯炯有神的眼睛，两眼一睁，还真虎虎有虎气，因此起名叫虎子。它脾气也确实暴烈如虎。它从来不怕任何人。谁要想打它，不管是用鸡毛掸子，还是用竹竿，它从不回避，而是向前进攻，声色俱厉。得罪过它的人，它永世不忘。我的外孙打过它一次，从此结仇。只要他到我家来，隔着玻璃窗子，一见人影，它就做好准备，向前进攻，爪牙并举，吼声震耳。他没有办法，在家中走动，都要手持竹竿，以防万一，否则寸步难行。有一次，一位老同志来看我，他显然是非常喜欢猫的。一见虎子，嘴里连声说着："我身上有猫味，猫不会咬我的。"他伸手想去抚摩它，可万没有想到，我们的虎子不懂什么猫味，回头就是一口。这位老同志大惊失色。总之，到了后来，虎子无人不咬，只有我们家三个主人除外，它的"咬声"颇能耸人听闻了。

但是，要说这就是虎子的全面，那也是不正确的。除了暴烈咬人以外，它还有另外一面，这就是温柔敦厚的一面。我举一个小例子。虎子来我们家以后的第三年，我又要了一只小猫。这是一只混种的波斯猫，浑身雪白，毛很长，但在额头上有一小片黑黄相间的花纹。我们家人管这只猫叫洋猫，起名咪咪；虎子则被尊为土猫。这只猫的脾气同虎子完全相反：胆小、怕人，从来没有咬过人。只有在外面跑的时候，才露出一点儿野性。它只要有机会溜出大门，但见它长毛尾巴一摆，像一溜烟似的立即窜入小山的树丛中，半天不回家。这两只猫并没有血缘关系。但是，不知道是由于什么原因，一进门，虎子就把咪咪看作是自己的亲生女儿。它自己本来没有什么奶，却坚决要给咪咪喂奶，把咪咪搂在怀里,让它咂自己的干奶头,它眯着眼睛,仿佛在享着天福。我在吃饭的时候,有时丢点儿鸡头骨、鱼刺,这等于猫们的燕窝、鱼翅。但是,虎子却只蹲在旁边,瞅着咪咪一只猫吃,从来不同它争食。有时还"咪噢"上两声,好像是在说:"吃吧,孩子!安安静静地吃吧!"不管是春夏还是秋冬,虎子有时会从两边的小山上逮一些小动物,麻雀、蚱蜢、蝉、蛐蛐之类,用嘴叼着,蹲在家门口,嘴里发出一种怪声。这是猫语,屋里的咪咪,不管是睡还是醒,耸耳一听,立即跑到门后,馋涎欲滴,等着吃母亲带来的佳肴,大快朵颐。我们家人看到这样母子亲爱的情景,都由衷地感动,一致把虎子称作"义猫"。有一年,小咪咪生了两个小猫。大概是初做母亲,没有经验,正如我们圣人所说的那样:"未有学养子而后嫁者也。"养子,人们能很快学会,而猫们则不行。咪咪丢下小猫不管,虎子却大忙特忙起来,觉不睡,饭不吃,日日夜夜把小猫搂在怀里。但小猫是要吃奶的,而奶正是虎子所缺的。于是小猫暴躁不安,虎子眉头一皱,计上心来,叼起小猫,到处追着咪咪,要它给小猫喂奶,还真像一个姥姥样子。但是小咪咪并不领情,依旧不给小猫喂奶。有几天的时间,虎子不吃不喝,瞪着两只闪闪发光的眼睛,嘴里叼着小猫,从这屋赶到那屋,一转眼又赶了回来。小猫大概真是受不了啦,便辞别了这个世界。

  我看了这一出猫家庭里的悲剧又是喜剧,实在是爱莫能助,惋惜了很久。

  我同虎子和咪咪都有深厚的感情。每天晚上,它们俩抢着到我床上去睡觉。在冬天,我在棉被上面特别铺上了一块布,供它们躺卧。我有时候半夜里醒来,神志一清醒,觉得有什么东西重重地压在我身上,一股暖气仿佛透过了两层棉被,扑到我的双腿上。我知道,小猫睡得正香,即使我的双腿由于僵卧时间过久,又酸又痛,但我总是强忍着,决不动一动双腿,免得惊了小猫的轻梦。它此时也许正梦着捉住了一只耗子。只要我的腿一动,它这耗子就吃不成了,岂非大煞风景吗?

这样过了几年,小咪咪大概有八九岁了。虎子比它大三岁,十一二岁的光景。依然威风凛凛,脾气暴烈如故,见人就咬,大有死不改悔的神气。而小咪咪则出我意料地露出了下世的光景,常常到处小便,桌子上,椅子上,沙发上,无处不便。如果到医院里去检查的话,大夫在列举的病情中一定会有这一条:小便失禁。最让我心烦的是,它偏偏看上了我桌子上的稿纸。我正写着什么文章,然而它却根本不管这一套,跳上去,屁股往下一蹲,一泡猫尿流在上面,还闪着微弱的光。说我不急,那不是真的,我心里真急。但是,我谨遵我的一条戒律:决不打小猫一掌,在任何情况之下,也不打它。此时,我赶快把稿纸拿起来,抖掉上面的猫尿,等它自己干。心里又好气,又好笑,真是哭笑不得。家人对我的嘲笑,我置若罔闻,"全等秋风过耳边"。

我不信任何宗教,也不皈依任何神灵。但是,此时我却有点儿想迷信一下。我期望会有奇迹出现,让咪咪的病情好转。可世界上是没有什么奇迹的,咪咪的病一天一天地严重起来。它不想回家,喜欢在房外荷塘边上石头缝里待着,或者藏在小山的树木丛里。它再也不在夜里睡在我的被子上了。每当我半夜里醒来,觉得棉被上轻飘飘的,我惘然若有所失,甚至有点儿悲伤了。我每天凌晨起来,第一件事情就是拿着手电到房外塘边山上去找咪咪。它浑身雪白,是很容易找到的。在薄暗中,我眼前白白地一闪，我就知道是咪咪。见了我，"咪噢"一声，起身向我走来。我把它抱回家，给它东西吃，它似乎根本没有口味。我看了直想流泪。有一次我拖着疲惫的身子，走几里路，到海淀的肉店里去买猪肝和牛肉。拿回来，喂给咪咪，它一闻，似乎有点儿想吃的样子。但肉一沾唇，它立即又把头缩回去，闭上眼睛，不闻不问了。

有一天傍晚，我看咪咪神情很不妙，预感要发生什么事情。我唤它，它不肯进屋。我把它抱到篱笆以内，窗台下面。我端来两只碗，一只盛吃的，一只盛水。我拍了拍它的脑袋，它偎依着我，"咪噢"叫了两声，便闭上了眼睛。我放心进屋睡觉。第二天凌晨，我一睁眼，三步并作一步，手里拿着手电，到外面去看。哎呀，不好！两碗全在，猫影顿杳。我心里非常难过，说不出是什么滋味。我手持手电找遍了塘边，山上，树后，草丛，深沟，石缝。有时候，眼前白光一闪。"是咪咪！"我狂喜。走近一看，是一张白纸。我嗒然若丧，心头仿佛被挖掉了点儿什么。"屋前屋后搜之遍，几处茫茫皆不见。"从此我就失掉了咪咪，它从我的生命中消逝了，永远永远地消逝了。我简直像是失掉了一个好友，一个亲人。至今回想起来，我内心里还颤抖不止。

在我心情最沉重的时候，有一些通达世事的好心人告诉我，猫们有一种特殊的本领，能知道自己什么时候寿终。到了此时此刻，它们决不待在主人家里，让主人看到死猫，感到心烦，或感到悲伤。它们总是逃了出去，到一个最僻静、最难找的角落里，地沟里，山洞里，树丛里，等候最后时刻的到来。因此，养猫的人大都在家里看不见死猫的尸体。只要自己的猫老了，病了，出去几天不回来，他们就知道，它已经离开了人世，不让举行遗体告别的仪式，永远永远不再回来了。

我听了以后，憬然若有所悟。我不是哲学家，也不是宗教家，但却读过不少哲学家和宗教家谈论生死大事的文章。这些文章多半有非常精辟的见解，闪耀着智慧的光芒，我也想努力从中学习一些有关生死的真理，结果却是毫无所得。那些文章中，除了说教以外，几乎没有什么有用的东西。大半都是老生常谈，不能解决什么实际问题，没能给我留下深刻的印象。现在看来，倒是猫们临终时的所作所为，即使仅仅是出于本能吧，却给了我很大的启发。人们难道就不应该向猫们学习这一点经验吗？有生必有死，这是自然规律，谁都逃不过。中国历史上赫赫有名的人物，秦皇、汉武，还有唐宗，想方设法，千方百计，想求长生不老。到头来仍然是竹篮子打水一场空，只落得黄土一抔，"西风残照，汉家陵阙"，我辈平民百姓又何必煞费苦心呢？一个人早死几个小时，或者晚死几个小时，甚至几天，实在是无所谓的小事，决影响不了地球的转动，社会的前进。再退一步想，现在有些思想开明的人士，不想长生不老，不想在大地上再留黄土一抔，甚至开明到不要遗体告别，不要开追悼会。但是，仍会给后人留下一些麻烦：登报，发讣告，还要打电话四处通知，总得忙上一阵。何不学一学猫们呢？它们这样处理生死大事，干得何等干净利索呀！一点儿痕迹也不留，走了，走了，永远地走了，让这花花世界的人们不见猫尸，用不着落泪，照旧做着花花世界的梦。

我忽然联想到我多次看过的敦煌壁画上的西方净土变。所谓"净土"，指的就是我们常说的天堂、乐园，是许多宗教信徒烧香念佛，查经祷告，甚至实行苦行，折磨自己，梦寐以求想到达的地方。据说在那里可以享受天福，得到人世间万万得不到的快乐。我看了壁画上画的房子、街道、树木、花草，以及大人、小孩，林林总总，觉得十分热闹。可我觉得没有什么出奇之处。只有一件事给我留下了永不磨灭的印象，那就是，那里的人们都是笑口常开，没有一个人愁眉苦脸，他们的日子大概过得都很惬意。不像在我们人间有这样许多不如意的事情，有时候办点儿事，还要找后门，钻空子。在他们的商店里——净土里面还实行市场经济吗？他们还用得着商店吗？——售货员大概都很和气，不给人白眼，不训斥"上帝"，不扎堆闲侃，不给人钉子碰。这样的天堂乐园，我也真是心向往之的。但是给我印象最深，使我最为吃惊或者羡慕的还是他们对待要死的人的态度。那里的人，大概同人世间的猫们差不多，能预先知道自己寿终的时刻。到了此时，要死的老嬷嬷或者老头，健步如飞地走在前面，身后簇拥着自己的子子孙孙、至亲好友，个个喜笑颜开，全无悲戚的神态，仿佛是去参加什么喜事一般，一直把老人送进坟墓。后事如何，壁画不是电影，是不能动的。然而画到这个程度，以后的事尽在不言中。如果一定要画上填土封坟，反而似乎是多此一举了。我觉得，净土中的人们给我们人类争了光。他们这一手比猫们又漂亮多了。知道必死，而又兴高采烈，多么豁达！多么聪明！猫们能做得到吗？这证明，净土里的人们真正参透了人生奥秘，真正参透了自然规律。人为万物之灵，他们为我们人类在同猫们对比之下真真增了光！真不愧是净土！

上面我胡思乱想得太远了，还是回到我们人世间来吧。我坦白承认，我对人生的奥秘参透得还不够，我对自然规律参透得也还不够，我仍然十分怀念我的咪咪。我心里仿佛有一个空白，非填起来不行。我一定要找一只同咪咪一模一样的白色波斯猫。后来果然朋友又送来了一只,浑身长毛,洁白如雪,两只眼睛全是绿的,亮晶晶像两块绿宝石。为了纪念死去的咪咪,我仍然为它命名"咪咪",见了它,就像见到老咪咪一样。过了大约又有一年的光景,友人又送了我一只据说是纯种的波斯猫,两只眼睛颜色不同,一黄一蓝。在太阳光下,黄的特别黄,蓝的特别蓝,像两颗黄蓝宝石,闪闪发光,竞妍争艳。这只猫特别调皮,简直是胆大无边,然而也因此就更特别可爱。这一下子又忙坏了虎子,它认为这两只小猫都是自己的亲生女儿,硬逼着它们吮吸自己那干瘪的奶头。只要它走出去,不知在什么地方弄到了小鸟、蚱蜢之类,就带回家来,给两只小猫吃。好久没有听到的"咪噢"唤小猫的声音,现在又听到了,我心里漾起了一丝丝甜意。这大大地减轻了我对老咪咪的怀念。

可是岁月不饶人,也不会饶猫的。这一只"土猫"虎子已经活到十四岁。据通达世情的人们说,猫的十四岁,就等于人的八九十岁。这样一来,我自己不是成了虎子的同龄"人"了吗?这个虎子却也真怪。有时候,颇现出一些老相。两只炯炯有神的眼睛忽然被一层薄膜蒙了起来,嘴里流出了哈喇子,胡子上都沾得亮晶晶的。不大想往屋里来,日日夜夜趴在阳台上蜂窝煤堆上,不吃,不喝。我有了老咪咪的经验,知道它快不行了。我又跑到海淀,去买来牛肉和猪肝,想让它不要饿着肚子离开这个世界,我随时准备着:第二天早晨一睁眼,虎子不见了。结果,虎子并没有这样干。我天天凌晨第一件事就是来看虎子,隔着窗子,依然黑乎乎的一团,卧在那里。我心里感到安慰。有时候,它也起来走动。我在本文开头时写的就是去年深秋一个下雨天我隔窗看到的虎子的情况。

　　到了今天,半年又过去了。虎子不但没有走,而且顽健胜昔,仍然是天天出去。有时候在晚上,窗外的布帘子的一角蓦地被掀了起来,一个丑角似的三花脸一闪。我便知道,这是虎子回来了,连忙开门,放它进来。大概同某一些老年人一样——不是所有的老年人——到了暮年就改恶向善,虎子的脾气大大地改变了,几乎再也不咬人了。我早晨摸黑起床,写作看书累了,常常到门外湖边山下去走一走。此时,我冷不防脚下忽然踢着了一团软乎乎的东西,这是虎子。它夜里不知道在什么地方待了一夜,现在看到了我,一下子蹿了出来,用身子蹭我的腿,在我身前和身后转悠。它跟着我,亦步亦趋,我走到哪里,它就跟到哪里,寸步不离。我有时故意爬上小山,以为它不会跟来了,然而一回头,虎子正跟在身后。猫是从来不跟人散步的,只有狗才这样干。有时候碰到过路的人,他们见了这情景,都大为吃惊。"你看,猫跟着主人散步哩!"他们说,露出满脸惊奇的神色。最近一个时期,虎子似乎更精力旺盛了。它返老还童了。有时候竟带一个它重孙辈的小公猫到我们家阳台上来。"今夜我们相识",虎子用不着介绍就相识了。看样子,虎子一去不复返的日子遥遥无期了。我成了拥有三只猫的家庭的主人。

　　我养了十几年猫,前后共有四只。猫们向人们学习什么,我不通猫语,无法询问。我作为一个人却确实向猫学习了一些有用的东西。上面讲过的处理死亡的办法,就是一个例子。我自己毕竟年纪已经很大了,常常想到死的问题,鲁迅五十多岁就想到了,我真是瞠乎后矣。人生必有死,这是无法抗御的。而且我还认为,死也是好事情。如果世界上的人都不死,连我们的轩辕老祖和孔老夫子今天依然峨冠博带，坐着奔驰车，到天安门去遛弯儿，你想人类世界会成一个什么样子！人是百代的过客，总是要走过去的，这决不会影响地球的转动和人类社会的进步。每一代人都只是一场没有终点的长途接力赛的一环。前不见古人，后不见来者，是宇宙常规。人老了要死，像在净土里那样，应该算是一件喜事。老人跑完了自己的一棒，把棒交给后人，自己要休息了，这是正常的。不管快慢，他们总算跑完了一棒，总算对人类的进步做出了贡献，总算尽上了自己的天职。年老了要退休，这是精神状况所决定的，不是哪个人能改变的。老人们会不会感到寂寞呢？我认为，会的。但是我却觉得，这寂寞是顺乎自然的，从伦理的高度来看，甚至是应该的。我始终主张，老年人应该为青年人活着，而不是相反。青年人有接力棒在手，世界是他们的，未来是他们的，希望是他们的。吾辈老年人的天职是尽上自己仅存的精力，帮助他们前进，必要时要躺在地上，让他们踏着自己的躯体前进，前进。如果由于害怕寂寞而学习《红楼梦》里的贾母，让一家人都围着自己转，这不但是办不到的，而且从人类前途利益来看是犯罪的行为。我说这些话，也许有人怀疑，我是不是碰到了什么不如意的事，才说出这样令某些人骇怪的话来。不，不，决不。我现在身体顽健，家庭和睦，在社会上广有朋友，每天照样读书、写作、会客、开会不辍。我没有不如意的事情，也没有感到寂寞。不过自己毕竟已逾耄耋之年，面前的路有限了，不免有时候胡思乱想。而且，我同猫们相处久了，觉得它们有些东西确实值得我们学习，我们这些万物之灵应该屈尊一下，学习学习。即使只学到猫们处理死亡大事这一手，我们的社会会减少多少麻烦呀！

"那么，你是不是准备学习呢?"我仿佛听到有人这样质问了。是的，我心里是想学习的。不过也还有些困难。我没有猫的本能，我不知道自己的大限何时来到。而且，我还有点儿担心，如果我真正学习了猫，有一天忽然偷偷地溜出了家门，到一个旮旯里、树丛里、山洞里、河沟里，一头钻进去，藏了起来，这样一来，我们人类社会可不像猫社会那样平静，有些人必然认为这是特大新闻，指手画脚，喊喊喳喳。如果是在旧社会里或者在今天的香港等地的话，这必将成为头版头条的爆炸性新闻，不亚于当年的杨乃武和小白菜。我的亲属和朋友也必将派人出去寻找。派的人也许比寻找彭加木的人还要多。这是多么可怕的事呀！因此我就迟疑起来。至于最后究竟何去何从，我正在考虑、推敲、研究。

二月兰

一转眼，不知怎样一来，整个燕园竟成了二月兰的天下。

二月兰是一种常见的野花。花朵不大，紫白相间。花形和颜色都没有什么特异之处。如果只有一两棵，在百花丛中，决不会引起任何人的注意。但是它却以多胜，每到春天，和风一吹拂，便绽开了小花。最初只有一朵，两朵，几朵。但是一转眼，在一夜间，就能变成百朵，千朵，万朵，大有凌驾百花之势了。

我在燕园里已经住了四十多年。最初，我并没有特别注意到这种小花。直到前年，也许正是二月兰开花的大年，我蓦地发现，从我住的楼旁小土山开始，走遍了全园，眼光所到之处，无不有二月兰在。宅旁，篱下，林中，山头，土坡，湖边，只要有空隙的地方，都是一团紫气，间以白雾，小花开得淋漓尽致，气势非凡，紫气直冲云霄，连宇宙都仿佛变成紫色的了。

我在迷离恍惚中，忽然发现二月兰爬上了树，有的已经爬上了树顶，有的正在努力攀登，连喘气的声音似乎都能听到。我这一惊可真不小：莫非二月兰真成了精了吗？再定睛一看，原来是二月兰丛中的一些藤萝，也正在开着花，花的颜色同二月兰一模一样,所差的就仅仅只缺少那一团白雾。我实在觉得我这个幻觉非常有趣。带着清醒的意识,我仔细观察起来:除了花形之外,颜色真是一般无二。反正我知道了这是两种植物,心里有了底。然而再一转眼,我仍然看到二月兰往枝头爬。这是真的呢?还是幻觉?——由它去吧。

自从意识到二月兰的存在以后,一些同二月兰有联系的回忆立即涌上心头。原来很少想到的或根本没有想到的事情,现在想到了;原来认为十分平常的琐事,现在显得十分不平常了。我一下子清晰地意识到,原来这种十分平凡的野花竟在我的生命中占有这样重要的地位。我自己也有点吃惊了。

我回忆的丝缕是从楼旁的小土山开始的。这一座小土山,最初毫无惊人之处,只不过两三米高,上面长满了野草。当年歪风狂吹时,每次"打扫卫生",全楼住的人都被召唤出来拔草,不是"绿化",而是"黄化"。我每次都在心中暗恨这小山野草之多。后来不知由于什么原因,把山堆高了一两米。这样一来,山就颇有一点山势了。东头的苍松,西头的翠柏,都仿佛恢复了青春,一年四季,郁郁葱葱。中间一棵榆树,从树龄来看,只能算是松柏的曾孙,然而也枝干繁茂,高枝直刺入蔚蓝的晴空。

我不记得从什么时候起我注意到小山上的二月兰。这种野花开花大概也有大年小年之别的。碰到小年,只在小山前后稀疏地开上那么几片。遇到大年,则山前山后开成大片。二月兰仿佛发了狂。我们常讲什么什么花"怒放",这个"怒"字用得真是无比地奇妙。二月兰一"怒",仿佛从土地深处吸来了一股原始力量,一定要把花开遍大千世界,紫气直冲云霄,连宇宙都仿佛变成紫色的了。

东坡的词说:"人有悲欢离合,月有阴晴圆缺,此事古难全。"但是花们好像是没有什么悲欢离合。应该开时,它们就开。该消失时,它们就消失。它们是"纵浪大化中",一切顺其自然,自己无所谓什么悲与喜。我的二月兰就是这个样子。

然而,人这个万物之灵却偏偏有了感情,有了感情就有了悲欢。这真是多此一举,然而没有法子。人自己多情,又把情移到花,"泪眼问花花不语",花当然"不语"了。如果花真"语"起来,岂不吓坏了人!这些道理我十分明白。然而我仍然把自己的悲欢挂到了二月兰上。

当年老祖还活着的时候,每到春天二月兰开花的时候,她往往拿一把小铲,带一个黑书包,到成片的二月兰旁青草丛里去搜挖荠菜。只要看到她的身影在二月兰的紫雾里晃动,我就知道在午餐或晚餐的餐桌上必然弥漫着荠菜馄饨的清香。当婉如还活着的时候,她每次回家,只要二月兰还在开花,她离开时,总穿过左手是二月兰的紫雾,右手是湖畔垂柳的绿烟,匆匆忙忙走去,把我的目光一直带到湖对岸的拐弯处。当小保姆杨莹还在我家时,她也同小山和二月兰结上了缘。我曾套清词写过三句话:"午静携侣寻野菜,黄昏抱猫向夕阳,当时只道是寻常。"我的小猫虎子和咪咪还在世的时候,我也往往在二月兰丛里看到她们:一黑一白,在紫色中格外显眼。

所有这些琐事都是寻常到不能再寻常了。然而,曾几何时,到了今天,老祖和婉如已经永远永远地离开了我们。小莹也回了山东老家。至于虎子和咪咪也各自遵循猫的规律,不知钻到了燕园中哪一个幽暗的角落里,等待死亡的到来。老祖和婉如的走,把我的心都带走了。虎子和咪咪我也忆念难忘。如今,天地虽宽,阳光虽照样普照,我却感到无边的寂寥与凄凉。回忆这些往事,如云如烟,原来是近在眼前,如今却如蓬莱灵山,可望而不可即了。

对于我这样的心情和我的一切遭遇,我的二月兰一点也无动于衷,照样自己开花。今年又是二月兰开花的大年。在校园里,眼光所到之处,无不有二月兰在。宅旁,篱下,林中,山头,土坡,湖边,只要有空隙的地方,都是一团紫气,间以白雾。小花开得淋漓尽致,气势非凡,紫气直冲霄汉,连宇宙都仿佛变成紫色的了。

这一切都告诉我,二月兰是不会变的,世事沧桑,于她如浮云。然而我却是在变的,月月变,年年变。我想以不变应万变,然而办不到。我想学习二月兰,然而办不到。不但如此,她还硬把我的记忆牵回到我一生最倒霉的时候。在"十年浩劫"中,我自己跳出来反对北大那一位"老佛爷",被抄家,被打成了"反革命"。正是在二月兰开花的时候,我被管制劳动改造。有很长一段时间,我每天到一个地方去捡破砖碎瓦,还随时准备着被红卫兵押解到什么地方去"批斗",坐喷气式,还要挨上一顿揍,打得鼻青脸肿。可是,在砖瓦缝里的二月兰依然开放,怡然自得,笑对春风,好像是在嘲笑我。

我当时日子实在非常难过。我知道正义是在自己手中,可是是非颠倒,人妖难分,我呼天天不应,叫地地不答,一腔义愤,满腹委屈,毫无生人之趣。在很长一段时间内,我成了"不可接触者",几年没接到过一封信,很少有人敢同我打个招呼。我虽处人世,实为异类。

然而我一回到家里,老祖、德华她们,在每人每月只能得到恩赐十几元钱生活费的情况下,殚思竭虑,弄一点好吃的东西,希望能给我增加点营养;更重要的恐怕还是,希望能给我增添点生趣。婉如和延宗也尽可能地多回家来。我的小猫憨态可掬,偎依在我的身旁。她们不懂哲学,分不清两类不同性质的矛盾。人视我为异类,她们视我为好友,从来没有表态,要同我划清界限。所有这一些极其平常的琐事,都给我带来了无量的安慰。窗外尽管千里冰封,室内却是暖气融融。我觉得,在世态炎凉中,还有不炎凉者在。这一点暖气支撑着我,走过了人生最艰难的一段路,没有堕入深涧,一直到今天。

我感觉到悲,又感觉到欢。

到了今天,天运转动,否极泰来,不知怎么一来,我一下子成为"极可接触者"。到处听到的是美好的言辞,又到处见到的是和悦的笑容。我从内心里感激我这些新老朋友,他们绝对是真诚的。他们鼓励了我,他们启发了我。然而,一回到家里,虽然德华还在,延宗还在,可我的老祖到哪里去了呢?我的婉如到哪里去了呢?还有我的虎子和咪咪一世到哪里去了呢?世界虽照样朗朗,阳光虽照样明媚,我却感觉异样的寂寞与凄凉。

我感觉到欢,又感觉到悲。

我年届耄耋,前面的路有限了。几年前,我写过一篇短文,叫《老猫》,意思很简明。我一生有个特点:不愿意麻烦人。了解我的人都承认的。难道到了人生最后一段路上我就要改变这个特点吗?不,不,不想改变。我真想学一学老猫,到了大限来临时,钻到一个幽暗的角落里,一个人悄悄地离开人世。

这话又扯远了。我并不认为眼前就有制定行动计划的必要。我还有很多事情要做,而且我的健康情况也允许我去做。有一位青年朋友说我忘记了自己的年龄。这话极有道理，可我并没有全忘。有一个问题我还想弄弄清楚哩。按说我早已到了"悲欢离合总无情"的年龄，应该超脱一点了。然而在离开这个世界以前，我还有一件心事：我想弄清楚，什么叫"悲"？什么又叫"欢"？是我成为"不可接触者"时悲呢？还是成为"极可接触者"时欢？如果没有老祖和婉如的逝世，这问题本来是一清二白的。现在却是悲欢难以分辨了。我想得到答复。我走上了每天必登临几次的小山。我问苍松，苍松不语。我问翠柏，翠柏不答。我问三十多年来目睹我这些悲欢离合的二月兰，她也沉默不语，兀自万朵怒放，笑对春风，紫气直冲霄汉。

1993 年 6 月 11 日写完

一条老狗

  自己也不知道是什么原因，我总会不时想起一条老狗来。在过去七十年漫长的时间内，不管我是在国内，还是在国外，不管我是在亚洲、欧洲、非洲，一闭眼睛，就会不时有一条老狗的影子在我眼前晃动，背景是在一个破破烂烂的篱笆门前，后面是绿苇丛生的大坑，透过苇丛的疏稀处，闪亮出一片水光。

  这究竟是怎么一回事呢？

  无论用多么夸大的词句，也决不能说这一条老狗是逗人喜爱的。它只不过是一条最普普通通的狗，毛色棕红，灰暗，上面沾满了碎草和泥土。在乡村群狗当中，无论如何也显不出一点儿特异之处，既不凶猛，又不魁梧。然而，就是这样一条不起眼儿的狗却揪住了我的心，一揪就是七十年。

  因此，话必须从七十年前说起。当时我还是一个不谙世事的毛头小伙子，正在清华大学读西洋文学系二年级。能够进入清华园，是我平生最满意的事情，日子过得十分惬意。然而，好景不长。有一天，是在秋天，我忽然接到从济南家中打来的电报，只是四个字："母病速归。"我仿佛是劈头挨了一棒，脑筋昏迷了半天。我立即买好车票,登上开往济南的火车。

我当时的处境是,我住在济南叔父家中,那里就是我的家,而我母亲却住在清平官庄的老家里。整整十四年前,我六岁的那一年,也就是一九一七年,我离开了故乡,也就是离开了母亲,到济南叔父处去上学。我上一辈共有十一位叔伯兄弟,而男孩却只有我一个。济南的叔父也只有一个女孩,于是在表面上我就成了一个宝贝蛋。然而真正从心眼儿里爱我的只有母亲一人,别人不过是把我看成能够传宗接代的工具而已。这一层道理一个六岁的孩子是无法理解的。可是离开母亲的痛苦我却是理解得又深又透的。到了济南后第一夜,我生平第一次不在母亲怀抱里睡觉,而是孤身一个人躺在一张小床上,我无论如何也睡不着,我一直哭了半夜。这是怎么一回事呀!为什么把我弄到这里来了呢?"可怜小儿女,不解忆长安。"母亲当时的心情,我还不会去猜想。现在追忆起来,她一定会是柔肠寸断,痛哭决不止半夜。现在这已成了一个万古之谜,永远也不会解开了。

从此,我就过上了寄人篱下的生活。我不能说,叔父和婶母不喜欢我,但是,我唯一被喜欢的资格就是,我是一个男孩。不是亲生的孩子同自己亲生的孩子感情必然有所不同,这是人之常情,用不着掩饰,更用不着美化。我在感情方面不是一个麻木的人,一些细枝末节,我体会极深。常言道,没娘的孩子最痛苦。我虽有娘,却似无娘,这痛苦我感受得极深。我是多么想念我故乡里的娘呀!然而,天地间除了母亲一个人外有谁真能了解我的心情、我的痛苦呢?因此,我半夜醒来一个人偷偷地在被窝里吞声饮泣的情况就越来越多了。

在整整十四年中,我总共回过三次老家。第一次是在我上小学的时候，为了奔大奶奶之丧而回家的。大奶奶并不是我的亲奶奶，但是从小就对我疼爱异常。如今她离开了我们，我必须回家，这似乎是天经地义的事情。这一次我在家只住了几天，母亲异常高兴，自在意中。第二次回家是在我上中学的时候，原因是父亲卧病，叔父亲自请假回家，看自己共过患难的亲哥哥。这次在家住的时间也不长。我每天坐着牛车，带上一包点心，到离开我们村相当远的一个大地主兼中医住的村里去请他，到我家来给父亲看病；看完再用牛车送他回去。路是土路，坑洼不平，牛车走在上面，颠颠簸簸，来回两趟，要用去差不多一整天的时间。至于医疗效果如何呢？那只有天晓得了。反正父亲的病没有好，也没有变坏。叔父和我的时间都是有限的，我们只好先回济南了。过了没有多久，父亲终于走了。一叔到济南来接我回家。这是我第三次回家，同第一次一样，专为奔丧。在家里埋葬了父亲，又住了几天。现在家里只剩下了母亲和二妹两个人。家里失掉了男主人，一个妇道人家怎样过那种只有半亩地的穷日子，母亲的心情怎样，我只有十一二岁，当时是难以理解的。但是，我仍然必须离开她到济南去继续上学。在这样万般无奈的情况下，但凡母亲还有不管是多么小的力量，她也决不会放我走的。可是她连一丝一毫的力量也没有。她一字不识，一辈子连个名字都没有能够取上。做了一辈子"季赵氏"。到了今天，父亲一走，她怎样活下去呢？她能给我饭吃吗？不能的，决不能的。母亲心内的痛苦和忧愁，连我都感觉到了。最后她只能眼睁睁地看着自己最亲爱的孩子离开了自己，走了，走了。谁会知道，这是她最后一次看到自己的儿子呢？谁会知道，这也是我最后一次见到母亲呢？

回到济南以后，我由小学而初中，由初中而高中，由高中而到北京来上大学，在长达八年的过程中，我由一个混混沌沌的小孩子变成了一个青年人，知识增加了一些，对人生了解得也多了不少。对母亲当然仍然是不断想念的，但在暗中饮泣的次数少了，想的是一些切切实实的问题和办法。我梦想，再过两年，我大学一毕业，由于出身一个名牌大学，抢一只饭碗是不成问题的。到了那时候，自己手头有了钱，我将首先把母亲迎至济南。她才四十来岁，今后享福的日子多着哩。

　　可是，我这一个奇妙如意的美梦竟被一张"母病速归"的电报打了个支离破碎。我现在坐在火车上，心惊肉跳，忐忑难安。哈姆莱特问的是：to be or not to be，我问的是：母亲是病了，还是走了？我没有法子求签占卜，可我又偏想知道个究竟，我于是自己想出了一套占卜的办法。我闭上眼睛，如果一睁眼我能看到一根电线杆，那母亲就是病了；如果看不到，就是走了。当时火车速度极慢，从北京到济南要走十四五个小时。就在这样长的时间内，我闭眼又睁眼反复了不知多少次。有时能看到电线杆，则心中一喜。有时又看不到，则心中一惧。到头来也没能得出一个肯定的结果。我到了济南。

　　到了家中，我才知道，母亲不是病了，而是走了。这消息对我真如五雷轰顶，我昏迷了半晌，躺在床上哭了一天，水米不曾沾牙。悔恨像大毒蛇直刺入我的心窝：在长达八年的时间内，难道你就不能在任何一个暑假内抽出几天时间回家看一看母亲吗？二妹在前几年也从家乡来到了济南，家中只剩下母亲一个人，孤苦伶仃，形单影只，而且又缺吃少喝，她日子是怎么过的呀！你的良心和理智哪里去了？你连想都不想一下吗？你还能算得上是一个人吗？我痛悔自责，找不到一点儿能原谅自己的地方。我一度曾想到自杀，追随母亲于地下。但是，母亲还没有埋葬，不能立即实行。在极度痛苦中我胡乱诌了一副挽联：

　　一别竟八载，多少次倚闾怅望，眼泪和血流，迢迢玉宇，高处寒否？
　　为母子一场，只留得面影迷离，入梦浑难辨，茫茫苍天，此恨曷极！

　　对仗谈不上，只不过想聊表我的心情而已。
　　叔父婶母看着苗头不对，怕真出现什么问题，派马家二舅陪我还乡奔丧。到了家里，母亲已经成殓，棺材就停放在屋子中间。只隔一层薄薄的棺材板，我竟不能再见母亲一面，我与她竟是人天悬隔矣。我此时如万箭穿心，痛苦难忍，想一头撞死在母亲棺材上。我被别人死力拽住，昏迷了半天，才醒转过来。抬头看屋中的情况，真正是家徒四壁，除了几只破椅子和一只破箱子以外，什么都没有。在这样的环境中，母亲这八年的日子是怎样过的，不是一清二楚了吗？我又不禁悲从中来，痛哭了一场。
　　现在家中已经没了女主人，也就是说，没有了任何人。白天我到村内二大爷家里去吃饭，讨论母亲的安葬事宜。晚上则由二大爷亲自送我回家。那时村里不但没有电灯，连煤油灯也没有。家家都点豆油灯，用棉花条搓成灯捻，只不过是有点儿微弱的亮光而已。有人劝我，晚上就睡在二大爷家里，我执意不肯。让我再陪母亲住上几天吧。在茫茫百年中，我在母亲身边只住过六年多，现在仅仅剩下了几天，再不陪就真正抱恨终天了。于是二大爷就亲自提着一个小灯笼送我回家。此时,万籁俱寂,宇宙笼罩在一片黑暗中,只有天上的星星在眨眼,仿佛闪出一丝光芒。全村没有一点儿亮光,没有一点儿声音。透过大坑里芦苇的疏稀闪出一点儿水光。走近破篱笆门时,门旁地上有一团黑东西,细看才知道是一条老狗,静静地卧在那里。狗们有没有思想,我说不准,但感情确是有的。这一条老狗几天来大概是陷入困惑中:天天喂我的女主人怎么忽然不见了?它白天到村里什么地方偷一点儿东西吃,立即回到家里来,静静地卧在篱笆门旁。见了我这个小伙子,它似乎感到我也是这家的主人,同女主人有点儿什么关系,因此见到了我并不咬我,有时候还摇摇尾巴,表示亲昵。那一天晚上我看到的就是这一条老狗。

我孤身一个人走进屋内,屋中停放着母亲的棺材。我躺在里面一间屋子里的大土炕上,炕上到处是跳蚤,它们勇猛地向我发动进攻。我本来就毫无睡意,跳蚤的干扰更加使我难以入睡了。我此时孤身一人陪伴着一具棺材。我是不是害怕呢?不,一点儿也不。虽然是可怕的棺材,但里面躺的人却是我的母亲。她永远爱她的儿子,是人,是鬼,都决不会改变的。

正在这时候,在黑暗中外面走进来一个人,听声音是对门的宁大叔。在母亲生前,他帮助母亲种地,干一些重活,我对他真是感激不尽。他一进屋就高声说:"你娘叫你哩!"我大吃一惊:母亲怎么会叫我呢?原来宁大婶"撞客"了,撞着的正是我母亲。我赶快起身,走到宁家。在平时这种事情我是绝对不会相信的。此时我却是心慌意乱了。只听从宁大婶嘴里叫了一声:"喜子呀!娘想你啊!"我虽然头脑清醒,然而却泪流满面。娘的声音,我八年没有听到了。这一次如果是从母亲嘴里说出来的,那有多好啊!然而却是从宁大婶嘴里说出来的,但是听上去确实像母亲当年的声音。我信呢,还是不信呢?你不信能行吗?我糊里糊涂地如醉似的疾走了回来。在篱笆门口,地上黑黢黢的一团,是那一条忠诚的老狗。

我人躺在炕上,无论如何也睡不着了,两只眼睛望着黑暗,仿佛能感到自己的眼睛在发亮。我想了很多很多,八年来从来没有想到的事,现在全想到了。父亲死了以后,济南的经济资助几乎完全断绝,母亲就靠那半亩地维持生活,她能吃得饱吗?她一定是天天夜里躺在我现在躺的这个土炕上想她的儿子,然而儿子却音信全无。她不识字,我写信也无用。听说她曾对人说过:"如果我知道他一去不回头的话,我无论如何也不会放他走的!"这一点我为什么过去一点儿也没有想到过呢?古人说:"树欲静而风不止,子欲养而亲不待。"现在这两句话正应在我的身上,我亲自感受到了;然而晚了,晚了,逝去的时光不能再追回了!"长夜漫漫何时旦?"我切盼天赶快亮。然而,我立刻又想到,我只是一次度过这样痛苦的漫漫长夜,母亲却度过了将近三千次。这是多么可怕的一段时间啊!在长夜中,全村没有一点儿灯光,没有一点儿声音,黑暗仿佛凝结成为固体,只有一个人还瞪大了眼睛在玄想,想的是自己的儿子。伴随她的寂寥的只有一个动物,就是篱笆门外静卧的那一条老狗。想到这里,我无论如何也不敢再想下去了,如果再想下去的话,我不知道会出现什么样的情况。

母亲的丧事处理完,又是我离开故乡的时候了。临离开那一座破房子时,我一眼就看到那一条老狗仍然忠诚地趴在篱笆门口。见了我,它似乎预感到我要离开了,它站了起来,走到我跟前，在我腿上擦来擦去，对着我尾巴直摇。我一下子泪流满面。我知道这是我们的永别，我俯下身，抱住了它的头，亲了一口。我很想把它抱回济南，但那是绝对办不到的。我只好一步三回首地离开了那里，眼泪向肚子里流。

到现在这一幕已经过去了七十年。我总是不时想到这一条老狗。女主人没了，少主人也离开了，它每天到村内找点儿东西吃，究竟能够找多久呢？我相信，它决不会离开那个篱笆门口的，它会永远趴在那里的，尽管脑袋里也会充满了疑问。它究竟趴了多久，我不知道，也许最终是饿死的。我相信，就是饿死，它也会死在那个破篱笆门口，后面是大坑里透过苇丛闪出来的水光。

我从来不信什么轮回转生，但是，我现在宁愿信上一次。我已经九十岁了，来日苦短了。等到我离开这个世界以后，我会在天上或者地下什么地方与母亲相会，趴在她脚下的仍然是这一条老狗。

2001 年 5 月 2 日写完

辑 三

幽 情

回　忆

回忆很不好说。究竟什么才算是回忆呢？我们时时刻刻沿了人生的路向前走着，时时刻刻有东西映入我们的眼里——即如现在吧，我一抬头就可以看到清浅的水在水仙花盆里反射的冷光，漫在水里的石子的晕红和翠绿，茶杯里残茶在软柔的灯光下照出的几点金星。但是，一转眼，眼前的这一切，早跳入我的意想里，成轻烟，成细雾，成淡淡的影子，再看起来，想起来，说起来的话，就算是我的回忆了。

只说眼前这一步，只有这一点儿淡淡的影子，自然是迷离的。但是我自从踏到世界上来，走过不知多少的路。回望过去的茫茫里，有着我的足迹叠成的一条白线，一直引到现在，而且还要引上去。我走过都市的路，看尘烟缭绕在栉比的高屋的顶上。我走过乡村的路，看似水的流云笼罩着远村，看金海似的麦浪。我走过其他许许多多的路，看红的梅，白的雪，潋滟的流水，十里稷稷的松壑，死人的蜡黄的面色，小孩充满了生命力的踊跃。我在一条路上接触到种种的面影，熟悉的，不熟悉的。这一切的一切都在我走着的时候，蓦地成轻烟，成细雾，成淡淡的影子，储在我的回忆里。有的也就被埋在回忆的暗陬里,忘了。当我转向另一条路的时候,随时又有新的东西,另有一群面影凑集在我的眼前。蓦地又成轻烟,成细雾,成淡淡的影子。移入我的回忆里,自然也有的被埋在暗陬里,忘了新的影子挤入来,又有旧的被挤到不知什么地方去幻灭,有的简直就被挤了出去。以后,当另一群更新的影子挤进来的时候,这新的也就追踪了旧的命运。就这样,挤出,挤进,一直到现在。我的回忆里残留着各样的影子、色彩,分不清先先后后,紊混成一团了。

我就带着这紊混的一团从过去的茫茫里走上来。现在抬头就可以看到水仙花盆里反射的水的冷光,水里石子的晕红和翠绿,残茶在灯下照出的几点金星。自然,前面已经说过,这些都要倏地变成影子,移入回忆里,移入这紊混的一团里,但是在未移入以前,这紊混的一团影子说不定就在我的脑里浮动起来,我就自然陷入回忆里去了——陷入回忆里去,其实是很不费力的事,我面对着当前的事物。不知怎的,迷离里忽然电光似的一掣,立刻有灰蒙蒙的一片展开在我的意想里,仿佛是空空的,没有什么,但随便我想到曾经见过的什么,立刻便有影子浮现出来。跟着来的还不止一个影子,两个,三个,多了,更多了。影子在穿梭,在紊混。又仿佛电光似的一掣,我又顺着一条线回忆下去——比如回忆到故乡里的秋吧。先仿佛看到满场里乱摊着的谷子,黄黄的。再看到左右摆动的老牛的头,漂浮着云烟的田野,屋后银白的一片荻芦。再沉一下心,还仿佛能听到老牛的喘气,柳树顶蝉的曳长了的鸣声。豆荚在日光下毕剥的炸裂声。蓦地,有如阴云漫过了田野,只在我的意想里一晃,在故乡里的这些秋的影子上面,又挤进来别的影子了——红的梅,白的雪,潋滟的流水,十里稷稷的松鬈,死人的蜡黄的面色,小孩充满了生命力的踊跃。同时,老牛的影,芦花的影,田野的影,也站在我的心里的一个角隅里。这许多的影子掩映着,混起来。我再不能顺着刚才的那条线想下去。又有许多别的历乱的影子在我的意念里跳动,如电光火石,炫了我的眼睛。终于,我一无所见,一无所忆。仍然展开了灰蒙蒙的一片,空空的,什么也没有。我的回忆也就停止了。

　　我的回忆停止了,但是决不能就这样停止下去。我仍然说,我们时时刻刻沿着人生的路向前走着,时时刻刻就有回忆萦绕着我们——再说到现在吧。灯光平流到我面前的桌上,书页映出了参差的黑影。看到这黑影,我立刻想到在过去不知什么时候看过的远山的淡影。玻璃杯反射着清光。看了这清光,我立刻想到月明下千里的积雪。我正写着字,看了这一颗颗的字,也使我想到阶下的蚁群……倘若再沉一下心,我可以想到过去在某处见过这样的山的淡影。在另一个地方也见过这样的影子,纷纷的一团。于是想了开去,想到同这影子差不多的影子,纷纷的一团。于是又想了开去,仍然是纷纷的一团影子。但是同这山的淡影,同这书页映出的参差的黑影却没有一点儿关系了。这些影子还没幻灭的时候,又有别的影子隐现在它们后面,朦胧,暗淡,有着各样的色彩。再往里看,又有一层影子隐现在这些影子后面,更朦胧,更暗淡,色彩也更繁复……一层,一层,看上去,没有完。越远越暗淡了下去。到最后,只剩那么一点儿绰绰的形象。就这样,在我的回忆里,一层一层地,这许许多多的影子、色彩,分不清先先后后,又萦混成一团了。

　　我仍然带了这萦混的一团影走上去。倘若要问:这些影子都在什么地方呢？我却说不清了。往往是这样，一闭眼，先是暗冥冥的一片，再一看，里面就有影子。但再问：这暗冥冥的一片在什么地方呢？恐怕只有天知道吧。当我注视着一件东西发愣的时候，这些影子往往就叠在我眼前的东西上。在不经意的时候，我常把母亲的面影叠在茶杯上。把忘记在什么时候看到的一条长长的伸到水里去的小路叠在荷尔德林（Holderlin）的全集上，把一树灿烂的海棠花叠在盛着花的土盆上，把大明湖里的塔影叠在桌上铺着的晶莹的清玻璃上，把晚秋黄昏的一天暮鸦叠在墙角的蜘蛛网上，把夏天里烈日下的火红的花团叠在窗外草地上平铺着的白雪上……然而，只要一经意，这些影子立刻又水纹似的幻化开去。同了这茶杯的，这荷尔德林（Holderlin）全集的，这土盆的，这清玻璃的，这蜘蛛网的，这白雪的。影子跳入我们的回忆里，在将来的不知什么时候，又要叠在另一些放在我眼前的东西上了。

　　将来还没有来，而且也不好说。但是，我们眼前的路不正引向将来去吗？我看过了清浅的水在水仙花盆里反射的冷光，映在水里的石子的晕红和翠绿，残茶在软柔的灯光下照出的那几点金星。也看过了茶杯、荷尔德林（Holderlin）全集、土盆、清玻璃、蜘蛛网、白雪，第二天我自然看到另一些新的东西。第三天我自然看到另一些更新的东西。第四天，第五天……看到的东西多起来。这些东西都要倏地成轻烟，成细雾，成淡淡的影子，储在我的回忆里吧。这一团紊混的影子，也要更紊混了。等我不能再走，不能再看的时候，这一团也要随了我走应当走的最后的路。然而这时候，我却将一无所见，一无所忆。这一团影子幻失到什么地方去了呢？随了大明湖里的倒影飘散到迷茫里去了吗？随了远山的淡霭被吸入金色的黄昏里去了吗？说不清，而且也不必说——反正我有过回忆了。我还希望什么呢？

1934 年 1 月 14 日

寂　寞

寂寞像大毒蛇，盘住了我整个的心，我自己也奇怪：几天前喧腾的笑声现在还萦绕在耳际，我竟然给寂寞克服了吗？

但是，克服了，是真的，奇怪又有什么用呢？笑声虽然萦绕在耳际，早已恍如梦中的追忆了，我只有一颗心，空虚寂寞的心被安放在一个长方形的小屋里。我看四壁，四壁冰冷像石板，书架上一行行排列着的书，都像一行行的石块，床上棉被和大衣的折纹也都变成雕刻家手下的作品了，死寂，一切死寂，更死寂的却是我的心——我到了庞贝（Pompeii）了么？不，我自己证明没有，隔了窗子，我还可以看见袅动的烟缕，虽然还在袅动，但是又是怎样地微弱呢？——我到了西敏斯大寺①（Westminster Abbey）了么？我自己又证明没有，我看不到阴森的长廊，看不到诗人的墓圹，我只是被装在一个长方形的小屋里，四周圈着冰冷的石板似的墙壁，我究竟在什么地方呢？桌子上那两盆草的蔓长嫩绿的枝条，反射在镜子里的影子，我透过玻璃杯看到的淡淡的

---

① 今译威斯敏斯特教堂。

影子；反射在电镀过的小钟座上的影子，在平常总轻轻地笼罩上一层绿雾，不是很美丽有生气的吗？为什么也变成浮雕般呆僵不动呢？——一切完了，一切都给寂寞吞噬了，寂寞凝定在墙上挂的相片上，凝定在屋角的蜘蛛网上，凝定在镜子里我自己的影子上……

一切都真的给寂寞吞噬了吗？不，还有我自己，我试着抬一抬胳膊，还能抬得起，我摆了摆头，镜子里的影子也还随着动，我自己问：是谁把我放在这里的呢？是我自己，现在我才发现，就是自己，我能逃……

我能逃，然而，寂寞又跟上我了呀！在平常我们跑着百米抢书的图书馆，不是很热闹的吗？现在为什么也这样冷清呢？我从这头看到那头，像看到一个朦胧的残梦，淡黄的阳光从窗子里穿进来造成一条光的路，又射在光滑的桌面上，不耀眼，不辉腾，只是死死地贴在桌上，像——像什么呢？我不愿意说，像乡间黑漆棺材上贴的金边，寥寥的几个看书的，错落地散坐着，使我想起月明夜天空的星子，但也都石像似的坐着，不响也不动，是人么？不是，我左右看全不像，像木乃伊？又不像，因为我闻不到木乃伊应该有的那种香味，像死尸？有点，但也不全像——我看到他们僵坐的姿势了；我看到他们一个个的翻着的死白的眼了。我现在知道他们像什么，像鱼市里的死鱼，一堆堆地排列着，鼓着肚皮，翻着白眼，可怕！然而我能逃，然而寂寞又跟上了我，我向哪里逃呢？

到了世界的末日了吗？世界的末日，多可怕！以前我曾自己想象，自己是世界上最后的一个生物，因了这无谓的想象，我流过不知多少汗，但是现在却真教我尝到这个滋味了。天空倒挂着,像个盆,远处的西山,近处的楼台,都仿佛剪影似的贴在这灰白盆底上。小鸟缩着脖子站在土山上,不动,像博物馆里的标本,流水在冰下低缓地唱着丧歌,天空里破絮似的云片,看来像一贴贴的膏药,糊在我这寂寞的心上,枯枝丫杈着,看来像鱼刺,也刺着我这寂寞的心。

但是,我在身旁发现有人影在游动了,我知道,我自己不是世界上最后的生物,我在内心浮起一丝笑意,但是(又是但是)却怪没等这笑意浮到脸上,我又看到我身旁的人也同样翻着死白的眼,像木乃伊?像僵尸?像鱼市上陈列的死鱼?谁耐心去管,战栗通过了我全身,我想逃,寂寞驱逐着我,我想逃,向哪里逃呢?——天哪!我不知道向哪里逃了。

夜来了,随了夜来的是更多的寂寞,当我从外面走回宿舍的时候,四周死一般沉寂,但总仿佛有窸窣的脚步声绕在我四围。说声,其实哪里有什么声呢?只是我觉得有什么东西跟着我而已,倘若在白天,我一定说这是影子;倘若睡着了,我一定说这是梦,究竟是什么呢?我知道,这是寂寞,从远处我看到压在黑暗的夜气下面的宿舍,以前不是每个窗子都射出温热的软光来么?但是,变了,一切变了,大半的窗子都黑黑的,闭着寥寥的几个窗子,无力地迸射出几条光线来,又都是怎样暗淡灰白呢?——不,这不是窗子里射出来的灯光,这是墓地里的鬼火,这是魔窟里发出的魔光,我是到了鬼影幢幢的世界里了,我自己也成了鬼影了。

我平卧在床上,让柔弱的灯光流在我身上,让寂寞在我四周跳动,静听着远处传来的登登的足音,隐隐地,细细弱弱到听不清,听不见了,这声音从哪里传来的呢?是从辽远又辽远的国土里呀！是从寂寞的大沙漠里呀！但是，又像比辽远的国土更辽远；我的小屋是坟墓，这声音是从墓外过路人的脚下蹑出来的呀！离这里多远呢？想象不出，也不能想象，望吧！是一片茫茫的白海流布在中间，海里是什么呢？是寂寞。

　　隔了窗子，外面是死寂的夜，从蒙翳的玻璃里看出去，不见灯光；不见一切东西的清晰的轮廓，只是黑暗，在黑暗里的迷离的树影，丫杈着，刺着暗灰的天。在三个月前，这秃光的枯枝上，有过一串串的叶子，在萧瑟的秋风里打战，又罩上一层淡淡的黄雾。再往前，在五六个月以前吧，同样的这枯枝上织一丛丛的茂密的绿，在雨里凝成浓翠；在毒阳下闪着金光，倘若再往前推，在春天里，这枯枝上嵌着一颗颗火星似的红花，远处看，辉耀着，像火焰——但是，一转眼，溜到现在，现在怎样了呢？变了，全变了，只剩了秃光的枯枝，刺着天空，把小小的温热的生命力蕴蓄在这枯枝的中心，外面披上这层刚劲的皮，忍受着北风的狂吹；忍受着白雪的凝固；忍受着寂寞的来袭，同我一样。它也该同我一样切盼着春的来临，切盼着寂寞的退走吧。春什么时候会来呢？寂寞什么时候会走呢？这漫漫的长长的夜，这漫漫的更长的冬……

1934 年 1 月 22 日

老　人

当我才从故乡来到这个大城市的时候,他已经是个老人了。我现在还记得,当时我是骑驴来的。骑了两天,就到了这个大城市。下了驴,又随着父亲走了许多路,一直走得自己莫名其妙,才走到一条古旧的黄土街,我们就转进一个有石头台阶颇带古味的大门里去,迎头是一棵大的枸杞树。因为当时年纪才八九岁,而且刚才走过的迷宫似的长长又曲折的街的影子还浮动在心头,所以一到屋里,眼前只一片花,没有看到一个人,定了定神,才看到了婶母。不久,就又在黑暗的角隅里,发现了这个老人,正在起劲地同父亲谈着话,灰白色的胡子在上下颤动着。

他并没有什么特异的地方,但第一眼就在我心里印上了一个莫大的威胁。他给了我一个神秘的印象:白色稀疏的胡子,白色更稀疏的头发,夹着一张蝙蝠形的棕黑色的面孔,这样一个综合不是很能够引起一个八九岁的乡下孩子的恐怖的幻想吗?又因为初到一个生地方,晚上再也睡不宁恬,才卧下,就先想到故乡,想到故乡里的母亲。凄迷的梦萦绕在我的身旁,时时在黑暗里发见离奇的幻影。在这时候,这张蝙蝠形的面孔就浮动到我的眼前来，把我带到一个神秘的境地里去。在故乡里的时候，另外一些老人时常把神秘的故事讲给我听，现在我自己就仿佛走到那故事里面去，这有这蝙蝠形的脸的老人也就仿佛成了里面的主人了。

第二天绝早就起来，第一个遇到的偏又是这老人。我不敢再看他，我只呆呆地注视着那棵枸杞树，注视着细弱的枝条上才冒出的红星似的小芽，看熹微的晨光慢慢地照透那凌乱的枝条。小贩的叫卖声从墙外飘过来，但我不知道他们叫卖的什么。我对一切都充满了惊异。故乡里小村的影子，母亲的影子，时时浮掠在我的眼前。我一闭眼，仿佛自己还骑在驴背上，还能听到驴子项下的单调的铃声，看到从驴子头前伸展出去的长长又崎岖的仿佛再也走不到尽头的黄土路。在一瞬间，这崎岖的再也走不到尽头的黄土路就把自己引到这陌生的地方来。在这陌生的地方，现在（一个初春的早晨）就又看到这样一个神秘的老人在枸杞树下面来来往往地做着事。

在老人，却似乎没有我这样的幻觉。他仿佛很高兴，见了我，先打一个招呼，接着就笑起来，但对我这又是怎样可怕的笑呢？鲇鱼须似的胡子向两旁咧了咧，眼与鼻子的距离被牵掣得更近了，中间耸起了几条皱纹。看起来却更像一个蝙蝠，而且像一个跃跃欲飞的蝙蝠了。我害怕，我不敢再看他，他也就拖了一片笑声消逝在枸杞树的下面，留给我的仍然是蝙蝠形的脸的影子，混了一串串的金星，在我眼前晃动着，一直追到我的梦里去。

平凡的日子就这样在不平凡中消磨下去。时间的消逝终于渐渐地把我与他之间的隔膜磨去了。我从别人嘴里知道了关于他的许多事情，知道他怎样在年轻的时候从城南山里的小村里飘流到这个大城市里来；怎样打着光棍在一种极勤苦艰难的情况下活到现在；现在已是一个白须的人了，然而情况却更加艰难下去；不得已就借住在我们房子后院的一间草棚里，做着泥瓦匠。有时候，也替我们做点杂事。我发现，在那微笑下面隐藏着一颗怎样为生活磨透的悲苦的心。就因了这小小的发现，我同他亲近起来。他邀我到他屋里去。他的屋其实并不像个屋，只是一座靠着墙的低矮的小棚。一进门，仿佛走进一个黑洞里去，有霉湿的气息钻进鼻孔里。四壁满布着烟熏的痕迹，顶上垂下蛛网，只有一个床和一张三条腿的桌子。当我正要抽身走出来的时候，我忽然在墙龛里发现了一个肥大的大泥娃娃。他看了我注视这泥娃娃的神情，就拿下来送给我。我不了解，为什么这位奇异的老人还有这样的童心。但这泥娃娃却给了我无量的欣慰，我渐渐地觉得这蝙蝠形的脸也可爱起来了。

闲下来的时候，我也常随着他去玩。他领我上过圩子墙，从这上面可以看到南面云似的一列黛黑的山峰，这山峰的顶上是我的幻想常飞的地方；他领我看过护城河，使我惊讶这河里水的清和草的绿。但最常去的地方却还是出大门不远的一个古老的庙里，庙不大，院子里却栽了不少的柏树，浓荫铺满了地，给人森冷幽渺的感觉。阴暗的大殿里列着几座神像，封满了蛛网和尘土，头上有燕子垒的窠。我现在始终不明白，这样一座只能引起成年人苍茫怀古的情绪的破庙会对一个八九岁的孩子有那样大的诱惑力，一个八九岁的孩子能懂得什么怀古呢？他几乎每天要领我到那里去，我每次也很高兴地随他去。在柏树下面，他讲故事给我听，怎样一个放牛的小孩遇到一只狼，又怎样脱了险，一直讲到黄昏才走回来，但每次带回来的都是满腔的欢欣。就这样，时间也就在愉快中消磨过去。

这年的初夏，我们搬了一次家。随了这搬家而得到的是关于他的一些趣闻。正像其他孤独的人们一样，这老人的心，在他过去的生命里恐怕有一个很不短的期间，都在忍受着孤独的啮噬。男女间最根本最单纯的要求也常迫促着他。终于因了机缘的凑巧，他认识了一个有丈夫而不安于平凡的单调的中年女人。从第一次见面起，会有些什么样的事情在两人间进行着，人们可以用想象去填补，这中年女人不缺少会吐出玫瑰花般的话的嘴，也不缺少含有无量魔力的眼波，这老人为她发狂了。但不久，就听到别人说，一个夜间，两个人被做丈夫的堵到一个屋里，这老人，究竟因为曾做过泥瓦匠，终于从窗户里跳出来，又越过一重墙逃走了。

这以后，人们的谈话常常转到他身上去。我每次见了这蝙蝠形的脸的老人的时候，只是忍不住想笑。我想象不出来这位面孔仿佛很严肃的老人在星光下爬墙逃走的情形。这蝙蝠形的脸还像平常一样地布满了神秘吗？这灰白的胡子还像平常一样地撅着吗？但老人却仍然像平常那样沉静严肃，他仍然要我听他讲故事，怎样一个放牛的小孩遇到一个狼，又怎样脱了险。我再也无心听他讲故事，我只想脱口问了出来；但终于抑压下去，把这个秘密埋在自己的心里，暗暗地玩味着这个秘密给予我的快乐。

老人的情况却愈加狼狈了。以前他住的那座黑洞似的草棚，现在再也在里面住不下去，只好移到以前常领我去玩的那个古庙里去存身。庙里从来没见过和尚和道士的踪影，现在就只有他一个人孤零的陪着那些头上垒着燕子窝的泥塑的佛像住着。自从他搬了去以后，经过了一个长长的夏天，我没能见到他。在一个夏末的黄昏里，我到庙里去看他。庙仍然同从前一样的衰颓，柏树仍然遮蔽着天空。一进门，四周立刻寂静了起来，仿佛已经走出了嚣喧的人间。我看到老人的背影在大殿的一个角隅里晃动，他回头看到是我，仿佛很高兴，立刻忙着搬了一条凳子，又忙着倒水。从他那迟钝的步伐和伛偻的身躯上看来，这老人确实老了。他向我谈着他这几个月来的情况。我悠然地注视着渐渐暗下来的天空，看夜色织入柏树丛里，又布上了神像。神像的金色的脸在灰暗里闪着淡黄的光。我的心陡然冷了起来，我的四周有森森的鬼气，我自己仿佛走到一个神话的境界里去。但老人却很坦然，他把这些东西已经看惯了，他仍然絮絮地同我谈着话。我的眼前有种种的幻象，我幻想着，在中夜里，一个人睡在这样一个冷寂的古庙里，偶尔从梦中转来的时候，看到一线凄清的月光射到这金面的神像上，射到这朱齿獠牙手持巨斧的大鬼身上，心里会有什么样的感觉呢？我的心愈加冷了起来。

　　但老人却正在谈得高兴。他告诉我，怎样自己再也不能做泥瓦匠，怎样同街住的人常常送饭给他吃，怎样近来自己的身体处处都显出弱相，叹了几口气之后，结尾却说到自己还希望能壮壮实实地活几年。他说，昨天夜里做了个梦，梦见自己托着一个太阳。人们不是说，梦见托太阳是个好朕兆吗？所以他很高兴，知道自己的身子就会慢慢的壮健起来。说这句话的时候，蝙蝠形的脸缩成一个奇异的微笑。从他的昏暗的眼里蓦地射出一道神秘的光，仿佛在前途还看到希望的幻影，还看到花。我为这奇迹惊住了。我不知道怎样回答他。抬头看外面已经全黑下来，我站起来预备走，当我走出庙门的时候，我好像从一个虚无缥缈的魔窟里走出来，我眼前时时闪动着老人眼里射出来的那一线充满了生命力的光。

看看闷人的夏天要转入淡远的凉秋去的时候，老人的情况更比以前艰苦起来。他得了病，一个长长的秋天就在病中度过去。病好了的时候，他变成了另一个人，身体伛偻得简直要折过去，嘴里随时都在哼哼着，面孔苍黑得像涂过了一层灰。除了哼哼和吐痰以外，他不再做别的事，只好在一种近于行乞的情况下把自己的生命延续下去。就这样过了年。第二年的夏天，听说我要到故都去，他特意走来看我。没进屋门，老远就听到哼哼的声音，坐下以后，在断断续续的哼声中好歹努着力迸出几句话来，接着又是成排的连珠似的咳嗽。蝙蝠形的脸缩成一个奇异的形状。我用一种带有怜悯的心情同他谈着话。我自己想，看样子生命在老人身上也不会存在多久了。在谈话的空隙里，他低着头，眼光固定在地上。我蓦地又看到有同样神秘的光芒从他的眼里射了出来，他仿佛又在前途看到希望的幻影，看到花。我又惊奇了，但老人却仍然很镇定，坐了一会，又拖了自己孤零的背影蹒跚地走回去。

到故都以后，我走到另一个世界里，许多新奇的事情占据了我的心，我早把老人埋在回忆的深黑的角隅里。第一次回家是在同一年的冬天。虽然只离开了半年，但我想，对老人的病躯，这已经是很够挣扎的一段长长的期间了。恐怕当时连这样想也不曾想过。我下意识地觉得老人已经死了，墓上的衰草正在严冬下做着春的梦。所以我也不问到关于他的消息。蓦地想起来的时候，心里只影子似的飘过一片淡淡的悲哀。但我到家后的第五天，正在屋里坐着看水仙花的时候，又听到窗外有哼哼的声音，开门进来的就是这老人。我的脑海里电光似的一闪，这对我简直像个奇迹，我惊愕得不知所措了。他坐下，又从断断续续的哼声中迸出几句套语来，接着仍然是成排的连珠似的咳嗽。比以前还要剧烈，当我问到他近来的情况的时候，他就告诉我，因为受本街流氓的排摈，他已经不能再在那个古庙里存身，就在那年的秋天，搬到一个靠近圩子墙的土洞里去，仍然有许多人送饭给他吃，我们家也是其中之一。叹了几口气之后，又说到虽然哼哼还没能去掉，但自己觉得身体却比以前好了，这也总算是个好现象，自己还希望能壮壮实实地再活几年。说完了，他又拖着自己孤零的背影蹒跚地走回去。

第二天的下午，我走去看他。走近圩子墙的时候，已经没了住的人家，只有一座座纵横排列着的坟，寻了半天，好歹在一个土崖下面寻到一个洞，给一扇秫秸编成的门挡住口，我轻轻地曳开门，扑鼻的一阵烟熏的带土味的气息，老人正在用干草就地铺成的床上躺着。见了我，似乎显得有点仓皇，要站起来，但我止住了他。我们就谈起话来。我从门缝里看到一片大大小小的坟顶。四周仿佛凝定了似的沉寂，我不由地幻想起来，在死寂的中夜里，当鬼火闪烁着蓝光的时候，这样一个垂死的老人，在这样一个地方，想到过去，看到现在，会有什么样的感想呢？这样一个土洞不正同坟墓一样吗？眼前闪动着种种的幻象，我的心里一闪，我立刻觉得自己现在就是在坟墓里，面前坐着的有蝙蝠形的脸和白须的老人就是一具僵尸，冷栗通过了我的全身。但我抬头看老人，他仍然同平常一样地镇定，而且在镇定中还加入了点悠然的意味。神秘的充满了生之力的光不时从眼里射出来。我的心乱了。我仿佛有什么东西急了解而终于不了解似的，心里充满了疑惑，但又想不出究竟是什么。我不愿意再停留在这里，我顺着圩子墙颓然走回家里，在暗淡的灯光下，水仙花的芬芳的香气中，陷入了长长的不可捉摸的沉思。

不久，我又回到故都去。从这以后，第一次回家是在夏天，我以为老人早已死掉了，但却看到他眼里闪熠着的充满了生之力的神秘的光。第二次回家是在另一个夏天，我又以为老人早已死掉了；但他又出现了，而且哼哼也更剧烈了，然而我又看到他眼里闪熠着充满了生之力的神秘的光。每次都给我一个极大的惊奇，但过后也就消逝了。就这样，一直到去年秋天，我在故都的生活告了一个结束，又回到这个城市里来。老人早已躲出我记忆之外，因为我直觉地确定地相信，他再也不会活在人间了。我不但不向家里人问到他，连以前有的淡淡的悲哀也不浮在我的心里来。然而在一个秋末的黄昏里，又听到他的低咽而幽抑的哼哼声从窗外飘进来。在带点悲凉凄清的晚秋的沉寂里，哼哼声更显得阴郁，仿佛想把过去生命里的一切哀苦全从这哼声里喷泄出来。我的心颤栗起来。我真想不到在过去遇到的许多奇迹之外，还有今天这样一个奇迹。我有点怕见他，但他终于走进来。衣服上满是土，头发凌乱得像秋草。态度仍然很镇定。脸色却更显得苍老，黧黑；腰也更显得伛偻。见了我，勉强做出一个笑容，接着就是一阵咳嗽；咳嗽间断的时候，就用哼哼来把空缝补上；同时嘴里还努力说着话，也已是些呓语似的声音。他告诉我，他来的时候走几步就得坐下休息一会，走了有一点钟才走到这里，当我问到他的身体的时候，他叹了口气，说，身体已经是不行了；昨天到庙里求了一个签，说他还能活几年，这使他非常高兴，他仍然希望能壮壮实实地再活几年，他不想死。我又看到有神秘的充满了生之力的光从他的昏暗的眼里射出来，他仿佛又在前途看到希望，看到花。我迷惑了，惘然地看着他拖着自己孤零的背影走去。

　　从去年秋天到现在,在我的生命中是一个大的转变。我过的是同以前迥乎不同的生活。在学校里过了六天以后,照例要回到我不高兴回去的家里看看,因而也就常逢到老人。每见一次面,我总觉得老人的精神和身体都比上一次要坏些,哼哼也剧烈些。但我仍然一直见面见到现在,每次都看到他从眼里射出的神秘的光,这光,在我心里,连续地打着烙印。我并不愿意老人死,甚至连想到也会使我难过。但我却固执地觉得生命对他已经没了意义。从人生的路上跋涉着走到现在,过去是辛酸的,回望只见到灰白的一线微痕;现在又处在这样一个环境里;将来呢?只要一看到自己拖了孤零的背影蹒跚地向前走着的时候,走向将来,不正是这样一个情景么?在将来能有什么呢?没有希望,没有花。但我抬头又看到我面前这位蝙蝠脸的老人,看到他低垂着注视着地面的眼光,充满了神秘的生命力。这眼光告诉我们,他永远不回头看,他只向前看,而且在前面他真的又看到闪烁的希望,灿烂的花。我迷惑了。对我,这蝙蝠脸是个谜,这从昏暗的眼里射出的神秘的光更是个谜。就在这两重谜里,这老人活在我的眼前,活在我的心里。谁知道这神秘的光会把他带到什么地方呢?

1935 年 5 月 2 日

寻　梦

夜里梦到母亲，我哭着醒来。醒来再想捉住这梦的时候，梦却早不知道飞到什么地方去了。

我瞪大了眼睛看着黑暗，一直看到只觉得自己的眼睛在发亮。眼前飞动着梦的碎片，但当我想到把这些梦的碎片捉起来凑成一个整个的时候，连碎片也不知道飞到什么地方去了，眼前剩下的只有母亲依稀的面影……

在梦里向我走来的就是这面影。我只记得，当这面影才出现的时候，四周灰蒙蒙的，母亲仿佛从云堆里走下来，脸上的表情有点儿同平常不一样，像笑，又像哭，但终于向我走来了。

我是在什么地方呢？这连我自己也有点儿弄不清楚。最初我觉得自己是在现在住的屋子里。母亲就这样一推屋角上的小门，走了进来，橘黄色的电灯罩的穗子就罩在母亲头上。于是我又想了开去，想到哥廷根的全城：我每天去上课走过的两旁有惊人粗的橡树的古旧的城墙，斑驳陆离的灰黑色的老教堂，教堂顶上的高得有点儿古怪的尖塔，尖塔上面的晴空。然而，我的眼前一闪，立刻闪出一片芦苇，芦苇的稀薄处还隐隐约约地射出了水的清光。这是故乡屋后面的大苇坑。于是我立刻感觉到,不但我自己是在这苇坑的边上,连母亲的面影也是在这苇坑的边上向我走来了。我又想到,当我童年还没有离开故乡的时候,每个夏天的早晨,天还没亮,我就起来,沿了这苇坑走去,很小心地向水里面看着。当我看到暗黑的水面下有什么东西在发着白亮的时候,我伸下手去一摸,是一只白而且大的鸭蛋。我写不出当时快乐的心情。这时再抬头看,往往可以看到对岸空地里的大杨树顶上正有一轮淡红的朝阳——两年前的一个秋天,母亲就静卧在这杨树的下面,永远地,永远地。现在又在靠近杨树的坑旁看到她生前八年没见面的儿子了。

但随了这苇坑闪出的却是一枝白色灯笼似的小花,而且就在母亲的手里。我真想不出故乡里什么地方有过这样的花。我终于又想了回来,想到哥廷根,想到现在住的屋子,屋子正中的桌子上两天前房东曾给摆上这样一瓶花。那么,母亲毕竟是到哥廷根来过了,梦里的我也毕竟在哥廷根见过母亲了。

想来想去,眼前的影子渐渐乱了起来。教堂尖塔的影子套上了故乡的大苇坑,在这不远的后面又现出一朵朵灯笼似的白花,在这一些的前面若隐若现的是母亲的面影。我终于也不知道究竟在什么地方看到母亲了。我努力压住思绪,使自己的心静了下来,窗外立刻传来潺潺的雨声,枕上也觉得微微有寒意。我起来拉开窗幔,一缕清光透进来。我向外怅望,希望发现母亲的足迹。但看到的却是每天看到的那一排窗户,现在都沉浸在静寂中,里面的梦该是甜蜜的吧!但我的梦却早飞得连影都没有了,只在心头有一线白色的微痕,蜿蜒出去,从这异域的小城一直到故乡大杨树下母亲的墓边;还在暗暗地替母亲担着心:这样的雨夜怎能跋涉这样长的路来看自己的儿子呢？此外，眼前只是一片空漾，什么东西也看不到了。

　　天哪！连一个清清楚楚的梦都不给我吗？我怅望灰天，在泪光里，幻出母亲的面影。

1936 年 7 月 11 日于哥廷根

一双长满老茧的手

有谁没有手呢?每个人都有两只手。手,已经平凡到让人不再常常感觉到它的存在了。

然而,一天黄昏,当我乘公共汽车从城里回家的时候,一双长满了老茧的手却强烈地引起了我的注意。我最初只是坐在那里,看着一张晚报。在有意无意之间,我的眼光偶尔一滑,正巧落在一位老妇人的一双长满老茧的手上。我的心立刻震动了一下,眼光不由地就顺着这双手向上看去:先看到两手之间的一个胀得圆圆的布包;然后看到一件洗得挺干净的褪了色的蓝布褂子;再往上是一张饱经风霜布满了皱纹的脸,长着一双和善慈祥的眼睛;最后是包在头上的白手巾,银丝般的白发从里面披散下来。这一切都给了我极好的印象,但是给我印象最深的还是那一双长满了老茧的手,它像吸铁石一般吸住了我的眼光。

老妇人正在同一位青年学生谈话,她谈到她是从乡下来看她在北京读书的儿子的,谈到乡下年成的好坏,谈到来到这里人生地疏,感谢青年对她的帮助。听着她的话,我不由深深地陷入回忆中,几十年的往事蓦地涌上心头。

在故乡的初秋，秋庄稼早已经熟透了，一望无际的大平原上长满了谷子、高粱、老玉米、黄豆、绿豆等等，郁郁苍苍，一片绿色，里面点缀着一片片的金黄和星星点点的浅红和深红。虽然暑热还没有退尽，秋的气息已经弥漫大地了。

我当时只有五六岁，高粱比我的身子高一倍还多。我走进高粱地，就像是走进大森林，只能从密叶的间隙看到上面的蓝天。我天天早晨在朝露未退的时候到这里来掰高粱叶。叶子上的露水像一颗颗的珍珠，闪出淡白的光。把眼睛凑上去仔细看，竟能在里面看到自己的缩得像一粒芝麻那样小的面影，心里感到十分新鲜有趣。老玉米也比我高得多，必须踮起脚才能摘到棒子。谷子同我差不多高，现在都成熟了，风一吹，就涌起一片金浪。只有黄豆和绿豆比我矮，我走在里面，觉得很爽朗，一点也不闷气，颇有趾高气扬之概。

因此，我就最喜欢帮助大人在豆子地里干活。我当时除了跟大奶奶去玩以外，总是整天缠住母亲，她走到哪里，我跟到哪里。有时候，在做午饭以前，她到地里去摘绿豆荚，好把豆粒剥出来，拿回家去煮午饭。我也跟了来。这时候正接近中午，天高云淡，蝉声四起，蝈蝈儿也爬上高枝，纵声欢唱，空气中飘拂着一股淡淡的草香和泥土的香味。太阳晒到身上，虽然还有点热，但带给人暖烘烘的舒服感觉，不像盛夏那样令人难以忍受了。

在这时候，我的兴致是十分高的。我跟在母亲身后，跑来跑去。捉到一只蚱蜢，要拿给她看一看；掐到一朵野花，也要拿给她看一看。棒子上长了乌霉，我觉得奇怪，一定问母亲为什么；有的豆荚生得短而粗，也要追问原因。总之，这一片豆子地就是我的乐园，我说话像百灵鸟，跑起来像羚羊，腿和嘴一刻也不停。干起活来，更是全神贯注，总想用最高的速度摘下最多的绿豆荚来。但是，一检查成绩，却未免令人气短：母亲的筐子里已经满了，而自己的呢？连一半还不到哩。在失望之余，就细心加以观察和研究。不久，我就发现，这里面也并没有什么奥妙，关键就在母亲那一双长满了老茧的手上。

这一双手看起来很粗，由于多年劳动，上面长满了老茧，可是摘起豆荚来，却显得十分灵巧迅速。这是我以前没有注意到的事情。在我小小的心灵里不禁有点困惑。我注视着它，久久不愿意把眼光移开。

我当时岁数还小，经历的事情不多。我还没能把许多同我的生活有密切联系的事情都同这一双手联系起来，譬如说做饭、洗衣服、打水、种菜、养猪、喂鸡，如此等等。我当然更没能读到"慈母手中线，游子身上衣"这样的诗句。但是，从那以后，这一双长满了老茧的手却在我的心里占据了一个重要的地位，留下了一个不可磨灭的印象。

后来大了几岁，我离开母亲，到了城里跟叔父去念书，代替母亲照顾我的生活的是王妈，她也是一位老人。

她原来也是乡下人，干了半辈子庄稼活。后来丈夫死了，儿子又逃荒到关外去，二十年来，音讯全无。她孤苦伶仃，一个人在乡里活不下去，只好到城里来谋生。我叔父就把她请到我们家里来帮忙。做饭、洗衣服、扫地、擦桌子，家里那一些琐琐碎碎的活全给她一个人包下来了。

王妈除了从早到晚干那一些刻板工作以外，每年还有一些季节性的工作。每到夏末秋初，正当夜来香开花的时候，她就搓麻线，准备纳鞋底，给我们做鞋。干这活都是在晚上。这时候，大家都吃过了晚饭,坐在院子里乘凉,在星光下,黑暗中,随意说着闲话。我仰面躺在席子上,透过海棠树的杂乱枝叶的空隙,看到夜空里眨着眼的星星。大而圆的蜘蛛网的影子隐隐约约地印在灰暗的天幕上。不时有一颗流星在天空中飞过,拖着长长的火焰尾巴,只是那么一闪,就消逝到黑暗里去。一切都是这样静。在寂静中,夜来香正散发着浓烈的香气。

这正是王妈搓麻线的时候。干这个活本来是听不到多少声音的,然而现在那揉搓的声音却听得清清楚楚。这就不能不引起我的注意了。我转过身来,侧着身子躺在那里,借着从窗子里流出来的微弱的灯光,看着她搓。最令我吃惊的是她那一双手,上面也长满了老茧。这一双手看上去拙笨得很,十个指头又短又粗,像是一些老干树枝子。但是,在这时候,它却显得异常灵巧美丽。那些杂乱无章的麻在它的摆布下,服服帖帖,要长就长,要短就短,一点也不敢违抗。这使我感到十分有趣。这一双手左旋右转,只见它搓呀搓呀,一刻也不停,仿佛想把夜来香的香气也都搓进麻线里似的。

这样一双手我是熟悉的,它同母亲的那一双手是多么相像呀。我总想多看上几眼。看着看着,不知道在什么时候,竟沉沉睡去了。到了深夜,王妈就把我抱到屋里去,同她睡在一张床上。半夜醒来,还听到她手里拿着大芭蕉扇给我赶蚊子。在朦朦胧胧中,扇子的声音听起来好像是从很远很远的地方传来似的。

去年秋天,我随着学校里的一些同志到附近乡村里一个人民公社去参加劳动。同样是秋天,但是这秋天同我五六岁时在家乡摘绿豆荚时的秋天大不一样。天仿佛特别蓝,草和泥土也仿佛特别香,人的心情当然也就特别舒畅了。——因此,我们干活都特别带劲。人民公社的同志们知道我们这一群白面书生干不了什么重活，只让我们砍老玉米秸。但是，就算是砍老玉米秸吧，我们干起来，仍然是缩手缩脚，一点也不利落。于是一位老大娘就走上前来，热心地教我们：怎样抓玉米秆，怎样下刀砍。在这时候，我注意到，她也有一双长满了老茧的手。我虽然同她素昧平生，但是她这一双手就生动地具体地说明了她的历史。我用不着再探询她的姓名、身世，还有她现在在公社所担负的职务。我一看到这一双手，一想到母亲和王妈的同样的手，我对她的感情就油然而生，而且肃然起敬，再说什么别的话，似乎就是多余的了。

就这样，在公共汽车行驶声中，我的回忆围绕着一双长满了老茧的手联成一条线，从几十年前，一直牵到现在，集中到坐在我眼前的这一位老妇人的手上。这回忆像是一团丝，愈抽愈细，愈抽愈多。它甜蜜而痛苦，错乱而清晰。在我一生中给我印象最深的三双长满了老茧的手，现在似乎重叠起来化成一双手了。它在我眼前不停地晃动，体积愈来愈扩大，形象愈来愈清晰。

这时候，老妇人同青年学生似乎发生了什么争执。我抬头一看：老妇人正从包袱里掏出来了两个煮鸡蛋，硬往青年学生手里塞，青年学生无论如何也不接受。两个人你推我让，正在争执得不可开交的时候，公共汽车到了站，蓦地停住了。青年学生就扶了老妇人走下车去。我透过玻璃窗，看到青年学生用手扶着老妇人的一只胳臂，慢慢地向前走去。我久久注视着他俩逐渐消失的背影。我虽然仍坐在公共汽车上，但是我的心却仿佛离我而去。

1961 年 9 月 25 日

春满燕园

燕园花事渐衰。桃花、杏花早已开谢。一度繁花满枝的榆叶梅现在已经长出了绿油油的叶子。连几天前还开得像一团锦绣似的西府海棠,也已落英缤纷、残红满地了。丁香虽然还在盛开,灿烂满园,香飘十里,但已显出疲惫的样子。北京的春天本来就是短的,"雨横风狂三月暮,门掩黄昏,无计留春住。"看来春天就要归去了。

但是人们心头的春天却方在繁荣滋长。这个春天,同在大自然里的春天一样,也是万紫千红、风光旖旎的,但它却比大自然里的春天更美、更可爱、更真实、更持久。郑板桥有两句诗:"闭门只是栽兰竹,留得春光过四时。"我们不栽兰,不种竹;我们就把春天栽种在心中,它不但能过今年的四时,而且能过明年、后年,不知多少年的四时,它要常驻我们心中,成为永恒的春天了。

昨天晚上,我走过校园。四周一片寂静,只有远处的蛙鸣划破深夜的沉寂,黑暗仿佛凝结了起来,能摸得着,捉得住。我走着走着,蓦地看到远处有了灯光,是从一些宿舍的窗子里流出来的。我的心里一愣，我的眼睛仿佛有了佛经上叫做天眼通的那种神力，透过墙壁，就看了进去。我看到一位年老的教师在那里伏案苦读，他仿佛正在写文章，想把几十年的研究心得写下来，丰富我们文化知识的宝库。他又仿佛是在备课，想把第二天要讲的东西整理得更深刻、更生动，让青年学生获得更多的滋养。他也可能是在看青年教师的论文，想给他们提些意见，共同切磋琢磨。他时而低头沉思，时而抬头微笑。对他说来，这时候，除了他自己和眼前的工作以外，宇宙万物都似乎不存在，他完完全全陶醉于自己的工作中了。

今天早晨，我又走过校园。这时候，晨光初露，晓风未起。浓绿的松柏，淡绿的杨柳，大叶的杨树，小叶的槐树，成行并列，相映成趣。未名湖绿水满盈，不见一条皱纹，宛如一面明镜。还看不到多少人走路，但从绿草湖畔，丁香丛中，杨柳树下，土山高尖却传来一阵阵朗诵外语的声音。倾耳细听，俄语、英语、梵语、阿拉伯语等等，依稀可辨，在很多地方，我只是闻声而不见人，但是仅仅从声音里也可以听出那种如饥如渴迫切吸收知识、学习技巧的炽热心情。这一群男女大孩子仿佛想把知识像清晨的空气和芬芳的花香那样一口气吸了下去。我走进大图书馆，又看到一群男女青年挤坐在里面，低头做数学或物理、化学的习题，也都是全神贯注，鸦雀无声。

我很自然地就把昨天夜里的情景同眼前的情景联系了起来。年老的一代是那样，年轻的一代又是这样，还能有比这更动人的情景吗？我心里陡然充满了说不出的喜悦。我仿佛看到春天又回到园中：繁花满枝，一片锦绣。不但已经开过花的桃树和杏树又开出了粉红色的花朵，连根本不开花的榆树和杨柳也满树红花。

未名湖中长出了车轮般的莲花，正在开花的藤萝颜色显得格外鲜艳。丁香也是精神抖擞，一点也不显得疲惫。总之是万紫千红，春色满园。

这难道仅仅是我一个人的幻象吗？不是的。这是我心中那个春天的反映。我相信，住在这个园子里的绝大多数的教师和同学心中都有这样一个春天，眼前也都看到这样一个春天。这个春天是不怕时间的。即使到了金风送爽、霜林染醉的时候，到了大雪漫天、一片琼瑶的时候，它也会永留心中，永留园内，它是一个永恒的春天。

1962 年 5 月 11 日

梦萦未名湖

北京大学正在庆祝九十周年华诞。对一个人来说，九十周年是一个很长的时期，就是所谓耄耋之年。自古以来，能够活到这个年龄的只有极少数的人。但是，对一个大学来说，九十周年也许只是幼儿园阶段。北京大学肯定还要存在下去的，两百年，三百年，一千年，甚至更长的时期。同这样长的时间相比，九十周年难道不就是幼儿园阶段吗？

我们的校史，还有另外一种计算方法，那就是从汉代的太学算起。这决非我的发明创造，国外不乏先例。这样一来，我们的校史就要延伸到两千来年，要居世界第一了。就算是两千来年吧，我们的北大还要照样存在下去的，也许三千年，四千年，谁又敢说不行呢？同将来的历史比较起来，活了两千年也只能算是如日中天，我们的学校远远没有达到耄耋之年。

一个大学的历史存在于什么地方呢？在书面的记载里，在建筑的实物上，当然是的。但是，它同样也存在于人们的记忆中。相对而言，存在于人们的记忆中，时间是有限的，但它毕竟是存在，而且这个存在更具体、更生动、更动人心魄。在过去九十年中，从北京大学毕业的人数无法统计，每个人都有自己的对母校的回忆。在这些人中，有许多在中国近代史上非常显赫的名字。离开这一些人，中国近代史的写法恐怕就要改变。这当然只是极少数人。其他绝大多数的人，尽管知名度不尽相同，也都在自己的工作岗位上，对祖国的建设事业作出了自己的贡献。他们个人的情况错综复杂，他们的工作岗位五花八门。但是，我相信，有一点却是共同的：他们都没有忘记自己的母校北京大学。母校像是一块大磁石吸引住了他们的心，让他们那记忆的丝缕永远同母校挂在一起：挂在巍峨的红楼上面，挂在未名湖的湖光塔影上面，挂在燕园的四时不同的景光上面：春天的桃杏藤萝，夏天的绿叶红荷，秋天的红叶黄花，冬天的青松瑞雪；甚至临湖轩的修篁，红湖岸边的古松，夜晚大图书馆的灯影，绿茵上飘动的琅琅书声，所有这一切无不挂上校友们回忆的丝缕，他们的梦永远萦绕在未名湖畔。《沙恭达罗》里面有一首著名的诗：

> 你无论走得多么远也不会走出了我的心，
> 黄昏时刻的树影拖得再长也离不开树根。

北大校友们不完全是这个样子吗！

至于我自己，我七十多年的一生（我只是说到目前为止，并不想就要做结论），除了当过一年高中国文教员，在国外工作了几年以外，唯一的工作岗位就是北京大学，到现在已经四十多年了，占了我一生的一半还要多。我于1946年深秋回到故都，学校派人到车站去接。汽车行驶在十里长街上，凄风苦雨，街灯昏黄，我真有点悲从中来。我离开故都已经十几年了，身处万里以外的异域,作为一个海外游子经常给自己描绘重逢的欢悦情景。谁又能想到,重逢竟是这般凄苦!我心头不由自主地涌出了两句诗:"西风凋碧树,落叶满长安(长安街也)。"我心头有一个比深秋更深秋的深秋。

到了学校以后,我被安置在红楼三层楼上。在日寇占领时期,红楼驻有日寇的宪兵队,地下室就是行刑杀人的地方,传说里面有鬼叫声。我从来不相信有什么鬼神。但是,在当时,整个红楼上下五层,寥寥落落,只住着四五个人,再加上电灯不明,在楼道的薄暗处真仿佛有鬼影飘忽。走过长长的楼道,听到自己的足音回荡,颇疑非置身人间了。

但是,我怕的不是真鬼,而是假鬼,这就是决不承认自己是魔鬼的国民党特务,以及由他们纠集来的当打手的天桥的地痞流氓。当时国民党反动派正处在垂死挣扎阶段。号称北平解放区的北大的民主广场成了他们的眼中钉、肉中刺。红楼又是民主广场的屏障,于是就成了他们进攻的目标。他们白天派流氓到红楼附近来捣乱,晚上还想伺机进攻。住在红楼的人逐渐多起来了。大家都提高警惕,注意动静。我记得有几次甚至想用椅子堵塞红楼主要通道,防备坏蛋冲进来。这样紧张的气氛颇延续了一段时间。

延续了一段时间,恶魔们终于也没能闯进红楼,而北平却解放了。我于此时真正是耳目为之一新。这件事把我的一生明显地分成了两个阶段。从此以后,我的回忆也截然分成了两个阶段:一段是魑魅横行,黑云压城;一段是魍魉现形,天日重明。二者有天渊之别、云泥之分。北大不久就迁至城外有名的燕园中,我当然也随学校迁来,一住就住了将近四十年。我的记忆的丝缕会挂在红楼上面，会挂在截然不同的两个世界上，这是不言自喻的。

一住就是四十年，天天面对未名湖的湖光塔影。难道我还能有什么回忆的丝缕要挂在湖光塔影上面吗？别人认为没有，我自己也认为没有。我住房的窗子正面对未名湖畔的宝塔。一抬头，就能看到高耸的塔尖直刺蔚蓝的天空。层楼栉比，绿树历历，这一切都是活生生的现实，一睁眼，就明明白白能够看到，哪里还用去回忆呢？

然而，世事多变。正如世界上没有一条完全平坦笔直的道路一样，我脚下的道路也不可能是完全平坦笔直的。在魍魉现形、天日重明之后，新生的魑魅魍魉仍然可能出现。我在美丽的燕园中，同一些正直善良的人们在一起，又经历了一场群魔乱舞、黑云压城的特大暴风骤雨。这在中国人民的历史上是空前的（我但愿它也能绝后）！我同一些善良正直的人们被关了起来，一关就是八九个月。但是，终于又像"凤凰涅槃"一般，活了下来。遗憾的是，燕园中许多美好的东西遭到了破坏。许多楼房外面墙上的"爬山虎"，那些有一二百年寿命的丁香花，在北京城颇有一点名气的西府海棠，繁荣茂盛了三四百年的藤萝，都坚决、彻底、干净、全部地被消灭了。为什么世间一些美好的花草树木也竟像人一样成了"反革命"，成了十恶不赦的罪犯呢？我百思不得其解。

我自己总算侥幸活了下来。但是，这一些为人们所深深喜爱的花草树木，却再也不能见到了。如果它们也有灵魂的话（我希望它们有！），这灵魂也决不会离开美丽的燕园。月白风清之夜，它们也会流连于未名湖畔湖光塔影中吧！如果它们能回忆的话，它们回忆的丝缕也会挂在未名湖上吧！可惜我不是活神仙，起死无方，回生乏术。它们消逝了，永远消逝了。这里用得上一句旧剧的戏词："要相会，除非是梦里团圆。"

到了今天，这场噩梦早已逍逝得无影无踪。我又经历了一次魑魅现形，天日重明的局面。我上面说到，将近四十年来，我一直住在燕园中、未名湖畔，我那记忆的丝缕用不着再挂在未名湖上。然而，那些被铲除的可爱的花草时来入梦。我那些本来应该投闲置散的回忆的丝缕又派上了用场。它挂在苍翠繁茂的爬山虎上，芳香四溢的丁香花上，红绿皆肥的西府海棠上，葳蕤茂密的藤萝花上。这样一来，我就同那些离开母校的校友一样，也梦萦未名湖了。

尽管我们目前还有这样那样的困难，但是我们未来的道路将会越走越宽广。我们今天回忆过去，决不仅仅是发思古之幽情。我们回忆过去是为了未来。愿普天之下的北大校友：国内的、海外的、男的、女的、老的、少的，什么时候也不要割断你们对母校的回忆的丝缕，愿你们永远梦萦未名湖，愿我们大家在十年以后都来庆祝母校的百岁华诞。"但愿人长久，千里共婵娟！"

1988 年 1 月 3 日

北京忆旧

我不是北京人,但是先后在北京住了四十六年之久,算得上一个老北京了。讲到回忆北京旧事,我自觉是颇有一些资格的。

可是,回忆并不总是愉快的。俗话说:"一部二十四史,不知从何处说起。"我遇到的也是这个困难,不是无可回忆,而是要回忆的东西实在太多了。一想到四十六年的北京生活,脑海里就像开了幻灯铺,一幕一幕,倏忽而过。论建筑则有楼台殿阁,佛寺尼庵,阳关大道,独木小桥,无穷无尽的影像。论人物则有男女老幼,国内国外,黑眼黑发,碧眼黄发,无穷无尽的面影。再加上自然风光,春花秋月,夏雨冬雪,延庆密林,西山红叶,混搅成一团,简直像是七宝楼台,海市蜃楼,五光十色,迷离模糊。到了此时,我自己几乎不知置身何地了。

现在先从小事回忆起吧。

我想回忆一下中关村电子一条街。

在我居京的四十六年中,有四十年我住在清华园和燕园,都同今天的电子一条街是近邻。自从我国政府决定在海淀区成立一种经济特区以来,电子一条街就名扬四海。今天,在这里,几乎日夜车水马龙，熙熙攘攘，街两旁店铺鳞次栉比，如雨后春笋，经营的几乎都是先进技术。敏感之士已经感到，将来仅有的几家不是经营先进技术的铺子，比如说饭馆、服装店之类，将会逐渐被挤走，而代之以有能力付特高租金的店铺，将来在海淀区吃饭穿衣都要遇到困难了。我佩服这些人的先见之明。我这个人虽然也还算敏感，但还没有达到这样高的水平，我还没有这样的杞忧。我只是有时候回忆起几十年前的这个地方，心中憬然若有所悟。可惜今天有我这种感觉的人恐怕很少很少了。今天的青年，甚至中年，看到的只是眼前的繁华景象，他们想的是跃跃欲试，逐鹿于电子战场，成为胜利者，手挥微机，头戴桂冠。至于此地过去如何，确实与他们无关，何必去伤这一份脑筋呢？

　　我生也早，现在已近耄耋之年。早生有早生的好处，但也有早生的包袱。我现在背的就是这样的包袱。我看电子一条街，同中青年们不完全一样。我既看到现在热闹的一面，又看到过去与热闹截然相反的一面。有时候这两面在我眼前重叠起来，我很自然地就起流光如逝之感，不禁大为慨叹。这种慨叹有什么用处吗？我说不出，看来恐怕不会有多大用处。明知没有多大用处，又何苦去回忆呢？我是身不由己，无能为力。既然生早了，亲眼看到这个地方原先的情况，就无法抑制自己不去回忆。这就是我现在的包袱。

　　将近六十年前，当我住在清华园读书的时候，晚饭之后，有时候偕一两友好漫步出校南门，边走边谈，忘路之远近，间或走得颇远。留给我印象最深的是在深秋时分，我们往往走到一处人迹罕至的地方，衰草荒烟，景象萧森，举目四望，不见人家，但见野坟数堆，暮鸦几点，上下相映，益增荒寒，回望西天，残阳如血,余晖闪熠在枯草叶上。此时我感到鬼气森森,赶快收住脚步,转身回到清华园,仿佛又回到了人间。

计算地望,我当年到的那个地方,应该就是今天的中关村、电子一条街一带。这一点我认为是可以肯定的。我离开清华以后,再也没有到这里来过。1946年回到北京,也没有来过。1952年从城里搬到燕园,时过境迁,我对这个地方早已忘得干干净净了。我在蓝旗营一公寓住了十年。初来时,门前的马路还没有。现在电子一条街修马路更在以后。这里修马路时,我当时的想法是,修这样宽的马路干吗呀!到了今天,马路扩展了一倍,仍然时有堵塞。仅仅三十几年,这里的变化竟如此巨大,我们的脑筋跟上时代的步伐竟如此困难。古人说沧海桑田,确有其事,论到速度,又是昔非今比了。

我从前读杨衒之《洛阳伽蓝记》、唐段成式《寺塔记》、刘肃《大唐新语》等等书籍,常做遐想。书中描绘洛阳、长安等城市升沉衍变的情况,作者一腔思古之幽情,流露于楮墨之间,读来异常亲切感人。我原以为这是古人的事,于今渺矣茫矣。但是,现在看来,我自己亲身经历的类似电子一条街这样的变迁,岂非同古人一模一样吗?唯一的区别只在于,我只经历了六七十年,而古人经历的比较长而已。六七十年在人类历史上不能算太长,但也不能说太短,中国历史上有一些朝代也不过如此。我个人的经历应该算得上一部短短的历史了。

人是非常容易怀旧的,怀旧往往能带来某一种愉快。但是,到了我这样的年龄,我看到的经历过的已经太多太多了,"悲欢离合总无情",有时候我连怀旧都有点懒怠了。今天写这一篇短文,一非想怀旧,二非想思古。不过偶尔想到,觉得别人未必知道,所以就写了下来。这决不会影响电子一条街的人士发财致富,也不会帮助他们财运亨通。当他们饱饮可口可乐之余,对他们来说,这样琐细的回忆足资谈助而已。

1988 年 6 月 11 日

梦萦水木清华

离开清华园已经五十多年了,但是我经常想到她。我无论如何也忘不掉清华的四年学习生活。如果没有清华母亲的哺育,我大概会是一事无成的。

在三十年代初期,清华和北大的门槛是异常高的。往往有几千学生报名投考,而被录取的还不到十分甚至二十分之一。因此,清华学生的素质是相当高的,而考上清华,多少都有点自豪感。

我当时是极少数的幸运儿之一,北大和清华我都考取了。经过了一番艰苦的思考,我决定入清华。原因也并不复杂,据说清华出国留学方便些。我以后没有后悔。清华和北大各有其优点,清华强调计划培养,严格训练;北大强调兼容并包,自由发展。各极其妙,不可偏执。

在校风方面,两校也各有其特点。清华校风我想以八个字来概括:清新、活泼、民主、向上。我只举几个小例子。新生入学,第一关就是"拖尸",这是英文字 toss 的音译。意思是,新生在报到前必须先到体育馆,旧生好事者列队在那里对新生进行

"拖尸"。办法是，几个彪形大汉把新生的两手、两脚抓住，举了起来，在空中摇晃几次，然后抛到垫子上，这就算是完成了手续，颇有点像《水浒传》上提到的杀威棍。墙上贴着大字标语："反抗者入水！"游泳池的门确实在敞开着。我因为有同乡大学篮球队长许振德保驾，没有被"拖尸"。至今回想起来，颇以为憾：这个终生难遇的机会轻轻放过，以后想补课也不行了。

这个从美国输入的"舶来品"，是不是表示旧生"虐待"新生呢？我不认为是这样。我觉得，这里面并无一点敌意，只不过是对新伙伴开一点玩笑，其实是充满了友情的。这种表示友情的美国方式，也许有人看不惯，觉得洋里洋气的。我的看法正相反。我上面说到清华校风清新和活泼，就是指的这种"拖尸"还有其他一些行动。

我为什么说清华校风民主呢？我也举一个小例子。当时教授与学生之间有一条鸿沟，不可逾越。教授每月薪金高达三四百元大洋，可以购买面粉二百多袋，鸡蛋三四万个。他们的社会地位极高，往往目空一切，自视高人一等。学生接近他们比较困难。但这并不妨碍学生开教授的玩笑。开玩笑几乎都在《清华周刊》上。这是一份由学生主编的刊物，文章生动活泼，而且图文并茂。现在著名的戏剧家孙浩然同志，就常用"古巴"的笔名在《周刊》上发表漫画。有一天，俞平伯先生忽然大发豪兴，把脑袋剃了个净光，大摇大摆，走上讲台，全堂为之愕然。几天以后，《周刊》上就登出了文章，讽刺俞先生要出家当和尚。

第二件事情是针对吴雨僧（宓）先生的。他正教我们"中西诗之比较"这一门课。在课堂上，他把自己的新作十二首《空轩》诗印发给学生。这十二首诗当然意有所指，究竟指的是什么?我们说不清楚。反正当时他正在多方面地谈恋爱,这些诗可能与此有关。他热爱毛彦文是众所周知的。他的诗句:"吴宓苦爱(毛彦文),三洲人士共惊闻",是夫子自道。《空轩》诗发下来不久,校刊上就刊出了一首七律今译,我只记得前一半:

> 一见亚北貌似花,
> 顺着秋秸往上爬。
> 单独进攻忽失利,
> 跟踪钉梢也挨刷。

最后一句是:"椎心泣血叫妈妈。"诗中的人物呼之欲出,熟悉清华今典的人都知道是谁。

学生同俞先生和吴先生开这样的玩笑,学生觉得好玩,威严方正的教授也不以为忤。这种气氛我觉得很和谐有趣。你能说这不民主吗?这样的琐事我还能回忆起一些来,现在不再啰唆了。

清华学生一般都非常用功,但同时又勤于锻炼身体。每天下午四点以后,图书馆中几乎空无一人,而体育馆内则是人山人海,著名的"斗牛"正在热烈进行。操场上也挤满了跑步、踢球、打球的人。到了晚饭以后,图书馆里又是灯火通明,人人伏案苦读了。

根据上面谈到的各方面的情况,我把清华校风归纳为八个字:清新、活泼、民主、向上。

我在这样的环境中生活、学习了整整四个年头,其影响当然是非同小可的。至于清华园的景色,更是有口皆碑,而且四时不同:春则繁花烂漫,夏则藤影荷声,秋则枫叶似火,冬则白雪苍松。其他如西山紫气，荷塘月色，也令人忆念难忘。

  现在母校八十周年了。我可以说是与校同寿。我为母校祝寿，也为自己祝寿。我对清华母亲的依恋之情，弥老弥浓。我祝她长命千岁，千岁以上。我祝自己长命百岁，百岁以上。我希望在清华母亲百岁华诞之日，我自己能参加庆祝。

1988 年 7 月 22 日

月是故乡明

每个人都有个故乡。人人的故乡都有个月亮。人人都爱自己的故乡的月亮。事情大概就是这个样子。

但是,如果只有孤零零一个月亮,未免显得有点儿孤单。因此,在中国古代诗文中,月亮总有什么东西当陪衬,最多的是山和水,什么"山高月小""三潭印月"等等,不可胜数。

我的故乡是在山东西北部大平原上。我小的时候,从来没有见过山,也不知山为何物。我曾幻想,山大概是一个圆而粗的柱子吧,顶天立地,好不威风。以后到了济南,才见到山,恍然大悟:山原来是这个样子呀!因此,我在故乡里望月,从来不同山联系。像苏东坡说的"月出于东山之上,徘徊于斗牛之间",完全是我无法想象的。

至于水,我的故乡小村却大大地有。几个大苇坑占了小村面积一多半。在我这个小孩子眼中,虽不能像洞庭湖"八月湖水平"那样有气派,但也颇有一点儿烟波浩渺之势。到了夏天,黄昏以后,我在坑边的场院里躺在地上,数天上的星星。有时候在古柳下面点起篝火,然后上树一摇,成群的知了飞落下来,比白天用嚼烂的麦粒去粘要容易得多。我天天晚上乐此不疲,天天盼望黄昏早早来临。

到了更晚的时候,我走到坑边,抬头看到晴空一轮明月,清光四溢,与水里的那个月亮相映成趣。我当时虽然还不懂什么叫诗兴,但也顾而乐之,心中油然有什么东西在萌动。我有时候在坑边玩儿很久,才回家睡觉,在梦中见到两个月亮叠在一起,清光更加晶莹澄澈。第二天一早起来,我到坑边苇子丛里去捡鸭子下的蛋,白白地一闪光,手伸向水中,一摸就是一个蛋。此时更是乐不可支了。

我只在故乡待了六年,以后就离乡背井,漂泊天涯。在济南住了十多年,在北京度过四年,又回到济南待了一年,然后在欧洲住了近十一年,重又回到北京,到现在已经四十多年了。在这期间,我曾到过世界上将近三十个国家,我看过许许多多的月亮。在风光旖旎的瑞士莱茫湖上,在平沙无垠的非洲大沙漠中,在碧波万顷的大海中,在巍峨雄奇的高山上,我都看到过月亮。这些月亮应该说都是美妙绝伦的,我都异常喜欢。但是,看到它们,我立刻就想到我故乡中那个苇坑上面和水中的那个小月亮。对比之下,无论如何我也感到,这些广阔世界的大月亮,万万比不上我那心爱的小月亮。不管我离开我的故乡多少万里,我的心立刻就飞来了。我的小月亮,我永远忘不掉你!

我现在已经年近耄耋,住的朗润园是燕园胜地。夸大一点儿说,此地有茂林修竹,绿水环流,还有几座土山点缀其间。风光无疑是绝妙的。前几年,我从庐山休养回来,一个同在庐山休养的老朋友来看我。他看到这样的风光,慨然说:"你住在这样的好地方,还到庐山去干吗呢!"可见朗润园给人印象之深。此地既然有山,有水,有树,有竹,有花,有鸟,每逢望夜,一轮当空,月光闪耀于碧波之上，上下空濛，一碧数顷，而且荷香远溢，宿鸟幽鸣，真不能不说是赏月胜地。荷塘月色的奇景，就在我的窗外。不管是谁来到这里，难道还能不顾而乐之吗？

然而，每值这样的良辰美景，我想到的却仍然是故乡苇坑里那个平凡的小月亮。见月思乡，已经成为我经常的经历。思乡之病，说不上是苦是乐，其中有追忆，有惆怅，有留恋，有惋惜。流光如逝，时不再来。在微苦中实有甜美在。

月是故乡明，我什么时候能够再看到我故乡里的月亮呀！我怅望南天，心飞向故里。

1989 年 11 月 3 日

辑四

游历

登庐山

苍松翠柏,层层叠叠,从山麓向上猛奔,气势磅礴,压山欲倒,整个宇宙仿佛沉浸在一片浓绿之中。原来这就是庐山啊!

汽车沿着盘山公路,在万绿丛中盘旋而上。我一边仿佛为这神奇的绿色所制服,一边嘴里哼着苏东坡那一首脍炙人口的诗:

> 横看成岭侧成峰,
> 远近高低各不同。
> 不识庐山真面目,
> 只缘身在此山中。

我很后悔,在年轻读中小学的时候,学习马虎,对岭与峰的细微区别没有弄清楚。到了此时,悔之晚矣。无论横看,还是侧看,我都弄不明白苏东坡用意之所在。我只觉得,苏东坡没有搔着痒处,没有真正抓住庐山的神韵,没有抓住庐山的灵魂,空留下这一首传诵古今的名篇。

到了我们的住处以后,天色已经黄昏。窗外松涛澎湃,山风猎猎,鸟鸣在耳,蝉声响彻,九奇峰朦胧耸立,天上有一弯新月。我耳朵里听到的是松声,眼睛仿佛看到了绿色。我在庐山的第一夜,做了一个绿色的梦。

中国的名山胜境,我游得不多。五十年前,我在大学毕业后,改行当了高中的国文教员。虽然为人师表,却只有二十三岁。在学生眼中,我大概只能算是一个大孩子。有一个学生含笑对我说:"我比你还大五岁哩!老师!"这有什么办法呢?我当时童心未泯,颇好游玩。曾同几个同事登泰山,没费吹灰之力就登上了南天门。在一个鸡毛小店里住了一夜,第二天凌晨攀登玉皇顶,想看日出。适逢浮云蔽天,等看到太阳时,它已经升得老高了。我们从后山黑龙潭下山,一路饱览山色,颇有一点"一览众山小"的情趣。泰山给我留下了非常深刻的印象。从审美的角度上来评断,我想用两个字来概括泰山,这就是:雄伟。

六年以前,我游了黄山。从前山温泉向上攀,经过了许多名胜古迹,什么一线天、蓬莱三岛等,下午三时到了玉屏楼。回望天都峰卿鱼背,如悬天半。在玉屏楼住了一夜,第二天再向北海前进。一路上又饱览了数不清的名胜古迹。在北海住了两夜,看到了著名的黄山云海和奇峰怪石。世之论者认为黄山以古松胜,以云海胜,以奇峰胜,以怪石胜。古人说:"五岳归来不看山,黄山归来不看岳。"这是非常有见地的话。从审美的角度来评断,我也想用两个字来概括黄山,这就是:诡奇。

那一次陪我游黄山的是小泓,我们祖孙二人始终走在一起。他很善于记黄山那些稀奇古怪的名胜的名字,我则老朽昏庸,转眼就忘,时时需要他的提醒和纠正。当时日子过得似乎平平常常,并没有觉得有什么奇妙之处,有什么值得怀念之处。但是,前几年我到安徽合肥去开会，又有游黄山的机会，我原本想再去黄山的。可是，我忽然怀念起小泓来，他已在千山万水浩渺大洋之外了。我顿时觉得，那一次游黄山，日子过得不细致，有点马马虎虎，颇有一点身在福中不知福的味道。如今回忆起来，情景历历如在眼前。哪怕是极小的生活细节，也无一不温馨可爱，到了今天，宛如一梦，那些情景永远永远不会再回来了。我觉得，再游黄山，谁也代替不了小泓。经过了反复地考虑，我决意不再到黄山去了。

今天我来到了庐山，陪我来的是二泓。在离开北京的时候，我曾下定决心，在庐山，日子一定要仔仔细细地过，认真在意地过，把每一个细微末节，每一分钟，每一秒钟，都要仔细玩味，决不能马马虎虎，免得再像游黄山那样，日后追悔不及。我也确实这样做了。正像小泓一样，二泓也是跟我形影不离。几天以来，我们几乎游遍整个庐山。茂林修竹，大陵深涧，岩洞石穴，飞瀑名泉。他扶着我，有时候简直是扛着我，到处游观。我觉得，这一次确实是仔仔细细地过日子了，一点也没有疏忽大意。对一草一木，一山一石，变幻莫测的白云，流动不息的飞瀑，我都全心全意地把整个灵魂都放在上面。我只希望，到得庐山之游成为回忆时，我不再追悔。是否真正能做到这一步，我眼前还不敢夸下海口，只有等将来的事实来验证了。

庐山千姿百态，很难用一个字或几个字来概括。但是，总起来说，庐山给我的印象同泰山和黄山迥乎不同。在这里，不管是远山，还是近岭，无不长满了松柏。杉树更是特别郁郁葱葱，尖尖的树顶直刺云天。目光所到之处，总是绿，绿，绿，几乎看不到任何别的颜色，是一片浓绿的天地，一片浓绿的大洋。从审美的角度来看，我也想用两个字来概括庐山，这就是：秀润。

我觉得，绿是庐山的精神，绿是庐山的灵魂，没有绿就没有庐山。绿是有层次的。有时候蓦地白云从谷中升起，把苍松翠柏都笼罩起来，笼罩得迷蒙一片，此时浓绿就转成了青色，更给人以秀润之感，可惜东坡翁当年没能抓住庐山这个特点，因而没有能认识庐山的真面目，成为千古憾事。我曾在含鄱口远眺时信口写一七绝：

  近浓远淡绿重重，
  峰横岭斜青蒙蒙。
  识得庐山真面目，
  只缘身在此山中。

我自谓抓住了庐山的精神，抓住了庐山的灵魂。庐山有灵，不知以为然否？

1986 年 8 月 6 日于庐山

在敦煌

刚看过新疆各地的许多千佛洞,在驱车前往敦煌莫高窟千佛洞的路上,我心里就不禁比较起来:在那里,一走出一个村镇或城市,就是戈壁千里,寸草不生;在这里,一离开柳园,也是平野百里,禾稼不长,然而却点缀着一些骆驼刺之类的沙漠植物,在一片黄沙中绿油油地充满了生意,看上去让人不感到那么荒凉、寂寞。

我们就是走过了数百里这样的平野,最终看到一片葱郁的绿树,隐约出现在天际,后面是一列不太高的山冈,像是一幅中国水墨山水画。我暗自猜想:大概是来到敦煌了。

果然是到敦煌了。我对敦煌真可以说是"久仰大名,如雷贯耳"了。我在书里读到过敦煌,我听人谈到过敦煌,我也看过不知多少敦煌的绘画和照片。几十年梦寐以求的东西如今一下子看在眼里,印在心中,"相见翻疑梦",我似乎有点怀疑,这是否是事实了。

敦煌毕竟是真实的。它的样子同我过去看过的照片差不多,这些我都是很熟悉的。此处并没有崇山峻岭,幽篁修竹,有的只不过是几个人合抱不过来的千岁老榆，高高耸入云天的白杨，金碧辉煌的牌楼，开着黄花、红花的花丛。放在别的地方，这一切也许毫无动人之处；然而放在这里，给人的印象却是沙漠中的一个绿洲，戈壁滩上的一颗明珠，一片淡黄中的一点浓绿，一个不折不扣的世外桃源。

至于千佛洞本身，那真是琳琅满目，美不胜收，五光十色，云蒸霞蔚。无论用多么繁缛华丽的语言文字，不管这样的语言文字有多少，也是无法描绘，无法形容的。这里用得上一句老话了："只能意会，不能言传。"洞子共有四百多个，大的大到像一座宫殿，小的小到像一个佛龛。几乎每一个洞子里都画着千佛的像。洞子不论大小，墙壁不论宽窄，无不满满地画上了壁画。艺术家好像决不吝惜自己的精力和颜料，决不吝惜自己的光阴和生命，把墙壁上的每一点空间，每一寸的空隙，都填得满满的，多小的地方，他们也决不放过。他们前后共画了一千年，不知流出了多少汗水，不知耗费了多少心血，才给我们留下了这些动人心魄的艺术瑰宝。有的壁画，就暴露在光天化日之下，经过了一千年的风吹、雨打、日晒、沙浸，但彩色却浓郁如新，鲜艳如初。想到我们先人的这些业绩，我们后人感到无比的兴奋、震惊、感激、敬佩，这难道不是很自然的吗？

我们走进了洞子，就仿佛走进了久已逝去的古代世界，甚至古代的异域世界；仿佛走进了神话的世界，童话的世界。尽管洞内洞外一点声音都没有，但是看到那些大大小小的雕塑，特别是看到墙上的壁画：人物是那样繁多，场面是那样富丽，颜色是那样鲜艳，技巧是那样纯熟，我们内心里就不禁感到热闹起来。我们仿佛亲眼看到释迦牟尼从兜率天上骑着六牙白象下降人寰，九龙吐水为他洗浴，一下生就走了七步，口中大声宣称："天上天下，唯我独尊。"我们仿佛看到他读书、习艺。他力大无穷，竟把一只大象抛上天空，坠下时把土地砸了一个大坑。我们仿佛看到他射箭，连穿七个箭靶。我们仿佛看到他结婚，看到他出游，在城门外遇到老人、病人、死人与和尚，看到他夜半乘马逾城逃走，看到他剃发出家。我们仿佛看到他修苦行，不吃东西，修了六年，把眼睛修得深如古井。我们又仿佛看到他幡然改变主意，毅然放弃了苦行，吃了农女献上的粥，又恢复了精力，走向菩提树下，同恶魔波旬搏斗，终于成了佛。成佛后到处游行，归示，度子，年届八旬，在双林涅槃。使我们最感兴趣、给我们印象最深的是那许许多多的涅槃的画。释迦牟尼已经逝世，闭着眼睛，右胁向下躺在那里。他身后站着许多和尚和俗人。前排的人已经得了道，对生死漠然置之，脸上毫无表情地站在那里。后排的人，不管是国王、各族人民，还是和尚、尼姑，因为道行不高，尘欲未去，参不透生死之道，都号啕大哭，有的捶胸，有的打头，有的击掌，有的顿足，有的撕发，有的裂衣，有的甚至昏倒在地。我们真仿佛听到哭声震天，看到泪水流地，内心里不禁感到震动。最有趣的是外道六师，他们看到主要敌手已死，高兴得弹琴、奏乐、手舞、足蹈。在盈尺或盈丈的墙壁上，宛然一幅人生哀乐图。这样的宗教画，实际上是人世社会的真实描绘。把千载前的社会现实，栩栩如生地搬到我们今天的眼前来。

在很多洞子里，我们又仿佛走进了西方的极乐世界，所谓净土。在这个世界里，阿弥陀佛巍然坐在正中。在他的头上、脚下、身躯的周围画着极乐世界里各种生活享受：有伎乐，有舞蹈，有杂技，有饮馔。好像谁都不用担心生活有什么不足，衣来伸手，饭来张口。而且这些饮食和衣服，都用不着人工去制作。到处长着如意神树，树枝子上结满了各种美好的饮食和衣着，要什么，有什么，只须一伸手一张口之劳，所有的愿望就都可以满足了。小孩子们也都兴高采烈，他们快乐得把身躯倒竖起来。到处都是美丽的荷塘和雄伟的殿阁，到处都是快活的游人。这些人同我们这些凡人一样，也过着世俗的生活。他们也结婚。新郎跪在地上，向什么人叩头。新娘却站在那里，羞答答不肯把头抬。许多参加婚礼的客人在大吃大喝。两只鸿雁站在门旁。我早就读过古代结婚时有所谓"奠雁"的礼节，却想不出是什么情景。今天这情景就摆在我眼前，仿佛我也成了婚礼的参加者了。他们也有老死。老人活过四万八千岁以后，自己就走到预先盖好的坟墓里去。家人都跟在他后面，生离死别。虽然也有人磕头涕哭，但是总起来看，脸上的表情却都是平静的、肃穆的，好像认为这是人生规律，无所用其忧戚与哀悼。所有这一切世俗生活的绘画，当然都是用来宣扬一个主题思想：不管在什么样的生活环境中，只要一心念阿弥陀佛，就可以往生净土，享受天福。这当然都是幻想，甚至是欺骗。但是艺术家的态度是认真的，他们的技巧是惊人的。他们仔细地描，小心地画，结果把本是虚无缥缈的东西画得像真实的事物一样，生动活泼地、毫不含糊地展现在我们眼前，让我们对于历史得到感性认识，让我们得到奇特美妙的艺术享受。艺术家可能是真正相信这些神话的，但是这对我们是无关重要的，重要的是他们的画。这些画画得充满了热情，而且都取材于现实生活。在世界各国的历史上，所有的神仙和神话，不管是多么离奇荒诞，他们的模特儿总脱离不开人和人生，艺术家通过神仙和神话，让过去的人和人生重现在我们眼前。我们探骊得珠，于愿已足，还有什么可以强求的呢？

最使我吃惊的是一件小事：在这富丽堂皇的极乐世界中，在巍峨雄伟的楼台殿阁里，却忽然出现了一只小小的老鼠，鼓着眼睛，尖着尾巴，用警惕狡诈的目光向四下里搜寻窥视，好像见了人要逃窜的样子。我很不理解，为什么艺术家偏偏在这个庄严神圣的净土里画上一只老鼠。难道他们认为，即使在净土中，四害也是难免的吗？难道他们有意给这万人向往的净土开上一个小小的玩笑吗？难道他们有意表示即使是净土也不是百分之百的纯洁吗？我们大家都不理解，经过推敲与讨论，仍然是不理解。但是我们都很感兴趣，认为这位艺术家很有勇气，决不因循抄袭，决不搞本本主义，他敢于石破天惊地去创造。我们对他都表示敬意。

在许多洞子里，我们还看到了许多经变，什么法华经变，楞伽经变，金光明经变，如此等等。艺术家把经中的许多章节，不是根据经文，而是根据变文，用绘画的形式表现出来。在这些经变里，法华经普门品似乎是最受欢迎的一品。普门品说，谁要是一心称观世音菩萨的名，入大火，大火不能烧；入大水，大水不能漂；入海求宝遇到黑风，船飘堕罗刹国，可以解脱罗刹之难；遭迫害临刑，刑刀段段坏；女子求生男孩，就可以生福德智慧之男，求生女孩，就可以生端正有相之女。总之，威灵显赫，有求必应。画上最多的是临刑刀寸寸断的情景。这似乎是最能形象地表现观音菩萨的法力的一个题材。但是，我们也可以看到许多描绘人民生活和生产的情景。一个农民赶着耕牛去耕地。许多小手工业者坐在那里制作什么东西。人们在家里面安静地宴客。人们在花园中游乐。人们到灞桥去送别亲友，折杨柳为赠。我曾在不知多少唐诗中读到这情景，今天才第一次在绘画上看到。最有意思的、最耐人寻味的是许多绘画，画的是人们大便的情景，刷牙的情景。据我所知道的，在世界各国任何时代的任何绘画中都难找到这样的绘画，这好像也成了绘画的禁区。然而我们的艺术家却有勇气冲破这不成文而事实上却存在的禁区，把这种细微并不那么太雅观的情景画给我们看。除了佩服以外，我还能说些什么呢？此外，描绘舞蹈的场面和杂技的场面，也是非常动人的。一个个乐队，一个个乐工，手中执着各种各样的乐器，什么箫、笛、筝、琴、箜篌、排箫、阮咸、琵琶，还有尺八，神情是这样逼真，人物是这样细致，我们耳中仿佛能听到各种乐器和谐的弹奏声，静静的洞子一时喧阗起来。舞蹈的场面也很动人。男女舞人，翩翩起舞，有人甩着长大的袖子，有人动作非常强烈，所谓"胡旋舞"大概就是这个样子吧。我们看到的虽然不是真正的舞蹈，而只是绘画，但是我们也恍然感到"观者如山色沮丧，天地为之久低昂。㸌如羿射九日落，矫如群帝骖龙翔，来如雷霆收震怒，罢如江海凝清光"。至于杂技，更是动人心魄。一个演员站在那里，头上顶着长竿，竿顶上站着一个人，人头顶上还站着一个小孩子。看那摇摇欲坠的样子，我们不禁为画上的古人担忧起来。然而，不要怕，两旁还站着两个人哩。他们好像是为了防备万一而站在那里。虽然都戴着纱帽，斯斯文文的，看来好像也满有把握。我们可以放心了。前面坐着一些人，这大概就是观众。画面上人数不算多，但看上去却热闹得很。在古代文化交流中，音乐、舞蹈和杂技，好像是占着突出的地位。在新疆的许多千佛洞中，这样的场面也是随时可见的。

在所有的经变中，维摩诘经变是最常见的。这一部经在唐代大概非常流行、非常受欢迎的。唐代一个姓王的大诗人，取名维，字摩诘，合起来就是维摩诘，就是一个很好的证明。我们在很多洞子里，都看到关于维摩诘的壁画。尽管大小不同，洞子不同，但是他的形象却基本上是一致的。维摩诘手执麈尾或者扇子，傲然地斜坐在一张床上，眼神嘴角流露出一副能言善辩、轻蔑藐视的神态。这一部经本身就是一部很好的长篇小说，讲的是一个佛教的居士，名叫维摩诘，唐玄奘译为无垢称。他深通佛法，辩才无碍。有一次他病了，如来佛派大弟子舍利弗去问疾。舍利弗吃过他辩才的苦头，有点发怵不敢去。佛又派大目犍连、大迦叶、须菩提、富楼那多罗尼子、摩诃迦旃延、阿那律、优波离、罗睺罗、阿难、弥勒菩萨、善德等等去，但是谁也没有胆量去。最后文殊师利膺命前往。维摩诘以神力空其室内，只留下了一张床，他生病坐在上面。于是二人展开了一场辩才战。诸菩萨、大弟子、群释、四天王等都赶来瞧热闹。后来舍利弗和大迦叶也赶了来。最后文殊师利和维摩诘一起来见佛。这一篇小说似的经文以如来把正法付嘱于弥勒佛而结束。小说本身内容很丰富，辩论很激烈，描绘很生动，对话很犀利。壁画更发展了这一部经文，把故事画得热闹非常、生动活泼，具有极大的感染力。维摩诘仿佛就要从床上站立起来，而且要走下墙来，同我们展开一场唇枪舌战……

在许多洞子里，除了神话故事以外，还画着许多世俗画。开洞的窟主往往把自己以及一家人都画在墙上。有时候画上一队男官人，前面的几个都是秃头的和尚；一队贵妇前面几个是秃头的尼姑。这是本家庭里面出家的人，是他们的光荣，是他们的骄傲，所以才被画在前面。这些男女贵人排成队，好像要向佛爷走去。他们为什么要把自己的像画在这千佛洞里呢？是为了宗教功德吗？还是为了永垂不朽？恐怕二者都有一点吧。最引人注目的是张义潮出游图。唐代这一个独霸一方的大军阀、大官僚，在河西一带很有势力，很有影响，他一跺脚，整个河西走廊都会震动。他的家族开凿了不少的洞子，在一个洞子里就画着自己出游的情景。他自己巍然骑在马上，前面是部队开路，也都骑着马，有的手里拿着乐器，有的手里举着旗帜。拿乐器的正在猛吹猛奏，好像是要行人回避，也好像是在为军容壮声威。后面跟的是成群的扈从，都是宽衣博带，雍容华贵。乐器中除了喇叭等之外，还有画角，我从小念唐诗，不知多少次碰到"画角"这个字眼，但是始终没有见过画角是什么样子。今天见面，宛如故友重逢，分外感到亲切。总之，这一幅一千多年前的出游行乐图，彩色鲜艳地、生动活泼地摆在我们眼前。当时的情景跃然壁上。我们今天站在下面看壁画的人，恍惚间成了当时站在路旁的旁观者，看人马杂沓，车如流水，乐声喧腾，尘土飞扬，好像正从墙壁的一端走向另一端，转瞬即逝。

在一个洞子里，我们还看到一幅巨大的五台山图。既然是五台山，当然与宣扬文殊菩萨是分不开的。但是我们今天看到的却是一幅用绘画形式表现出来的地图和人民生活图。这幅图上画的是从镇州（正定）一直到并州（太原）旅途的情景。这条绵延数百里的路是同绵延数百里的五台山分不开的。这座大山峰峦起伏，山头林立，宛如雨后的春笋一般。山上的名刹都画出了房舍，标出了名字。山下则是一条商路。商人们熙熙攘攘，车水马龙，牲口背上驮着货物，匆匆忙忙向前趱行。旅途是遥远的，就必然要有住宿的客店。于是在图上许多地方都画着客店。店主人、店小二在热情地招呼客人，客人则是出出进进，热闹非常。我们今天的中国青年，甚至中年、老年，习惯于住北京饭店、国际饭店一类的高楼大厦，对古代商人旅人行路困难丝毫没有认识。读到"鸡声茅店月，人迹板桥霜"，还有什么"夕阳西下，断肠人在天涯"，也许还能引起一些遐思，但是决不会引起同情，我们对那种生活已经非常非常隔膜了。但是这一幅五台山图，会把我们带回到当年的生活环境中去，让我们做一个思古的梦。从这个意义上来讲，这一幅壁画无疑是我们的国宝之一。当年有一个帝国主义国家要出十万美元，收买这一幅壁画，没有得逞，否则我们的这件国宝早已到了波士顿博物馆之类的地方去了。岂不惜哉！

在另外一些洞子里，我们还看到一些和尚西行求法的壁画。这也是必然的。开凿这些洞子主要的是为了宣扬佛教，"千佛洞"这个名词本身就说明了一切。佛教来自印度，这里画着许多出生在印度的佛爷和菩萨，是很自然的。但是如果没有中国和尚到印度去取经，没有印度和尚到中国来送经，佛教是决不会自己走了来的。因此，我们总是期望，在某一些洞子里能够看到中国西行求法的和尚，事实上也正是这样，我们看到了，而且看到的还不少。一提到西行求法，谁都会立刻就想到唐代高僧玄奘。在一个洞子里，我们确实看到了唐僧取经的壁画。这是一幅水月观音的巨大的壁画，水月观音巨大的身躯几乎占满了全壁。他身上衣着金碧辉煌，头上冠冕富丽堂皇。令人吃惊的是，他嘴上居然还留着一撮小胡子。他神态倨傲又慈悲，伸脚坐在那里。在壁画的右下角一块小小的地方画着玄奘，双手合十站在一个悬崖上，面向水月观音，好像正向他致敬。他身后是大徒弟孙悟空，手里牵着那一匹小白龙变成的马。二徒弟猪八戒和三徒弟沙僧跑到哪里去了呢？看样子他们并没有去寻山探路，也不是去托钵求斋，他们还站在壁画外面，正在向着壁画里走哩。

同求法高僧有联系的是商人。宗教按理说是出世的，和尚尼姑是不许触摸金银的。而"商人重利轻别离"，他们总是想赚大钱的。他们之间是风马牛不相及的，哪里会有什么联系呢？但是所有在中国境内的千佛洞都是开凿在丝绸之路沿线的。丝绸之路，顾名思义是一条商业大道，这就有力地说明了二者间的密切关系。在印度佛教史上，从佛祖释迦牟尼开始，就同商人有亲密的往来，和尚和商人，不但相辅相成，而且相依为命。所以丝绸之路，同时也是宗教之路。中国、印度和其他国家的高僧很大一部分是走丝绸之路来往的。因此，在千佛洞里除了求法高僧外，看到商人的壁画，也是很自然的。在新疆拜城克孜尔千佛洞中，我曾在一壁佛画的中间一小块空隙中看到一个穿伊朗服装的商人，赶着几匹骆驼，上面驮着中国出产的丝，正在走路的样子。一个佛爷站在旁边，好像把自己右手的两个指头像点蜡烛一样点了起来，发出万丈光芒，照亮了丝绸之路。这幅壁画的用意是再清楚不过的，这里用不着多说。在敦煌的千佛洞里，丝绸之路也有所表现。贩运丝绸的中外商人，赶着骆驼和马，向西方迈进。沙路茫茫，前途万里，而商人毫不气馁。有的地方画着商人在路上走路的情况。路大概是很难走，马走得乏了，再也不想前进，于是一个商人在前面用力牵，另一个商人在后面拼命地用鞭子抽打，人忙马嘶的情景宛在目前，宛在耳边。还有不少地方画着商人遇劫的情况。一些绿林豪客手执明晃晃的钢刀，耀武扬威地挡在那里。商人们则卑躬屈膝，甚至跪在地上求饶，觳觫之状可掬，他们仿佛是在对话，声音就响在我们耳边。可见，虽然有佛光照亮万里长途，但人间毕竟是人间，行路难之叹，唐代诗人早就发出来了，何况是漫漫数万里呢？至于海上商路，虽然不在丝绸之路上，但是我们的艺术家也不放过。我们在几个地方都看到航海的商船。船并不大，上面画着几个人，好像都已经把船占满了，有点象征主义的味道。但是船外的海涛决不含糊地告诉我们，这是漂洋过海的壮举。为什么在万里之外的甘肃新疆大沙漠里，竟然画到海上贸易呢？这一点，我还不十分清楚，也还要推敲而且研究。

总之，洞子共有四百多个，壁画共有四万多平方米，绘画的时间绵延了一千多年，内容包括了天堂、净土、人间、地狱、华夏、异域、和尚、尼姑、官僚、地主、农民、工人、商人、小贩、学者、术士、妓女、演员，男、女、老、幼，无所不有。在短短的几天之内，我仿佛漫游了天堂、净土，漫游了阴司、地狱，漫游了古代世界，漫游了神话世界，走遍了三千大千世界，攀登神山须弥山，见到了大梵天、因陀罗，同四大天王打过交道，同牛首马面有过会晤，跋涉过迢迢万里的丝绸之路，漂渡烟波浩渺的大海大洋，看过佛爷菩萨的慈悲相，听维摩诘的辩才无碍，我脑海里堆满色彩缤纷的众生相，错综重叠，突兀峥嵘，我一时也清理不出一个头绪来。在短短几天之内，我仿佛生活了几十年。在过去几十年中，对于我来说是非常抽象的东西，现在却变得非常具体了。这包括文学、艺术、风俗、习惯、民族、宗教、语言、历史等等领域。我从前看到过唐代大画家阎立本的帝王图，李思训的金碧山水，宋朝朱襄阳朱点山水，明朝陈老莲的人物画，大涤子的山水画，曾经大大地惊诧于这些作品技巧之完美，意境之深邃，但在敦煌壁画上，这些都似乎是司空见惯，到处可见。而且敦煌壁画还要胜它们一筹：在这里，浪漫主义的气氛是非常浓的。有的画家竟敢画一个乐队，而不画一个人，所有的乐器都系在飘带上，飘带在空中随风飘拂，乐器也就自己奏出声音，汇成一个气象万千的音乐会。这样的画在中国绘画史上，甚至在别的国家的绘画史上能够找得到吗？

不但在洞子里我们好像走进了久已逝去的古代世界，就是在洞子外面，我们倘稍不留意，就恍惚退回到历史中去。我们游览国内的许多名胜古迹时，总会在墙壁上或树干上看到有人写上的或刻上的名字和年月之类的字，什么某某人何年何月到此一游。这种不良习惯我们真正是已经司空见惯，只有摇头苦笑。但要追溯这种行为的历史那恐怕是古已有之了。《西游记》上记载着如来佛显示无比的法力，让孙悟空在自己的手掌中翻筋斗，孙悟空翻了不知多少十万八千里的筋斗，最后翻到天地尽头，看到五根肉红柱子，撑着一股青气。为了取信于如来佛，他拔下一根毫毛，吹口仙气，叫"变！"，变作一管浓墨双毫笔。在那中间柱子上写一行大字云："齐天大圣，到此一游。"还顺便撒了一泡猴尿。因此，我曾想建议这一些唯恐自己的尊姓大名不被人知、不能流传的善男信女，倘若组织一个学会时，一定要尊孙悟空为一世祖。可是在敦煌，我的想法有些变了。在这里，这样的善男信女当然也不会绝迹。在墙壁上题名刻名到处可见，这些题刻都很清晰，仿佛是昨天才弄的。但一读其文，却是康熙某年，雍正某年，乾隆某年，已经是几百年以前的事了。当我第一次看到的时候，我不禁一愣：难道我又回到康熙年间去了吗？如此看来，那个国籍有点问题的孙悟空不能专"美"于前了。

我们就在这样一个仿佛远离尘世的弥漫着古代和异域气氛的沙漠中的绿洲中生活了六天。天天忙于到洞子里去观看。天天脑海里塞满了五光十色丰富多彩的印象，塞得是这样满，似乎连透气的空隙都没有。我虽局处于斗室之中，却神驰于万里之外；虽局限于眼前的时刻之内，却恍若回到千年之前。浮想联翩，幻影沓来，是我生平思想最活跃的几天。我曾想到，当年的艺术家们在这样阴暗的洞子里画画，是要付出多么大的精力啊！我从前读过一部什么书，大概是美术史之类的书，说是有一个意大利画家，在一个大教堂内圆顶天篷上画画，因为眼睛总要往上翻，画了几年之后，眼球总往上翻，再也落不下来了。我们敦煌的千佛洞比意大利大教堂一定要黑暗得多，也要狭小得多，今天打着手电，看洞子里的壁画，特别是天篷上藻井上的画，线条纤细，着色繁复，看起来还感到困难，当年艺术家画的时候，不知道有多少困难要克服。周围是茫茫的沙碛，夏天酷暑，而冬天严寒，除了身边的一点浓绿之外，放眼百里惨黄无垠。一直到今天，饮用的水还要从几十里路外运来，当年的情况更可想而知。在洞子里工作，他们大概只能躺在架在空中的木板上，仰面手执小蜡烛，一笔一笔地细描细画。前不见古人，我无法见到那些艺术家了。我不知道他们的眼睛也是否翻上去再也不能下来。我不知道是一种什么力量在支撑着他们，在那样艰苦的条件下给我们留下了这样优美的杰作，惊人的艺术瑰宝。我们真应该向这些艺术家们致敬啊！

我曾想到，当年中国境内的各个民族在这一带共同劳动，共同生活，有的赶着羊群、牛群、马群，逐水草而居，辗转于千里大漠之中；有的在沙漠中一小块有水的土地上辛勤耕耘，努力劳作。在这里,水就是生命,水就是幸福,水就是希望,水就是一切,有水斯有土,有土斯有禾,有禾斯有人。在这样的环境中,只有互相帮助,才能共同生存。在许多洞子里的壁画上,只要有人群的地方,从人们的面貌和衣着上就可以看到这些人是属于种种不同的民族的。但是他们却站在一起,共同从事什么工作。我认为,连开凿这些洞的窟主,以及画壁画的艺术家都决不会出于一个民族。这些人今天当然都已经不在了。人们的生存是暂时的,民族之间的友爱是长久的。这一个简明朴素的真理,一部中国历史就可以提供证明。我们生活在现代,一旦到了敦煌,就又仿佛回到了古代。民族友爱是人心所向,古今之所同。看了这里的壁画,内心里真不禁涌起一股温暖幸福之感了。

我又曾想到,在这些洞子里的壁画上,我们不但可以看到中国境内各个民族的人民,而且可以看到沿丝绸之路的各国的人民,甚至离开丝绸之路很远的一些国家的人民。比如我在上面讲到如来佛涅槃以后,许多人站在那里悲悼痛苦,这些人有的是深目高鼻,有的是颧骨高而眼睛小,他们的衣着也完全不同。艺术家可能是有意地表现不同的人民的。当年的新疆、甘肃一带,从茫昧的远古起,就是世界各大民族汇合的地方。世界几大文明古国,中国、印度、希腊的文化在这里汇流了。世界几大宗教,佛教、伊斯兰教、基督教在这里汇流了。世界的许多语言,不管是属于印欧语系,还是属于其他语系也在这里汇流了。世界上许多国家的文学、艺术、音乐,也在这里汇流了。至于商品和其他动物植物的汇流更是不在话下。所有这一切都在洞子里留下了不可磨灭的痕迹。遥想当年丝绸之路全盛时代,在绵延数万里的路上,一定是行人不断,驼、马不绝。宗教信徒、外交使节、逐利商人、求知学子，各有所求，往来奔波，绝大漠，越流沙，轻万生以涉葱河，重一言而之奈苑，虽不能达到摩肩接踵的程度，但盛况可以想见。到了今天，情势改变了，大大地改变了。出现在我们眼前的是流沙漫漫，黄尘滚滚，当年的名城——瓜州、玉门、高昌、交河，早已沦为废墟，只留下一些断壁颓垣，孤立于西风残照中，给怀古的人增添无数的诗料。但是丝路虽断，他路代兴，佛光虽减，人光有加，还留下像敦煌莫高窟这样的艺术瑰宝，无数的艺术家用难以想象的辛勤劳动给我们后人留下这么多的壁画、雕塑，供我们流连探讨，使世界各国人民惊叹不置。抚今追昔，我真感到无比的幸福与骄傲，我不禁发思古之幽情，觉今是昨亦是，感光荣于既往，望继承于来者，心潮起伏，感慨万端了。

薄暮时分，带着那些印象，那些幻想，怀着那些感触，一个人走出了招待所去散步。我走在林荫道上，此时薄霭已降，暮色四垂。朱红的大柱子，牌楼顶上碧色的琉璃瓦，都在熠熠地闪着微光。远处沙碛没入一片迷茫中，少时月出于东山之上，清光洒遍了山头、树丛，一片银灰色。我周围是一片寂静。白天里在古榆的下面还零零落落地坐着一些游人，现在却空无一人。只有小溪中潺湲的流水间或把这寂静打破。我的心蓦地静了下来，仿佛宇宙间只有我一个人。我的幻想又在另一个方面活跃起来。我想到洞子里的佛爷，白天在闭着眼睛睡觉，现在大概睁开了眼睛，连涅槃了的如来也会站了起来。那许多商人、官人、菩萨、壮汉，白天一动不动地站在墙壁上，任人指指点点，品头论足。现在大概也走下墙壁，在洞子里活动起来了。那许多奏乐的乐工吹奏起乐器，舞蹈者、演杂技者，也都摆开了场地，表演起来。天上的飞天当然更会翩翩起舞，洞子里乐声悠扬，花雨缤纷。可惜我此时无法走进洞子，参加他们的大合唱。只有站在黑暗中望眼欲穿，倾耳聆听而已。

在寂静中，我又忽然想到在敦煌创业的常书鸿同志和他的爱人李承仙同志，以及其他几十位工作人员。他们在这偏僻的沙漠里，忍饥寒，斗流沙，艰苦奋斗，十几年，几十年，为祖国，为人民立下了功勋，为世界上爱好艺术的人们创造了条件。敦煌学在世界上不是已经成为一门热门学科了吗？我曾到书鸿同志家里去过几趟。那低矮的小房，既是办公室、工作室、图书室，又是卧室、厨房兼餐厅。在解放了三十年后的今天，生活条件尚且如此之不够理想，谁能想象在解放前那样黑暗的时代，这里艰难辛苦会达到何等程度呢？门前那院子里有一棵梨树。承仙同志告诉我，他们在将近四十年前初到的时候，这棵梨树才一点点粗，而今已经长成了一棵粗壮的大树，枝叶茂密，青翠如碧琉璃，枝上果实累累，硕大无比。看来正是青春妙龄，风华正茂。然而看着它长起来的人却垂垂老矣。四十年的日日夜夜在他们身上不可避免地会留下了痕迹。然而，他们却老当益壮，并不服老，仍然是日夜辛勤劳动。这样的人难道不让我们每个人都油然起敬佩之情吗？

我还看到另外一个人的影子，在合抱的老榆树下，在如茵的绿草丛中，在没入暮色的大道上，在潺潺流水的小河旁。它似乎向我招手，向我微笑，"翩若惊鸿，宛如游龙，荣曜秋菊，华茂春松"，这影子真是可爱极了。我是多么急切地想捉住它啊！然而它一转瞬就不见了。一切都只是幻影。剩下的似乎只有宇宙和我自己。

剩下我自己怎么办呢？我真是进退两难，左右拮据。在敦煌，在千佛洞，我就是看一千遍一万遍也不会餍足的。有那样桃源仙境似的风光，有那样奇妙的壁画，有那样可敬的人，又有这样可爱的影子。从我内心深处我真想长期留在这里，永远留在这里。真好像在茫茫的人世间奔波了六十多年才最后找到了一个归宿。然而这样做能行得通吗？事实上却是办不到的。我必须离开这里。在人生中，我的旅途远远不到结束的时候，我还不能停留在一个地方。在我前面，可能还有深林、大泽、崇山、幽谷，有阳关大道，有独木小桥。我必须走上前去，穿越这一切。现在就让我把自己的身躯带走，把心留在敦煌吧。

1979年10月9日初稿

1980年3月3日定稿

富春江边　瑶琳仙境

几年以前，我写过一篇散文：《富春江上》，抒发我在富春江上乘船畅游时的一些感受。我在最后说：吴均《与宋元思书》中讲到"自富阳至桐庐，一百许里，奇山异水，天下独绝"，可是我们只到了富阳就转回杭州，把奇山异水都丢在后面了，这真是天大的憾事。"然而，这一件憾事也自有它的绝妙之处，妙在含蓄。"明眼人一看就能知道，其中有自我欺骗的味道。我自己也知道，重游富春江的机会相当渺茫了。但是我又确实爱上了这一条神奇的澄江，依恋之情，溢满心头。因此故作含蓄语，不过聊以自慰而已。

然而事竟有出人意料者，仅仅隔了三年，我现在又来到了杭州，来到富春江边了。遗憾的是，也许庆幸的是，我这次不是乘船，而是乘车，不是仅仅到了富阳，而是直抵桐庐，真正到了吴均描绘的天下独绝的山水的终点，我多少年来梦寐以求的这个人间仙境终于亲身来到了。遗憾的是，也许庆幸的是，我这一次看到的不是吴均描绘的景色，而是它的背后，也许连吴均都没有看到过的背后。

我就在这个背后乘车走了"一百许里"。

车子过了六和塔，钱塘江波平浪静，晴光满江，微风不起，浮天潋滟，像一面巨大的镜子，照亮了上下四方，背后衬托着几点黛螺似的越山，显得姣丽肃穆。这一片江水在车旁一晃而过，此后就一直再没有见到钱塘江和富春江。蜿蜒的群山把她们隔住了。车子经过的地方，山青水绿，平畴如画。朝阳在山上的松林顶上涂上了一条条的阴影：向阳处，金光闪耀；背阴处，浓绿深黑。阳光就跳跃在这明暗相间的阴影上。外国崇拜太阳的信徒们看到这样的阳光不知道作何感想。我这个喜爱但不崇拜太阳的俗人，看到这样的情景，脑筋蓦地一闪，天启真仿佛临到我的心头，我的灵魂沐浴在金色的阳光中，与阳光融而为一了。

这是我眼前看到的实实在在的情景，这一幅迷人的图景是我在陆路上汽车中吸入眼底的。但是，不管这一幅图景是多么迷人，我的心并没有被它完全拴住，而是飞到更远的地方去了。我背诵着吴均的文章：

> 水皆缥碧，千丈见底；游鱼细石，直视无碍。急湍甚箭，猛浪若奔。夹岸高山，皆生寒树。负势竞上，互相轩邈。争高直指，千百成峰。泉水激石，泠泠作响。好鸟相鸣，嘤嘤成韵。蝉则千转不穷，猿则百叫无绝。

我的眼睛仿佛得到了天眼通的神力，穿透了巍峨的高山，看到富春江上。我的耳朵仿佛得到了天耳通的神力，听到富春江上。缥碧的江水，流在我眼前。竞上的寒树，绿在我眼前。泠泠的泉水，响在我耳边。嘤嘤的好鸟，唱在我耳边。中间混合上猿猴的哀鸣，寒蝉的啭声，汇成了钧天大乐；再衬上青山绿水，辉耀震荡着整个宇宙。我自己现在仿佛不是坐在车上，而是坐在船上，我仿佛化成了另外一个自我了。昔者庄子化为蝴蝶，不知谁化为谁。我现在化出了第二个我，我也不知道，究竟坐在车上的是我呢，还是坐在船上的是我？在到达瑶琳仙境之前，我已经化入太虚幻境了。

但是，现实毕竟是现实，眼前的东西看起来毕竟真切。车子在飞驶，眼前的景象在飞快地变化。"山重水复疑无路，柳暗花明又一村。"陆放翁诗中描绘的大概也就是同这一带相似的地方的景色。区别只在于，他当时漫游，不外是步行、骑驴或者坐轿，速度都是很慢的。眼前风物的变化，节奏也慢。一片树林，一个山坡，一块草地，一方池塘，看上半天，也换不了镜头。今天我们乘的是汽车，风驰电掣，转瞬数里，眼前的景色瞬息万变。马路旁的稻田，稻田边上高视阔步的水牛，远处山麓下的白色小楼，田地里劳动的农民，小镇子里熙熙攘攘的男女老少，都像风车一般，还没等看清楚，已经飞也似的向后退去，什么东西都是转眼就变。小河中白云青山的倒影，紧紧地拼命似的跟着我们的汽车跑。一转弯，小河一消失，白云青山的倒影立刻也就杳无踪影，只有倒影的残痕还留在我们的脑海中。此景此情，陆放翁是无论如何也看不到的。今人幸福胜古人，这一点是无可怀疑的了。

眼前的幸福确实带给我了极大的愉快。但是我刚才自己制造的那一个太虚幻境无论如何也不想从我眼前离开。分成两半的那一个我始终也没有完全合拢起来。一半留在眼前的车上，一半钻透高山，飞到富春江畔。后一半似乎比前一半还有更大的自由，还更活跃。它完全不受眼前现实的束缚,甚至不受吴均的束缚,它海阔天空,任意驰骋,任意发挥,任意创造。它创造的富春江比现实的要美,比吴均的富春江也要美,而且要美妙到不知多少倍。这里是一个完全自由的王国,一个真正的太虚幻境……

"瑶琳仙境到了!"

"我们到了太虚幻境了!"

同车的人高声喧嚷起来,我仿佛从梦中被惊醒一般,那两个我终于合成了一个。我探头车外,许多小店铺标着瑶琳仙境的名字,旅游的汽车排成了长龙,中外游人成团成堆——瑶琳仙境果然到了。

我随着众多的游人挤进洞中。这一个洞穴确实很大,按照天然长成的样子,分为六个"厅",各厅自成格局,但又有路可通。洞中大小石室,无法统计,亿万年点滴形成的钟乳石,五颜六色,纷烂夺目:有的像玉石,有的像玛瑙,有的像金刚,有的像翡翠。样式更是千姿百态:珠帘玉幕,瑶台灵山,连云飞瀑,高峰崇巘,丛莽竹林,层楼叠阁,说不尽的奇迹,数不清的异相。低头忽然发现下有深沟。邈邃宽敞,正在戒惧惶恐,以为是下临无地。突然水光一闪,原来是洞中小溪,深不逾尺,不禁会心一笑。女解说员正在起劲地讲解。她口若悬河,眉飞色舞,绘形绘色,极尽幻想之能事。其实只要我们自己肯动脑筋,给自己的幻想插上翅膀,让它无拘无束地自由飞翔,对着眼前那一些奇形怪状的石头,我们能够起上成百上千的诡奇美妙的名字。你给它起上什么名字,它肯定就像什么。如果有人幻想力比你更强,给它换上一个名字,你仔细端详,必然是越看越像。最后让你眼花缭乱,幻想也疲于奔命,好像在这个洞中宇宙间万事万物,包括古人和神仙在内，无所不有；而一转瞬间又是什么都无所有，自己也陷入迷离的梦中了。这种经验我平生已经有过几次：一次是在黄山山上，一次是在桂林洞中、漓江岸边。现在是第三次了。如果有人问我：你对瑶琳仙境总的印象如何？我会坦率地回答：有点失望，有点不满足。我本来期望，这里能给我一点新东西，高出于桂林诸洞的东西。但是实际上没有，两者是差不多的。也许是我们伟大祖国这样神妙的地方太多了，把我们都惯坏了，把我们的眼眶子都惯得太高了，以致这也看不上，那也看不上。其实，宇宙奇迹达到瑶琳仙境这样的程度，算是已经到了顶，再想要更高的、更神妙的东西，只有到阆苑天宫里去找了。

　　走出了瑶琳仙境，我们立刻就走上了归途。此时太阳已经越过了中天，渐渐向西方倾斜。青山绿水另有一番景象。西斜的太阳把暗淡下来的光辉洒上碧林，洒上山麓，不像早晨那样金光闪闪，却仍然保留着充沛的活力，把村落、小溪、稻田、池塘，清清楚楚地端在我们眼前。可惜现在节令早了一些，林中的树叶子还没有变红。不然的话，如果现在是层林尽染的季节，"好是日斜风定后，半江红树卖鲈鱼"那样令人神往的景象我就可以亲身领略了。

　　同往常一样，在归途上，兴会难免有点阑珊。我现在确已有点倦意，懒得再像早晨那样兴会淋漓地仔细欣赏车窗外的自然景色了。

　　但是，我的眼睛一闪，一个人的影子蓦地又浮现出来。早晨来的时候，这个影子已经浮现出来过。我们的车子刚刚驶过六和塔下，一看到明镜般的钱塘江，这影子就在波光水影中冉冉地浮现起来。从那时开始，它一直跟着我们的车子飞驰，时大时小，时近时远，时停时走，时隐时显；飘浮在青山顶上，逍遥在绿水岸边；恰似白云，宛若轻烟；瞻之在后，忽焉在前；充塞宇宙之内，弥漫天地之间。这是多么可爱的一个影子呀！车子驶在小溪的边上，绿树白云，倒影水中，这影子也在水中出现。到了小溪尽头，一切倒影杳然消逝。但是这个影子却仿佛从水中一跃而出，仍然跟着车子飞奔，而且一直陪着我进入瑶琳仙境，充塞了整个石洞。现在我们已经离开仙境，走上了归途，正当意兴阑珊时，青山绿水已经对我不再有多大的吸引力了，它却又突然浮现出来。时而微笑，时而点头，时而颦眉，时而闭目，在我心中激起了剧烈地波动，猛烈地撞击着我的心扉，我想呼喊，我想招手，我想把它牢牢地抓住。但是，定睛看时，却只见山清水秀。我明白了，只有这山清水秀的地方才能产生这样的面影。它是天地的精英，山川灵气之所钟。想用赤手空拳把它抓住，那只是痴心妄想。我要把它保留在我灵魂深处，我相信，它也会乐意待在那里的。我想到这里，心旷神怡。抬眼再看，那面影又浮现在我的眼前，宛似一条神龙。它就这样陪着我，在暮色朦胧中，到了万家灯火的杭州。

1984 年 12 月 9 日写完

海上世界

眼前是一片弥漫天际的黑暗，只是在这里或那里有大小不同的灯火，一点点，一束束，一簇簇，在黑暗中闪着光。有的灯火还拖着一条长长的尾巴，在水面上摇曳，动荡。在眼睛能看到的最远的地方，黑暗更加浓缩起来。可是在浓缩的黑暗的边缘下面，却有一串长达几十里的灯光组成的珍珠项链，颗颗珍珠，熠熠发光，从左到右，伸展出去，仿佛无头无尾。

我是在什么地方呢？是天上？是人间？是海上？是陆地？我不知道，我说不出，我也没有去细想。

难道我是在印度的孟买吗？七八年以前，我曾在这个城市里待过几天。我曾有几次在夜间乘车出游，沿着孟买海湾弧形的岸边兜风。我看到了举世闻名的、孟买人引以自傲的"公主项链"，是一长串电灯，沿着海岸，形成弧形，远远望去，光芒四射，真仿佛是有什么神灵从九天之上把这样一串硕大无比的珍珠项链丢到这个大地上，丢到了孟买，形成了这样一个宇宙奇观。

孟买是世界名城，一方面有近代大都市的一些特点，颇有点像中国的上海，另一方面又保留了印度的一些古旧风习。在摩天高楼之间，在一棵什么古树的下面，往往站着一座神像，赤身露体，龇牙咧嘴，红色的鲜血似的东西洒满了他（她）的全身，脖子上也不缺少鲜花制成的花环。我们异乡人看了只能瞠目结舌。在有名的印度门旁边，在车水马龙的大马路边上，成群的鸽子在喧闹、嬉戏、搏斗、争食，小孩子迈着还走不全的步子把玉米粒递到小鸽子嘴里。我们异乡人顾而乐之……

我完全沉浸在对孟买的回忆中。猛一转念，我清醒过来了：我眼前不是在印度的孟买，而是在祖国的大地上，是在南天的深圳。我正凭栏站在一艘几万吨级的巨轮的甲板上，下面在很深的地方，是黝黑的海水。偶尔流过来一线灯光，还隐约可以看到流动着的海水的波纹。这情景明白无误地告诉我，我确实是站在一艘船上。

提起此船，大大地有名。据说它原来是法国已故总统戴高乐的豪华游轮。不知道怎么一来，转到我们中国人民手中。它曾作为中日友好之船，漂洋过海，到过日本，为加强中日人民的友谊做出过贡献。又不知道怎么一来，它现在被固定在蛇口的岸边，成了一个豪华的旅馆，不再飘动，岿然立定。船上数不清有多少房间。我没有到过阿房宫，我相信，那一座宫殿也决不会同这个"海上世界"相同。但是，当我第一次游览这个庞然大物的时候，我时时想到唐杜牧的《阿房宫赋》，"蜂房水涡，矗不知其几千万落""高低冥迷，不知西东。歌台暖响，春光融融"等等的句子，难道不能移来描绘这个千门万户的豪华巨轮吗？这里还有一些东西是阿房宫里决不会有的，比如说船上游泳池养着的那两只巨大的海龟，就是非常有趣的东西，我每次看到它们在水里游动，辄涉遐想。

我现在就住在这样一座巨大的迷宫里。每天晚上，在深圳大学开完会吃过晚饭以后，就乘车返回这里，站在甲板上，一个人默默地欣赏着迷蒙的夜色，往往站上很长的时间。最让我流连不忍离去的就是上面提到的那一串灯光形成的珍珠项链。对它我简直是百看不厌。它能引起我的种种幻想：深山大泽，通衢闹市，天上地下，海阔天空。我的幻想仿佛插上了翅膀，到处飞翔，无所不往，无阻无碍，圆融自在。

我也努力在黑暗中辨认白天到过的地方。在右边的某一个山影的后面，大概就是深圳大学吧。我现在当然什么东西都看不见。但是，我内心深处的那一双眼睛却仿佛看到了深大的校园。现在在北国正是凄清萧瑟的初冬季节，这里依然还是盛夏。在炎阳下，各种颜色的鲜花迎风怒放，开得五色缤纷，花团锦簇。这里也像小说中的仙山一样，有"四时不谢之花，八节长春之草"。年轻的大学生们也像是一朵朵的鲜花。在鲜花丛中走来走去，怡然自得，仿佛要同鲜花比美。女学生的高跟鞋击地作响，男学生的牛仔裤别具一格。不管是男是女，都是高视阔步，一副主宰宇宙的神气。他们心目中的宇宙大概就像眼前的鲜花一样绚丽多彩吧。他们是我们的未来，他们是我们的希望，他们是我们建设社会主义祖国的主将。我真是从心里面喜欢这一些男女大孩子们。我的眼前一闪，这些男女大孩子身上都仿佛发出了光芒，同眼前的珍珠项链争光夺彩，不，他们简直就形成了这一长串的珍珠项链了。

我立刻又联想到了在深圳大学的一个大厅里举行的比较文学讨论会。参加讨论会的有许多国外著名的学者，也有国内著名的学者，群贤毕至，少长咸集，看来中年、青年占绝大多数。红颜白发，相映成趣。会议开得活泼、热烈，大家皆大欢喜。比较文学在中国是一门新兴学科。这一批中青年英姿勃发，精神抖擞，可以说是极一时之选。我们在他们身上看到了这一门学科的光辉前景。我的眼前又一闪，这一批中青年身上也仿佛发出了光芒，闪灼辉耀，灿如列星。他们也在同我眼前的这一串珍珠项链争光夺彩了。

我就这样站在这艘巨轮的甲板上，在黑暗中浮想联翩，有时候简直是想入非非。我眼前的这一串珍珠项链突然亮了起来，海上世界这一艘豪华的庞然大物仿佛开动了机器，驶离了岸边，驶向那一串珍珠项链；在黑暗的海上，在迷蒙的夜空下，载着我们的希望，载着我们的未来，它真成为一个名副其实的海上世界了。

1985 年 12 月 17 日

火车上观日出

在晨光熹微中,我走出了卧铺车厢,走到了列车的走廊上。猛一抬头,我的全身连我的内心立刻激烈地震动了一下:东方正有一抹胭脂似的像月芽一般的红彤彤的东西腾涌出来。这是即将升起的朝阳,我心里想。

我年逾古稀,平生看日出多矣。有的是我有意去寻求的,比如泰山观日。整整五十年前,当时的我还是一个青年小伙子,正在济南一个中学里教书。在旧历八月中秋,我约了两个朋友,从济南乘火车到泰安。当天下午我们就上了山。我只有二十三岁,正是精力旺盛的时候,我大跨步走过斗姆宫、快活三里、五大夫松,一气登上了南天门,丝毫也没有感到什么吃力,什么惊险。此时正是暮色四垂,阴影布上群山的时候,四顾寂无一人,万古的沉寂压在我们身上。在一个鸡毛小店里住了一夜。第二天,摸黑起来,披上店里的棉被,登上玉皇顶。此时东天逐渐苍白。我瞪大了眼睛,连眨眼都不敢,盼望奇迹的出现。可是左等右等,我等待的奇迹——太阳,只是不露面。等到东天布满了一片红霞时,再仔细一看,朝阳已经像一个红色的血球,徘徊于片片的白云中，原来太阳早已经出来了。

从那以后，过了四十多年，到了80年代初，我第一次登上了"归来不看岳"的黄山。在北海住了三天。我曾同小泓摸黑起床，赶到一座小山顶上，那里已经黑压压地挤满了人。我们好不容易挤了上去，在人堆里争取了一块容身之地，静下心来，翘首东望，恭候日出。东天原来是灰蒙蒙一片，只是比西方、南方、北方稍微显得白亮了一点。但是，一转瞬间，亮度逐渐增高，由淡白转成了淡红，再由淡红转成了浓红，一片霞光照亮东天。再一转瞬，一芽红痕突然涌出，红痕慢慢向上扩大，由一点到一线，由一线到一片，一轮又圆又红的球终于跳出来了。

就这样，我在泰山和黄山这两个在全中国甚至全世界都以能观日出而声名远扬的名山上，看到了日出。那是我自己处心积虑一意追求而得来的。

我现在是在火车上，既非泰山，也非黄山。我做梦也没有想到会同观赏日出联系起来，我一点寻求的意思也没有。然而，仿佛眼前出现了奇迹：摆在我眼前的是不折不扣的日出。我内心的震惊不是完全很自然的吗？

这样的日出，从来没有听人说观赏过，连听人谈到过都没有。它同以前处心积虑一意追求看到的不一样，完完全全地不一样。不管在泰山，还是在黄山，我都是静止不动的。太阳虽然动，也只是在一个地方动，她安详自在，慢条斯理，威严端重，不慌不忙。她在我眼中是崇高的化身，是威仪的重现。正像印度大诗人泰戈尔每天早晨对着朝阳沉思默祷那样，太阳在我眼中也是神圣不可侵犯的。

然而，现在却是另一番景象。火车风驰电掣，顷刻数里，一刻也不停。而太阳也是一刻也不停，穷追不舍。她仿佛是率领着白云、朝霞、沧海、苍穹，仿佛率领着她那些如云的随从，追赶着火车，追赶着车上的我，过山，过水，过森林，过小村。有时候我甚至看到她鬓云凌乱，衣冠不整。原来的端庄威严，安详自在，一点影子都没有了。是她在处心积虑，一意追求，追求着火车上的我，一定要我观看她的出现。此时我的心情简直是用任何言语也形容不出来了。

太阳一方面穷追不舍，一方面自己在不停地变幻。最初我只看到在淡红色的云堆中慢慢地涌出了一点红色月牙似的东西。月牙逐渐扩大，扩大，扩大，最初的颜色像是朱砂，眼睛能够直视。但是，随着体积的逐渐扩大，朱砂逐渐变为黄金，光芒越来越亮，到了最后，辉光焜耀，谁要是再想看她，她的光芒就要刺他眼睛了。等到太阳高高升起的时候，她在天空里俯视大地，俯视火车，俯视火车中的我，她又恢复了她那端庄威严、安详自在的神态，虽然仍是跟着火车走，却再也没有那种仓促急忙的样子了。

这短短的车上观日出的经历，对我来说，简直像是一次神秘的天启。它让我暂时离开了尘世，离开了火车，甚至离开了我自己。我体会到变中有不变，不变中又有变；我体会到变化与速度的交互融合，交互影响。这种体会，我是无法说清楚的。等我回到车厢内的时候，人们还在熟睡。我仿佛怀着独得之秘，静静地坐在那里，回想刚才的一切，余味犹甘。一团焜耀的光辉还留在我的心中。

1984 年 10 月 17 日在烟台写初稿
1992 年 7 月 10 日在北京写定稿

台游随笔

楔　子

1999年三四月间，我应邀赴台湾参加法鼓人文社会学院举办的"人文关怀与社会实践系列学术研讨会——人的素质"的讨论会。来去仅有十天，行色匆匆，见闻难广。但是，我毕竟去过许多地方。我虽已至望九之年，老态龙钟，步履维艰；耳虽不聪，尚能闻声；目虽不明，尚能见物，又因为神志还没有完全糊涂，见闻之余，必有所感。有时候心潮腾涌，不能自己，逼迫着我把见闻的印象和感触，从内心移到纸上来，我抗御不住这种逼迫，于是就拿起笔来。

我原来设想有两种写法，一是把印象最深感触最多的情景写成单篇的文章，一是在一个大题目下，写成一篇篇长短不均的文章，分别成为单篇，合则成为一个整体。最后我决定了采用后者，总题目就叫做"台游随笔"，献给想了解台湾而尚未能亲往的读者。

初抵台北

飞机在减速下降,穿过一片白云,看到了一片碧蓝的天空。再穿过一片白云,看到下面极深极深的地方是一片碧蓝的海水。再过一两分钟,就看到了蜿蜒起伏的陆地,我心里想:台湾到了。

台湾果然到了。

不久我们的飞机就降落在台北机场上。

我虽然是初次来台湾,但是台湾对我并不陌生。我在读小学时在历史和地理课中,对台湾已经颇为熟悉了。我知道,中国这一个第一宝岛,自古以来,就是中国不可分割的一部分。但是,自明末清初以来,就交了华盖运。西方新兴的殖民主义国家看上了他,倚仗着自己的坚船利炮,不远数万里,从欧洲窜到台湾来,企图据为己有。哪里有侵略,哪里就有抵抗。于是郑芝龙、郑成功父子相继率领民众驱逐海寇。甲午战役以后,倭寇又入侵宝岛。唐景崧、刘永福等人,又率众抵抗。此时清廷已腐朽透顶,把台湾拱手送人,什么仁人志士也无能为力了。

记得在清华读书时,在吴宓(雨僧)先生的诗集注中,读到了台湾爱国志士丘逢甲的两句诗:

地陷东南留大岛,天生豪杰救中原。

豪迈的诗句,掷地可作金石声,读之令人回肠荡气,浩然之气陡增。这两句诗,几十年来我一直不能忘记。今天我来到了台湾,双足一踏上台湾的土地,这两句诗立即响在我的心中。我想到古书上的两句话,我想套用在台湾上:"台湾乃报仇雪耻之乡,非藏垢纳污之地。"我觉得,从今天的政治形势来看,我们海峡两岸的同胞,如果都能记住这两句诗和这两句话,将会是大有好处的。

台北街头小景

街头小景,多么美妙动人的标题!

人们大概认为,我一到台北,立即迫不及待地走上街头,在车水马龙中,市声喧阗里,伫立街旁,凝神潜虑,静观眼前的花花世界,难得的印象,从眼中流入心中,形成妙文,既以悦己,兼以悦人。

实际情况却正好相反。

我在台北十天,除了卧病的那两天外,天天是从富都大饭店上车,或到会场下车,或到法鼓山下车,或到"中央研究院"下车,或到台湾大学下车,或到"故宫博物院"下车,或到圆山大酒店下车,根本没有逛过街,连晚上九时以后据说可以与日本东京银座媲美的街头夜景,我也没有动过心。台北的街头小景,完全是我透过汽车的玻璃用眼睛看到的,并没有什么真实的感受。

我原来觉得,台北离我远得很,像"三山半落青天外"那样不知多么远。我也从来没有敢希望亲临其境。然而,我今天确确实实是来到了台北。脚一踏上台北的土地,我就大吃一惊,吃惊的不是像爱丽丝漫游奇境那样,而是像回到了五十年前的老家那样。街上来来往往,衣服穿着,跟大陆一模一样。街道的建构，有一些地段同香港一样，人行道上有阁楼，下雨也不会挨淋。说的话很接近普通话，不像广州、香港那样的南蛮鴂舌之音。特别引人注目的是，满街的匾额都是繁体字。不见自行车，没有交通警，车辆行人都服从红绿灯的指挥。堵车时，让我立刻就想到泰国曼谷。长时间的堵车，前进不得，后退不行。此时只有摩托车像大海中的游鱼，从汽车行列的空隙中，蜿蜒前进，转瞬就能走出去很远，令车中焦急的人羡煞。摩托车后座上时有靓女，头戴钢盔，秀发在风中飘扬，是一道很美很美的风景线。我细察街旁的商店，槟榔店特多，这大概与当地的气候有关。我也乘坐过出租车，车前座位旁没有防劫车玻璃板。其中消息，颇耐人寻味。

我不知道，台湾算不算是亚热带，反正天气温暖，常年不结冰，湿度很大。这些都大大有利于花草树木的成长。出台北以后，山清水秀，绿色成为主要色调。有些楼房前有小花园，栽种松柏等常绿树木，仿佛到了日本。在我的印象中，街头有不少开花的树。虽然不是由于"看花苦为译秦名"，同是中国领土，用不着"译秦名"，但是，我却确实是不知道花的名称，心头也曾漾起一丝烦恼。

街头小景，光怪陆离，变幻多端。我被禁锢在汽车小天地中，透过车窗，只能看到这一些，这当然是很不够的。但是限于时间，我也只能看到这个程度了。我现在只希望，将来能够再有时机和好运，再来台北一次。到那时候，我一定脱开一切羁绊，从容漫步街头，把一切都看得更真，更实，更细致，更完整。

血浓于水

台湾人对大陆的人究竟有什么看法呢?

说句老实话,我是带着这样的问号到台湾去的。

再说一句更老实的话,我是怀着对这个问号的回答到台湾去的,而且我的回答是悲观的,是消极的。试想大陆和台湾分开已经五十年了,中国人自己制造的一些障碍,加上外国那一个以世界警察自居的居心叵测的大国从中搅和,再加上在一段时间内儿戏般的每天炮击金门、马祖的记忆。这些在大陆人心中是无所谓的,但是,在台湾人心中恐怕是填满了一肚子愤懑,对大陆人不会怀有好感的。

我就是怀着这样惴惴不安的心情登上了从香港到台北的飞机的。

但是,一走进飞机舱口,几位空姐亭亭玉立,站在一旁,看我年迈,立即用手搀扶,脸上的笑容,淳朴美好,令人一看就能知道,这是出自内心的微笑。平常照相,拍摄者总会喊一句:"笑一笑!"这种微笑说到坏处,就只能像电影《瞧这一家子》中陈强的"微笑"。空姐的微笑与此决不相同。我们现在号召微笑服务,这当然比当年的"训斥服务"要好上一千倍。但是,其中总免不了伪装做作的成分,令"上帝们"感到还不如当年满面怒容的训斥那样容易接受。现在台湾空姐的微笑与此全然异趣。我想,她们会知道,从香港登机到台北去的旅客中决不会缺少大陆人士的。这微笑是否与此有关呢?想到此处,我自己也觉得好笑起来,你这不是想入非非了吗?可能有点的。但是,在从香港到台北的一个多小时的飞行中，空姐们不但殷勤提供饮料，还给每一位客人准备了一顿丰盛的午餐，她们行动快捷而态度从容，事情繁忙而有条不紊，其中决没有任何假冒伪劣的成分，这是每个人都能感觉到的。

我终于把惴惴不安的心情打发得一干二净，怀着其乐融融的心情，登上了台湾的土地。

一走出机场大厅，又让我大吃一惊。原来在台湾的北京大学东方语专的十几位校友，几乎是全体都赶到机场来欢迎我们了。他们都已接近或超过古稀之年，举着长达数丈的大红布标，上边写着欢迎我的字样。这真是大出我意料，一时感动得泪珠在眼眶里直滚。

这使我立即想到了我们常说的"血浓于水"这四个有深刻意义的字。一讲到海峡两岸的关系，很多人口头上或文章中就自然而然流出了这四个字。今天我到了台湾，一登上台湾的土地，这四个字竟也毫不勉强，完全自然地涌上了我的心头。这就说明，只有这四个字才有力量说明两岸人民内心深处的真挚感情。

从那以后，在台北的十天中，我至少有两次亲耳听到台湾朋友说出了这四个字。一次是在台湾北京大学同学会欢迎我们的宴会上，会上的气氛十分真挚温暖。校友们几乎都是在建国前日寇投降后到台湾来的，年龄大都越过了古稀。论人际关系，校友属于"朋友"一伦，是列入三纲五常的，如今再加上一个"校"字，关系更变得非同小可。北大校友遍北京，北大校友遍中国，北大校友遍世界，北大校友也遍台湾。"北大"这两个掷地能作金石声的大字，有奇妙无比的凝聚力。不管是什么地方，见到什么人，只要一说是北大校友，两个人的心立即交融在一起，千言万语到了此时都黯然失色，无有用武之地了。在这样的情况下，你完全可以想象出今天晚上宴会的气氛。会长杨西崑先生已经九十二岁高龄，仍然在夫人的陪伴下亲临会场欢迎我们这几位从大陆来的校友。会上举杯互庆，共祝长寿。坐在我左边的是一位看来已达到耄耋之年的女士，仪容端庄，但步履维艰，已显出了龙钟的老态。至少也在五六十年前了，她在北大读经济系，是赵迺抟教授的门生。她就是在台湾广有令誉的铭传大学创办人包德明女士。我坐在主宾位上，与杨西崑正相对，包女士在我左边，显然也是重要的席位。她耳朵不重听，我的耳朵也还对付着算是耳聪，因此，我们俩谈话很多。在觥筹交错中，她忽然站了起来，颤巍巍地走到两桌之间，站在那里，看起来非常激动，欲语泪双流。她用颤抖的声音，含着眼泪，大声说道："我有一句话，已经在心里憋了几年。今天，看到大陆来的亲人，忍不住非说出来不行了。常言道：血浓于水。台湾和大陆的人都是炎黄子孙，为什么竟不能统一起来！台湾富，大陆强，合起来就是一个既富且强的大国，岿然立于世界民族之林中，谁也不敢小看，谁也不敢欺负。这是中华民族绝大的好事，为什么竟不能实现！"说到这里，她激动得说不下去了，又颤巍巍地回到座位上。全体北大校友，在鼓掌之余，都为之动容，在欢愉中加上了一点凄凉，在凄凉中又掺上了一片希望。此时，我无法猜度每一位校友内心的活动，但我想，我们大家想的都会是四个大字"祖国统一"吧。

这一位包德明校友还是一位十分信守诺言的人。我在台北，由于那里的气候条件与大陆相差悬殊，加上以望九之年长途跋涉，患了感冒，发烧接近四十度。感冒本来是小病，可是对一个老人来说，这样的高烧就非同小可了。于是台北的朋友就着实关心起来,其中以台湾大学图书馆馆长林光美女士最为积极。她通知了杨西崑先生,西崑先生立即想派他的私人医生来给我看病。光美又陪我到台大校医院去请内科主任为我检查治疗,风声也传到了包德明校友耳中。在宴会上她告诉我,她有祖传的治哮喘的灵丹妙药,答应当天送到我下榻的富都大饭店。我在下意识里暗自思忖:散会时已经到了晚上10点,送药不过是一句安慰我的客套话而已。焉知我回到旅馆,包女士的妙药竟真的送到了。那时我虽然已经睡下,但衷心感谢与敬佩无论如何也抑制不住。包女士还答应我,我回大陆后,她将把药方寄给我。我回到燕园以后不久,包女士的信立即飞来。到了此时,我真是动了感情。我已至垂暮之年,平生经历了几个时代,自认为已经能"悲欢离合总无情"了。其实这只是一个假象,台北的朋友们,其中当然有包德明和林光美,一下子就用她们的行动证明了,我并没有达到"总无情"的境界。"血浓于水"这几个字让我不得不丢掉我那个幻觉,承认了,即使自己到了茶寿之年,我仍然是充满了感情的。对春花、秋月、夏雨、冬雪,对友谊,对人间一切美好的事情,我仍然是非动真感情不行的。对我来说,这是一件天大的好事。

我第二次从台湾朋友嘴里听到"血浓于水"这四个字,是在另一次宴会上。因为宴会过多,我现在无论如何也想不起来是在哪一次宴会上,谁是主人也完全忘了。但是,参加宴会的台湾朋友的身影,却历历如在目前。这一次宴会气氛之热烈决不亚于北大校友举办的那一次。大家也是兴高采烈,频频举杯互祝健康长寿。正在大家的激情达到顶峰的时刻,一位年过六旬的长者站了起来,举杯祝酒,顺便讲了一席话,内容同包德明校友的话差不多,他也自然而然地使用了"血浓于水"这个现成的词儿。他没有掉眼泪,但是,声音低沉,显然他也是动了真情。同席的人,除了大陆去的几位学者以外,都是与上一次宴会不同的朋友。然而,心有灵犀一点通,这一"点"就是"血浓于水"。

我们在台北虽然只住了十天,但是到过的地方却是相当多的,除了某公纪念馆我们不感兴趣没有到以外,一般外来人总要参观的地方,我们几乎都到了。我们参观了法鼓山;我们游览了"故宫博物院",顺便看了附近的张大千的摩耶精舍;我们到过"中央研究院",访问了台湾大学;有名的"中央图书馆"就是我们开会的地方,当然在参观之列;离开台北的前夕,友人在著名的圆山大酒店设宴饯行,我们有机会观赏了晶莹如天空繁星的圆山的灯光。我们大大地饱了眼福。

但是,我们决不是见物不见人,我们广泛地接触了主要是教育界和学术界的知名人物,比如"中央研究院"院士和台湾大学的教授,还有政界的高层人物,比如"总统府"资政,以及经济界的后起之秀等等。普通老百姓,我们当然也见了不少,比如富都大饭店的服务人员等等。他们无一不亲切和蔼,彬彬有礼,给我们留下了深刻难忘的印象。对比之下,也使我不可遏止地喟然兴叹。

以后我们所到之处和所见之人,的确没有再听到"血浓于水"这样一句话。我在离开大陆前给自己定下了约法一章:到台湾去是寻求亲谊,寻求理解的,绝口不谈政治。两岸统一的问题,当然是政治问题。尽管我心里多么赞成,但是,即使对方有人谈,我也不主动去谈。对方谈得投机,我表示赞同,但也不再进一步作什么对比,追究原因。一直到今天,我还认为我这种态度是正确的。

总之,我在台北参观过很多地方,会见过很多人。听到说"血浓于水"这句话,虽然只有两次,但是,从我和众多人的接触中,我深切感到,代表这四个字的感情却埋藏在几乎每一个人的心中。有一次,我要到一个地方去,有人说,那里是"台独"的窝子,小心他们会加害于你。我不知道,这句话是真是假,是庄是谐。但是,我到了那里受到了很亲切友好的接待。我对台北的情况是陌生的,不敢下什么断语,写在这里,聊资谈助而已。

长篇小说《三国演义》一开头就有一句非常有名的话:"话说天下大势,分久必合,合久必分。"这虽然是小说家言,然而却道出了中国几千年历史发展的一个真理,是完全符合实际情况的。专就台湾而论,我在上面说到,自古以来就是中国不可分割的组成部分。最初荷寇侵略,被赶得夹着尾巴逃跑了。接着是日寇占领了将近半个世纪,最后也难逃被赶跑的命运。后来由于一个帝国主义大国的支持,成了现在这样分割的局面。我们的"分"可谓久矣。下一步当然是"合",这是历史发展的规律,无人能抗御的。如果真有人阻止我们"合",那只有赠他们两句诗:"蚍蜉撼大树,可笑不自量。"

1999 年 4 月 25 日

站在胡适之先生墓前

我现在站在胡适之先生墓前。他虽已长眠地下,但是他那典型的"我的朋友"式的笑容,仍宛然在目。可我最后一次见到这个笑容,却已是五十年前的事了。

1948年12月中旬,是北京大学建校五十周年的纪念日。此时,解放军已经包围了北平城,然而城内人心并不惶惶,北大同人和学生也并不惶惶。而且,不但不惶惶,在人们的内心中,有的非常殷切,有的还有点狐疑,都在期望着迎接解放军。适逢北大校庆大喜的日子,许多教授都满面春风,聚集在沙滩孑民堂中,举行庆典。记得作为校长的适之先生,作了简短的讲话,满面含笑,只有喜庆的内容,没有愁苦的调子。正在这个时候,城外忽然响起了隆隆的炮声。大家相互开玩笑说:"解放军给北大放礼炮哩!"简短的仪式完毕后,适之先生就辞别了大家,登上飞机,飞往南京去了。我忽然想到了李后主的几句词:"最是仓皇辞庙日,教坊犹唱别离歌,垂泪对宫娥。"我想改写一下,描绘当时适之先生的情景:"最是仓皇辞校日,城外礼炮声隆隆,含笑辞友朋。"我哪里知道,我们这一次会面竟是最后一次。如果我当时意识到这一点的话,我是含笑不起来的。

从此以后,我同适之先生便天各一方,分道扬镳,"世事两茫茫"了。听说,他离开北平后,曾从南京派来一架专机,点名接走几位老朋友,他亲自在南京机场恭候。飞机返回以后,机舱门开,他满怀希望地同老友会面。然而,除了一两位以外,所有他想接的人都没有走出机舱。据说——只是据说,他当时大哭一场,心中的滋味恐怕真是不足为外人道也。

适之先生在南京也没有能待多久,"百万雄师过大江"以后,他也逃往台湾。后来又到美国去住了几年,并不得志,往日的辉煌犹如春梦一场,它不复存在。后来又回到台湾,最初也不为当局所礼重。往日总统候选人的迷梦,也只留下了一个话柄,日子过得并不顺心。后来，不知怎样一来，他被选为"中央研究院"的院长，算是得到了应有的礼遇，过了几年舒适称心的日子。适之先生毕竟是一书生，一直迷恋于《水经注》的研究，如醉如痴，此时又得以从容继续下去。他的晚年可以说是差强人意的。可惜仁者不寿，猝死于宴席之间，死后哀荣备至。"中央研究院"为他建立了纪念馆，包括他生前的居室在内，并建立了胡适陵园，遗骨埋葬在院内的陵园。今天我们参拜的就是这个规模宏伟，极为壮观的陵园。

我现在站在适之先生墓前，鞠躬之后，悲从中来，心内思潮汹涌，如惊涛骇浪，眼泪自然流出。杜甫有诗："焉知二十载，重上君子堂。"我现在是"焉知五十载，躬亲扫陵墓"。此时，我的心情也是不足为外人道也。

我自己已经到望九之年，距离适之先生所待的黄泉或者天堂乐园，只差几步之遥了。回忆自己八十多年的坎坷又顺利的一生，真如一部二十四史，不知从何处说起了。

积八十年之经验，我认为，一个人生在世间，如果想有所成就，必须具备三个条件：才能、勤奋、机遇。行行皆然，人人皆然，概莫能外。别的人先不说了，只谈我自己。关于才能一项，再自谦也不能说自己是白痴。但是，自己并不是什么天才，这一点自知之明，我还是有的。谈到勤奋，我自认还能差强人意，用不着有什么愧怍之感。但是，我把重点放在第三项上：机遇。如果我一生还能算得上有些微成就的话，主要是靠机遇。机遇的内涵是十分复杂的，我只谈其中恩师一项。韩愈说："古之学者必有师。师者所以传道、授业、解惑也。"根据老师这三项任务，老师对学生都是有恩的。然而，在我所知道的世界语言中，只有汉文把"恩"与"师"紧密地嵌在一起,成为一个不可分割的名词。这只能解释为中国人最懂得报师恩,为其他民族所望尘莫及的。

我在学术研究方面的机遇,就是我一生碰到了六位对我有教导之恩或者知遇之恩的恩师,我不一定都听过他们的课,但是,只读他们的书也是一种教导。我在清华大学读书时,读过陈寅恪先生所有的已经发表的著作,旁听过他的"佛经翻译文学",从而种下了研究梵文和巴利文的种子。在当了或滥竽了一年国文教员之后,由于一个天上掉下来的机遇,我到了德国哥廷根大学。正在我入学后的第二个学期,瓦尔德施密特先生调到哥廷根大学任印度学的讲座教授。当我在教务处前看到他开基础梵文的通告时,我喜极欲狂。"踏破铁鞋无觅处,得来全不费功夫",难道这不是天赐的机遇吗?最初两个学期,选修梵文的只有我一个外国学生。然而教授仍然照教不误,而且备课充分,讲解细致,威仪俨然,一丝不苟。几乎是我一个学生垄断课堂,受益之大,自可想见。二战爆发,瓦尔德施密特先生被征从军。已经退休的原印度讲座教授西克,虽已年逾八旬,毅然又走上讲台,教的依然是我一个中国学生。西克先生不久就告诉我,他要把自己平生的绝招全传授给我,包括《梨俱吠陀》《大疏》《十王子传》,还有他费了二十年的时间才解读了的吐火罗文,在吐火罗文研究领域中,他是世界最高权威。我并非天才,六七种外语早已塞满了我那小小的脑袋瓜,我并不想再塞进吐火罗文。然而像我的祖父一般的西克先生,告诉我的是他的决定,一点征求意见的意思都没有。我唯一能走的道路就是:敬谨遵命。现在回忆起来,冬天大雪之后,在研究所上过课,天已近黄昏,积雪白皑皑地拥满十里长街。雪厚路滑，天空阴暗，地闪雪光，路上阒静无人，我搀扶着老爷子，一步高，一步低，送他到家。我没有见过自己的祖父，现在我真觉得，我身边的老人就是我的祖父，他为了学术，不惜衰朽残年，不顾自己的健康，想把衣钵传给我这个异国青年。此时我心中思绪翻腾，感激与温暖并在，担心与爱怜奔涌。我真不知道是置身何地了。

二战期间，我被困德国，一待就是十年。二战结束后，听说寅恪先生正在英国就医，我连忙给他写了一封致敬信，并附上发表在哥廷根科学院集刊上用德文写成的论文，向他汇报我十年学习的成绩。很快就收到了他的回信，问我愿不愿意到北大去任教。北大为全国最高学府，名扬全球。但是，门槛一向极高，等闲难得进入。现在竟有一个天赐的机遇落到我头上来，我焉有不愿意之理！我立即回信同意。寅恪先生把我推荐给了当时北大校长胡适之先生、代理校长傅斯年先生、文学院长汤用彤先生。寅恪先生在学术界有极高的声望，一言九鼎。北大三位领导立即接受。于是我这个三十多岁的毛头小伙子，在国内学术界尚无籍名，却堂而皇之地走进了北大的大门。唐代中了进士，就"春风得意马蹄疾，一日看遍长安花"。我虽然没有一日看遍北平花，但是，身为北大正教授兼东方语言文学系主任，心中有点洋洋自得之感，不也是人之常情吗？

在此后的三年内，我在适之先生和锡予（汤用彤）先生领导下学习和工作，度过了一段毕生难忘的岁月。我同适之先生，虽然学术辈分不同，社会地位悬殊，想来接触是不会太多的。但是，实际上却不然，我们见面的机会非常多。他那一间在孑民堂前东屋里的狭窄简陋的校长办公室，我几乎是常客。作为系主任，我要向校长请示汇报工作，他主编报纸上的一个学术副刊，我又是撰稿者，所以免不了也常谈学术问题。最难能可贵的是他待人亲切和蔼，见什么人都是笑容满面，对教授是这样，对职员是这样，对学生是这样，对工友也是这样。从来没见他摆当时颇为流行的名人架子、教授架子。此外，在教授会上，在北大文科研究所的导师会上，在北京图书馆的评议会上，我们也时常有见面的机会。我作为一个年轻的后辈，在他面前，决没有什么局促之感，经常如坐春风中。

适之先生是非常懂得幽默的，他决不老气横秋，而是活泼有趣。有一件小事，我至今难忘。有一次召开教授会，杨振声先生新收得了一幅名贵的古画，为了让大家共同欣赏，他把画带到了会上，打开铺在一张极大的桌子上，大家都啧啧称赞。这时适之先生忽然站了起来，走到桌前，把画卷了起来，做纳入袖中状，引得满堂大笑，喜气洋洋。

这时候，印度总理尼赫鲁派印度著名学者师觉月博士来北大任访问教授，还派来了十几位印度男女学生来北大留学，这也算是中印两国间的一件大事。适之先生委托我照管印度老少学者。他多次会见他们，并设宴为他们接风。师觉月作第一次演讲时，适之先生亲自出席，并用英文致欢迎词，讲中印历史上的友好关系，介绍师觉月的学术成就，可见他对此事之重视。

适之先生在美国留学时，忙于对西方，特别是对美国哲学与文化的学习，忙于钻研中国古代先秦的典籍，对印度文化以及佛教还没有进行过系统深入的研究。据说后来由于想写完《中国哲学史》，为了弥补自己的不足，开始认真研究中国佛教禅宗以及中印文化关系。我自己在德国留学时，忙于同梵文、巴利文、吐火罗文以及佛典拼命，没有余裕来从事中印文化关系史的研究。

回国以后，迫于没有书籍资料，在不得已的情况下，开始注意中印文化交流史的研究。在解放前的三年中，只写过两篇比较像样的学术论文：一篇是《浮屠与佛》，一篇是《列子与佛典》。第一篇讲的问题正是适之先生同陈援庵先生争吵到面红耳赤的问题，我根据吐火罗文解决了这个问题。两老我都不敢得罪，只采取了一个骑墙的态度。我想，适之先生不会不读到这一篇论文的。我只到清华园读给我的老师陈寅恪先生听，蒙他首肯，介绍给地位极高的《中央研究院历史语言研究所集刊》发表。第二篇文章，写成后我拿给了适之先生看，第二天他就给我写了一封信，信中说："《生经》一证，确凿之至！"可见他是连夜看完的。他承认了我的结论，对我无疑是一个极大的鼓舞。这一次，我来到台湾，前几天，在大会上听到主席李亦园院士的讲话，中间他讲到，适之先生晚年任"中央研究院"院长时，在下午饮茶的时候，他经常同年轻的研究人员坐在一起聊天。有一次，他说，做学问应该像北京大学的季羡林那样。我乍听之下，百感交集。适之先生这样说一定同上面两篇文章有关，也可能同我们分手后十几年中我写的一些文章有关。这说明，适之先生一直到晚年还关注着我的学术研究。知己之感，油然而生。在这样的情况下，我还可能有其他任何的感想吗？

在政治方面，众所周知，适之先生是不赞成共产主义的。但是，我们不应忘记，他同样也反对三民主义。我认为，在他的心目中，世界上最好的政治就是美国政治，世界上最民主的国家就是美国。这同他的个人经历和哲学信念有关。他们实验主义者不主张什么"终极真珲"，而世界上所有的"主义"都与"终极真理"相似，因此他反对。他同共产党并没有任何深仇大恨。他自己说，他一辈子没有写过批判共产主义的文章，而反对国民党的文章则是写过的。我可以讲两件我亲眼看到的小事。解放前夕,北平学生动不动就示威游行,比如"沈崇事件"、反饥饿反迫害等等,背后都有中共地下党在指挥发动,这一点是人所共知的,适之先生焉能不知!但是,每次北平国民党的宪兵和警察逮捕了学生,他都乘坐他那辆当时北平还极少见的汽车,奔走于各大衙门之间,逼迫国民党当局非释放学生不行。他还亲笔给南京驻北平的要人写信,为了同样的目的,据说这些信至今犹存。我个人觉得,这已经不能算是小事了。另外一件事是,有一天我到校长办公室去见适之先生,一个学生走进来对他说:昨夜延安广播电台曾对他专线广播,希望他不要走,北平解放后,将任命他为北大校长兼北京图书馆的馆长。他听了以后,含笑对那个学生说:"人家信任我吗?"谈话到此为止,这个学生的身份他不能不明白。但他不但没有拍案而起,怒发冲冠,态度依然亲切和蔼。小中见大,这些小事都是能够发人深思的。

　　适之先生以青年暴得大名,誉满士林。我觉得,他一生处在一个矛盾中,一个怪圈中:一方面是学术研究,一方面是政治活动和社会活动。他一生忙忙碌碌,倥偬奔波,作为一个"过河卒子",勇往直前。我不知道,他自己是否意识到身陷怪圈。当局者迷,旁观者清,我认为,这个怪圈确实存在,而且十分严重。那么,我对这个问题有什么看法呢?我觉得,不管适之先生自己如何定位,他一生毕竟是一个书生,说不好听一点,就是一个书呆子。我也举一件小事。有一次,在北京图书馆开评议会,会议开始时,适之先生匆匆赶到,首先声明,还有一个重要会议,他要早退席。会议开着开着就走了题,有人忽然谈到《水经注》,一听到《水经注》,适之先生立即精神抖擞,眉飞色舞,口若悬河。一直到散会，他也没有退席，而且兴致极高，大有挑灯夜战之势。从这样一个小例子中不也可以小中见大吗？

我在上面谈到了适之先生的许多德行，现在笼统称之为"优点"。我认为，其中最令我钦佩，最使我感动的却是他毕生奖掖后进。"平生不解藏人善，到处逢人说项斯。"他正是这样一个人。这样的例子是举不胜举的。中国是一个很奇怪的国家，一方面有我上面讲到的只此一家的"恩师"；另一方面却又有老虎拜猫为师学艺，猫留下了爬树一招没教给老虎，幸免为徒弟吃掉的民间故事。两者显然是有点矛盾的。适之先生对青年人一向鼓励提挈。40年代，他在美国哈佛大学遇到当时还是青年的学者周一良和杨联升等，对他们的天才和成就大为赞赏。后来周一良回到中国，倾向进步，参加革命，其结果是众所周知的。杨联升留在美国，在二三十年的长时间内，同适之先生通信论学，互相唱和。在学术成就上也是硕果累累，名扬海外。周的天才与功力，只能说是高于杨，虽然在学术上也有所表现，但是，怙于形势，不免令人有未尽其才之感。看了两人的遭遇，难道我们能无动于衷吗？

我同适之先生在孑民堂庆祝会上分别，从此云天渺茫，天各一方，再没有能见面，也没有能互通音信。我现在谈一谈我的情况和大陆方面的情况。我同绝大多数的中老年知识分子和教师一样广怀着绝对虔诚的心情，向往光明，向往进步。觉得自己真正站起来了，大有飘飘然羽化而登仙之感，有点忘乎所以了。我从一个最初喊什么人万岁都有点忸怩的低级水平，一踏上"革命"之路，便步步登高，飞驰前进；再加上天纵睿智，虔诚无垠，全心全意，投入造神运动中。常言道："众人拾柴火焰高。"大家群策群力，造出了神，又自己膜拜，完全自觉自愿，决无半点勉强。对自己则认真进行思想改造。原来以为自己这个知识分子，虽有缺点，并无罪恶；但是，经不住社会上根红苗壮阶层的人士天天时时在你耳边聒噪："你们知识分子身躯脏，思想臭！"西方人说："谎言说上一千遍就成为真理。"此话就应在我们身上，积久而成为一种"原罪"感，怎样改造也没有用，只有心甘情愿地居于"老九"的地位，改造，改造，再改造，直改造得懵懵懂懂，"两涣渚涯之间，不辨牛马"。然而涅槃难望，苦海无边，而自己却仍然是膜拜不息。通过无数次的运动，一直到"十年浩劫"自己被关进牛棚被打得一佛出世，二佛升天，皮开肉绽，仍然不停地膜拜，其精诚之心真可以惊天地泣鬼神了。改革开放以后，自己脑袋里才裂开了一点缝，"觉今是而昨非"，然而自己已快到耄耋之年，垂垂老矣，离开鲁迅在《过客》一文讲到的长满了百合花的地方不太远了。

至于适之先生，他离开北大后的情况，我在上面已稍有所涉及。总起来说，我是不十分清楚的，也是我无法清楚的。到了1954年，从批判俞平伯先生的《红楼梦研究》的资产阶级唯心论起，批判之火终于烧到了适之先生身上。这是一场缺席批判。适之远在重洋之外，坐山观虎斗。即使被斗的是他自己，反正伤不了他一根毫毛，他乐得怡然观战。他的名字仿佛已经成一个稻草人，浑身是箭，一个不折不扣的"箭垛"，大陆上众家豪杰，个个义形于色，争先恐后，万箭齐发，适之先生兀自岿然不动。我幻想，这一定是一个非常难得的景观。在浪费了许多纸张和笔墨、时间和精力之余，终成为"竹篮子打水，一场空"，乱哄哄一场闹剧。

适之先生于1962年猝然逝世，享年已经过了古稀，在中国历代学术史上，这已可以算是高龄了，但以今天的标准来衡量，似乎还应该活得更长一点。中国古称"仁者寿"，但适之先生只能说是"仁者不寿"。当时在大陆上"左"风犹狂，一般人大概认为胡适已经是被打倒在地的人，身上被踏上了一千只脚，永世不得翻身了。这样一个人的死去，有何值得大惊小怪！所以报纸杂志上没有一点反应。我自己当然是被蒙在鼓里，毫无所知。十几二十年以后，我脑袋里开始透进点光的时候，我越想越不是滋味，曾写了一篇短文《为胡适说几句话》，我连"先生"二字都没有勇气加上，可是还有人劝我以不发表为宜。文章终于发表了，反应还差强人意，至少没有人来追查我，我心里一块石头落了地。最近几年来，改革开放之风吹绿了中华大地，知识分子的心态有了明显的转变，身上的枷锁除掉了，原罪之感也消逝了。被泼在身上的污泥浊水逐渐清除了，再也用不着天天夹着尾巴过日子了。这种思想感情上的解放，大大地提高了他们的积极性，愿意为祖国的繁荣富强贡献自己的力量。出版界也奋起直追，出版了几部《胡适文集》。安徽教育出版社雄心最强，准备出版一部超过两千万字的《胡适全集》。我可是万万没有想到，主编这一非常重要的职位，出版社竟垂青于我。我本不是胡适研究专家，我诚惶诚恐，力辞不敢应允。但是出版社却说，现在北大曾经同适之先生共过事而过从又比较频繁的人，只剩下我一个人了。铁证如山，我只能"仰"（不是"俯"）允了。我也想以此报知遇之恩于万一。我写了一篇长达一万七千字的总序，副标题是"还胡适以本来面目"。意思也不过是想拨乱反正，以正视听而已。前不久，又有人邀我在《学林往事》中写一篇关于适之先生的文章，理由同前，我也应允而且从台湾回来后抱病写完。这一篇文章的副标题是"毕竟一书生"。原因是，前一个副标题说得太满，我哪里有能力还适之先生以本来面目呢，后一个副标题是说我对适之先生的看法，是比较实事求是的。

我在上面谈了一些琐事和非琐事，俱往矣，只留下了一些可贵的记忆。我可真是万万没有想到，到了望九之年，居然还能来到宝岛，这是以前连想都没敢想的事。到了台北以后，才发现，五十年前在北平结识的老朋友，比如梁实秋、袁同礼、傅斯年、毛子水、姚从吾等等，全已作古。我真是"访旧全为鬼，惊呼热中肠"了。天地之悠悠是自然规律，是人力所无法抗御的。

我现在站在适之先生墓前，心中浮想联翩，上下五十年，纵横数千里，往事如云如烟，又历历如在目前。中国古代有俞伯牙在钟子期墓前摔琴的故事，又有许多在挚友墓前焚稿的故事。按照这个旧理，我应当把我那新出齐了的《文集》搬到适之先生墓前焚掉，算是向他汇报我毕生科学研究的成果。但是，我此时虽思绪混乱，神智还是清楚的，我没有这样做。我环顾陵园，只见石阶整洁，盘旋而上，陵墓极雄伟，上覆巨石，墓志铭为毛子水亲笔书写，墓后石墙上嵌有"德艺双隆"四个大字，连同墓志铭，都金光闪闪，炫人双目。我站在那里，蓦抬头，适之先生那有魅力的典型的"我的朋友"式的笑容，突然显现在眼前，五十年依稀缩为一刹那，历史仿佛没有移动。但是，一定神儿，忽然想到自己的年龄，历史毕竟是动了，可我一点也没有颓唐之感。我现在大有"老骥伏枥，志在万里"之感。我相信，有朝一日，我还会有机会，重来宝岛，再一次站在适之先生的墓前。

1999 年 5 月 2 日写毕

扫傅斯年先生墓

我们虽然算是小同乡,但我与孟真先生并不熟识,几乎是根本没有来往。原因是年龄有别,辈分不同。我于1930年到北京来上大学的时候,进的是清华大学。当时孟真先生已经是学者,是教育家,名满天下了。我只是一个无名小卒,不可能有认识的机会。

我记得,在我大学一年级或二年级时,不知是清华的哪一个团体组织了一次系列讲座,邀请一些著名的学者发表演说,其中就有孟真先生。时间是在晚上,地点是在三院的一间教室里。孟真先生西装笔挺,革履锃亮。讲演的内容,我已经完全忘记了,但是,他那把双手插在西装坎肩的口袋里的独特的姿势,却至今历历如在目前。

在以后一段长达十五六年的时间中,我同孟真先生互不相知,一没有相知的可能,二没有相知的必要,我们本来就是萍水相逢嘛。

然而天公却别有一番安排,我在德国待了十年以后,陈寅恪师把我推荐给北京大学。1946年夏,我回国住在南京,适值寅恪先生也正在南京,我曾去谒见。他让我带着我在德国发表的几篇论文,到鸡鸣寺下中央研究院去拜见当时的北大代校长傅斯年,我遵命而去。见了面,没有说上几句话,就告辞出来。我们第二次见面就是这样匆匆。

二战期间,我被阻欧洲,大后方重庆和昆明等地的情况,我茫无所知。到了南京以后,才开始零零星星地听到大后方学术文化教育界的一些情况,涉及面非常广,当然也涉及傅孟真先生。他把山东人特有的直爽的性格——这种性格其他一些省份的人也具有的——发挥到淋漓尽致的水平。他所在的中央研究院当然是国民党政府下属的一个机构,但是,他不但不加入国民党,而且专揭国民党的疮疤。他被选为地位很高的参政员,是所谓"社会贤达"的代表。他主持正义,直言无讳,被称为"傅大炮"。国民党的四大家族,在贪赃枉法方面,各有千秋,手段不同,殊途同归。其中以孔祥熙家族名声最坏。那一位"威"名远扬的孔二小姐,更是名动遐迩,用飞机载狗逃难,而置难民于不顾。孟真先生不讲情面,不分场合,在光天化日之下,大庭广众之中,痛快淋漓地揭露孔家的丑事,引起了人民对孔家的憎恨。孟真先生成为"批孔"的专业户,口碑载道,颂声盈耳。

孟真先生的轶事很多,我只能根据传说讲上几件。他在南京时,开始任"中央研究院"历史语言研究所所长。他待人宽厚,而要求极严。当时有一位广东籍的研究员,此人脾气古怪,双耳重听,形单影只,不大与人往来,但读书颇多,著述极丰。每天到所,用铅笔在稿纸上写上两千字,便以为完成了任务,可以交卷了,于是悄然离所,打道回府。他所爱极广,隋唐史和黄河史,都有著述,洋洋数十万言。对历史地理特感兴趣,尤嗜对音。他不但不通梵文,看样子连印度天城体字母都不认识。在他手中,字母仿佛成了积木,可以任意挪动。放在前面,与对音不合,就改放在后面。这样产生出来的对音,有时极为荒诞离奇,那就在所难免了。但是,这位老先生自我感觉极为良好,别人也无可奈何。有一次,他在所里作了一个学术报告,说《史记》中的"禁不得祠明是星出西方""不得"二字是 Buddha(佛陀)的对音，佛教在秦代已输入中国了。实际上，"禁不得"这样的字眼儿在汉代是通用的。老先生不知怎样一时糊涂，提出了这样的意见。在他以前，一位颇负盛名的日本汉学家藤田丰八已有此说，老先生不一定看到过，孤明独发，闹出了笑话。不意此时远在美国的孟真先生听到了这个信息，大为震怒，打电话给所里，要这位老先生检讨，否则就炒鱿鱼。老先生不肯，于是便卷铺盖离开了史语所，老死不明真相。

但是，孟真先生是异常重视人才的，特别是年轻的优秀人才。他奖励扶掖，不遗余力。他心中有一张年轻有为的学者的名单，对于这一些人，他尽力提供或创造条件，让他们能安心研究，帮助他们出国留学，学成回国后仍来所里工作。他还尽力延揽著名学者，礼遇有加。他创办的《史语所集刊》，在几十年内都是国内外最有权威的人文社会科学的刊物。一登龙门，声价十倍，能在上面发表文章，是十分光荣的事。这个刊物至今仍在继续刊行，旧的部分有人多方搜求，甚至影印，为20世纪中国学术界所仅见。

孟真先生有其金刚怒目的一面，也有其菩萨慈眉的一面。当年在大后方昆明，西南联大的教师和"中央研究院"史语所的研究员，有时住在同一所宿舍里。在靛花巷（？）宿舍里，陈寅恪先生住在楼上，一些年纪比较轻的教员和研究员住在楼下。有一天晚上，孟真先生和一些年轻学者在楼下屋子里闲谈，说到得意处，忍不住纵声大笑。他们乐以忘忧，兴会淋漓，忘记了时光的流逝。猛然间，楼上发出手杖捣地板的声音。孟真先生轻声说："楼上的老先生发火了。""老先生"指的当然就是寅恪先生。从此就有人说，傅斯年谁都不怕，连蒋介石也不放在眼中，唯独怕陈寅恪。我想，在这里，这个"怕"字不妥，改为"尊敬"，就更好了。

这一次，我由于一个不期而遇的机会，来到了台北，又听到了一些孟真先生的轶事。原来他离开大陆后，来到了台湾，仍然担任"中央研究院"史语所所长，同时兼任台湾大学的校长。他这一位大炮，大概仍然是炮声隆隆。据说有一次蒋介石对自己的亲信说："那里（指台大）的事，我们管不了！"可见孟真先生仍然保留着他那一副刚正不阿的铮铮铁骨，他真正继承了中国历代知识分子最优秀的传统。

根据我上面的琐碎的回忆，我对孟真先生是见得少，听得多。我同他最重要的一次接触，就是我进北大时，他正是代校长，是他把我引进北大来的。据说——又是据说，他代表胡适之先生接管北大。当时日寇侵略者刚刚投降，北大，正确说是"伪北大"教员可以说都是为日本服务的；但是每个人情况又各有不同，有少数人认贼作父，舰颜事仇，丧尽了国格和人格。大多数则是不得已而为之。两者应该区别对待。孟真先生说，适之先生为人厚道，经不起别人的恳求与劝说，可能良莠不分，一律留下在北大任教。这个"坏人"必须他做。他于是大刀阔斧，不留情面，把问题严重的教授一律解聘，他说，这是为适之先生扫清道路，清除垃圾，还北大一片净土，让他的老师胡适之先生怡然、安然地打道回校。我就是在这样一个关键时刻到北大来的。我对孟真先生有知遇之感，难道不是很自然的吗？

这一次我们三个北大人来到了台湾。台湾有清华分校，为什么独独没有北大分校呢？有人说，傅斯年担任校长的台湾大学就是北大分校。这个说法被认为是完全正确的。我们三个人中，除我以外，他们俩既没有见过胡适之，也没有见过傅孟真。但是，胡、傅两位毕竟是北大的老校长，我们不远千里而来，为他们两位扫墓，也完全是合情合理的。我们谨以鲜花一束，放在墓穴上，用以寄托我们的哀思。我在孟真先生墓前行礼的时候，心里想了很多很多。两岸人民有手足之情，人为地被迫分开了五十多年，难道现在和好统一的时机还没有到吗？本是同根生，见面却如参与商，一定要先到香港才能再飞台湾。这样人为的悲剧难道还不应该结束吗？北大与台大难道还不应该统一起来吗？我希望，我们下一次再来扫孟真先生墓时，这一出人间悲剧能够结束。

1999 年 5 月 5 日

法鼓山

出台北市，驱车东行数十里。马路左右两边的情况大体上可以说是：左边是参差起伏的、高低不等的山峦，右边是平畴，有时有高楼耸立，有时是田畦。不管左边，还是右边，都是绿树蓊郁，冬夏常青。台北的气候可能与昆明相似："四时皆是夏，一雨便成秋。"什么时候都有杂花生树，碧草如茵。我们仿佛置身于绿色的宇宙中。

快到海边时，车突然停在一处山峦下，这里就是法鼓山。

这里原来不叫法鼓山，这名字是台湾极为受人尊敬的高僧圣严法师给起的。在汉译佛典中常有"吹大法螺，击大法鼓"这样的句子，意思是螺声高昂，鼓声深沉，使佛法响彻大千世界，使众生脱离苦海,登上净土。圣严法师购得了这一座山,准备在这里创建一所法鼓大学,不是为了培养僧侣,而是为了培养社会建设所需要的人才。校长是原台湾"中央图书馆"馆长曾济群教授,一位干练通达、和蔼可亲的中年学者。在法鼓山上,同时并创建一所中华佛学研究所,所长是邃于佛学研究的李志夫教授。圣严法师筹资六十亿台币,兴建两个机构的楼堂馆阁,现在已经兴工。再过几年,行将是在一片荒山中,佛刹梵宇,学馆黉宫,拔地而起,隔断天日,为祖国教育增辉,为佛学研究添彩。我不禁乐从中来,一失神儿,眼前一片海市蜃楼,缥缈天际,琳宫摩天,宝树匝地,祥云缭绕,星月增辉,我乐得毛发直竖,真不知是置身何地了。

圣严法师和我,也算得上是老朋友了。若干年前,他来访大陆,在颐和园听鹂馆识素斋,宴请北京学术界,特别是佛学界的学者们。到的人相当多,可见圣严法师在北京的朋友是相当不少的。颐和园晚上是不开放的,此时偌大一个皇家园林一片黢黑,阒静无声。独有听鹂馆灯火辉煌,上冲霄汉。学者促膝对坐,叙旧论学,其乐融融。从圣严法师的弟子口中得知,他是日本东京大学的文学博士,学富五车,娴熟佛典,是一位在台湾德艺并隆、广有徒众的高僧大德。他的弟子大多数也都获得了最高学位,都是满腹经纶的。他们师徒就像当年摩揭陀国的释迦牟尼如来佛和大弟子阿难、迦叶一样传道授业,亲密无间。这更增加了我对他们的钦敬和仰慕。

其后不久,李志夫教授受圣严法师的委托,在台湾出版了我的一本论文集《季羡林佛教学术论文集》。这是我在台湾出版的第二本著作,第一本是林聪明教授为我出版的《敦煌吐鲁番吐火罗文研究导论》。在这之前，听说台湾某出版社曾出版我翻译的《五卷书》等，把我的名字略加改变，仿佛清政府把"孙文"改为"孙汶"那样，以示我是"异类"。这且不去管他，反正李志夫和林聪明两位教授出版了，而且是堂堂正正地出版了我的著作，使我能够同台湾学者结下文字因缘。

去年，圣严法师又率团来大陆访问，旧雨重逢，倍增欢悦。我又结识了曾济群校长和圣严法师的高足惠敏法师，旧雨加上今雨，使我的欢悦又增加了一倍。我们在天食素菜馆设宴，为法师一行洗尘。回忆起数年前的听鹂夜宴，先后真可以媲美。尘世碌碌，欢愉之事不多，像这样的聚会，真正能让我毕生难忘了。

可谁又能想到，今天我竟然来到了台北，而且登上了法鼓山。在这里，我们不但会见了圣严法师，还会见了老友曾济群校长、李志夫教授和惠敏法师。此地背山面海，山虽不高，而阜峦竞秀，隐含着一派灵气。大学和研究所的建筑正在兴建中，工地上难免车马喧阗，人声嘈杂。然而在看来像是临时修建作为办公用的房屋中，却是威仪俨然，静寂少声。成群的来宾，许多年轻的僧尼和义工走路说话都是轻声细语，忙而不乱。在一座大厅中举行了简单而隆重的欢迎仪式，圣严法师讲了话。我向他敬献著名书法家欧阳中石先生书写的条幅和拙著《季羡林文集》。献完了书以后，完全出我意料，圣严法师低声问我："《糖史》在里面吗？"《糖史》，顾名思义，是专门研究蔗糖在中国和世界上传布的历史的，在这个题目上，我用了多年的精力和时间，它虽与印度和佛教有点关系，但主要是科技史。全书两巨册，共约八十万字。第一编是国内编，已经出版。第二编是国际编，没有单独出版，只收在《文集》中。不意圣严法师对这个问题也有兴趣，由此可见他之博学，使我油然而起仰止之意。

午餐是素斋自助餐，饭菜清香可口，不像市面上的那一些素菜馆，用大量的油，仿佛想用油来支撑局面。一打听，这些素斋都是义工少女亲手烹调的。什么叫"义工"呢？我将在另一篇随笔里专门来谈这个问题，这里先从略。

午餐以后，我们又驱车返回台北市。一走进繁华的市区，车水马龙，人声鼎沸，一走神儿，上午在法鼓山看到的那一片海市蜃楼又在我眼前浮动起来：琳宫摩天，宝树匝地，祥云缭绕，星月增辉。

1999 年 5 月 8 日

义　工

"义工"这个词儿，是我来到台北后才听说的，其含义同大陆上的"志愿者"有点近似。说是"近似"，就是说不完全一样。"义工"的思想基础是某种深沉执着的信念或者信仰，是宗教的，也可能是伦理道德的。大陆上的志愿者，当然也有其思想基础，但是不像台湾义工那样深沉，甚至神秘。

我在《法鼓山》那一篇随笔里提到，我是在法鼓山第一次听到"义工"这个词儿的。原来那一天我们在法鼓山逢到的那一些青年女孩子，除了着僧装的青年尼姑外，其余着便装的都是义工。她们多数来自名门大家，在家中有成群的丫鬟和保姆伺候着，衣来伸手，饭来张口，是地地道道的大小姐，掌上明珠。但是，她们却为某一种信念所驱使，上了法鼓山，充当义工。为了做好素斋，她们拼命学习。这都是些极为聪明的女孩子，一点就透。因此，她们烹制出来的素斋就不同凡响，与众不同。了解到了这些情况以后，我的心为之一震。我原来以为这些着装朴素、态度和蔼、轻声细语、温文尔雅的女孩子，不外是临时工、计时工一流的人物，现在才悟到，我是有眼不识泰山。正像俗话所说的：从窗户眼里向外看人，把人看扁了。我的心灵似乎又得到了一次洗涤。

远在天边，近在眼前，我哪里知道，原来天天陪我们的两位聪明灵秀的年轻的女孩子就是义工。一个叫李美宽，一个叫陈修平。她们俩是我们的领队，天天率领我们准时上车，准时到会场，准时就餐，又准时把我们送回旅馆。坐在汽车上，她们又成了导游，向我们解释大马路上一切值得注意的建筑和事情，口齿伶俐得如悬河泻水，滔滔不绝，决不会让我们感到一点疲倦。她们简直成了我们的影子，只要需要，她们就在我们身边。她们的热情和周到感动着我们每一个人。

我原来以为，她们是大会从某一个旅行社请来的临时工，从大会每天领取报酬，大会一结束，就仍然回到原单位去工作。只是在几天之后，我才偶然得知：她们都是义工。她们都有自己的工作岗位，在法鼓大学召开大会期间，前来担任义工，从凌晨到深夜，马不停蹄，像走马灯似的忙得团团转，本单位所缺的工作时间，将来在星期日或者假日里一一补足。她们不从大会拿一分钱。这种无私奉献的精神不是非常能感人吗？

我没有机会同她俩细谈她们的情况，她们的想法，她们何所为而来，以及她们究竟想得到些什么。即使有机会，由于我们的年龄相差过大,她们也未必就推心置腹地告诉我。于是,在我眼中,她们就成了一个谜,一个也许我永远也解不透的谜。

在大陆上,经济效益,或者也可以称之为个人利益,是颇为受到重视的。我决不相信,在台湾就不是这样的。但是,表现在这些年轻的女义工身上的却是不重视个人利益。至少在当义工这一阶段上,她们真正是毫不利己,专门利人的。对于这两句话,我一向抱有保留态度。我觉得,一个人一生都能做到这一步,是完全不可能的。在某一段短暂的时间内,在某一件事情上,暂时做到,是可能的。那些高呼毫不利己,专门利人的人们,往往正是毫不利人,专门利己的家伙。然而,在台北这些女义工身上,我却看到了这种境界。她们有什么追求呢?她们有什么向往呢?对我来说,她们就成了一个谜,一个也许我永远也解不透的谜。

这些谜样的青年女义工们有福了!

1999 年 5 月 9 日

后记:文章写完了。但是对开头处所写的1948年12月在孑民堂庆祝建校五十周年一事,脑袋里终究还有点疑惑。我对自己的记忆能力是颇有一点自信的,但是说它是"铁证如山",我还没有这个胆量。怎么办呢?查书。我的日记在"文革"中被抄家时丢了几本,无巧不成书,丢的日记中正巧有1948年的。于是又托高鸿查《胡适日记》,没能查到。但是,从当时报纸上的记载中得知胡适于12月15日已离开北平,到了南京,并于17日在南京举行北大校庆五十周年庆祝典礼,发言时"泣不成声"云云。可见我的回忆是错了。又一个"怎么办呢?"一是改写,二是保留不变。经过考虑，我采用了后者。原因何在呢？我认为，已经发生过的事情是一个现实，我脑筋里的回忆也是一个现实，一个存在形式不同的现实。既然我有这样一段回忆，必然是因为我认为，如果适之先生当时在北平，一定会有我回忆的那种情况，因此我才决定保留原文，不加更动。但那毕竟不是事实，所以写了这一段"后记"，以正视听。

1999 年 5 月 14 日

重返哥廷根

我真是万万没有想到,经过了三十五年的漫长岁月,我又回到这个离开祖国几万里的小城里来了。

我坐在从汉堡到哥廷根的火车上,我简直不敢相信这是事实。难道是一个梦吗?我频频问着自己。这当然是非常可笑的,这毕竟就是事实。我脑海里印象历乱,面影纷呈。过去三十多年来没有想到的人,想到了;过去三十多年来没有想到的事,想到了。我那一些尊敬的老师,他们的笑容又呈现在我眼前。我那像母亲一般的女房东,她那慈祥的面容也呈现在我眼前。那个宛宛婴婴的女孩子伊尔穆嘉德,也在我眼前活动起来。那窄窄的街道、街道两旁的铺子、城东小山的密林、密林深处的小咖啡馆、黄叶丛中的小鹿,甚至冬末春初时分从白雪中钻出来的白色小花雪钟,还有很多别的东西,都一齐争先恐后地呈现到我眼前来。一霎时,影像纷乱,我心里也像开了锅似的激烈地动荡起来了。

火车一停,我飞也似的跳了下去,踏上了哥廷根的土地。忽然有一首诗涌现出来:

少小离家老大回，
乡音无改鬓毛衰。
儿童相见不相识，
笑问客从何处来。

怎么会涌现这样一首诗呢？我一时有点茫然、懵然。但又立刻意识到，这一座只有十来万人的异域小城，在我的心灵深处，早已成为我的第二故乡了。我曾在这里度过整整十年，是风华正茂的十年。我的足迹印遍了全城的每一寸土地。我曾在这里快乐过，苦恼过，追求过，幻灭过，动摇过，坚持过。这一座小城实际上决定了我一生要走的道路。这一切都不可避免地要在我的心灵上打上永不磨灭的烙印。我在下意识中把它看做第二故乡，不是非常自然的吗？

我今天重返第二故乡，心里面思绪万端，酸甜苦辣，一齐涌上心头。感情上有一种莫名其妙的重压，压得我喘不过气来，似欣慰，似惆怅，似追悔，似向往。小城几乎没有变。市政厅前广场上矗立的有名的抱鹅女郎的铜像，同三十五年前一模一样。一群鸽子仍然像从前一样在铜像周围徘徊，悠然自得。说不定什么时候一声呼哨，飞上了后面大礼拜堂的尖顶。我仿佛昨天才离开这里，今天又回来了。我们走下地下室，到地下餐厅去吃饭。里面陈设如旧，座位如旧，灯光如旧，气氛如旧。连那年轻的服务员也仿佛是当年的那一位。我仿佛昨天晚上才在这里吃过饭。广场周围的大小铺子都没有变。那几家著名的餐馆，什么"黑熊""少爷餐厅"等等，都还在原地。那两家书店也都还在原地。总之，我看到的一切都同原来一模一样。我真地离开这座小城已经三十五年了吗？

但是，正如中国古人所说的，江山如旧，人物全非。环境没有改变，然而人物却已经大大地改变了。我在火车上回忆到的那一些人，有的如果还活着的话年龄已经过了一百岁。这些人的生死存亡就用不着去问了。那些计算起来还没有这样老的人，我也不敢贸然去问，怕从被问者的嘴里听到我不愿意听的消息。我只绕着弯子问上那么一两句，得到的回答往往不得要领，模糊得很。这不能怪别人，因为我的问题就模糊不清。我现在非常欣赏这种模糊，模糊中包含着希望。可惜就连这种模糊也不能完全遮盖住事实。结果是：

> 访旧半为鬼，
> 惊呼热中肠。

我只能在内心里用无声的声音来惊呼了。

在惊呼之余，我仍然坚持怀着沉重的心情去访旧。首先我要去看一看我住过整整十年的房子。我知道，我那母亲般的女房东欧朴尔太太早已离开了人世。但是房子却还存在。那一条整洁的街道依旧整洁如新。从前我经常看到一些老太太用肥皂来洗刷人行道，现在这人行道仍然像是刚才洗刷过似的，躺下去打一个滚，决不会沾上一点尘土。街拐角处那一家食品商店仍然开着，明亮的大玻璃窗子里面陈列着五光十色的食品。主人却不知道已经换了第几代了。我走到我住过的房子外面，抬头向上看，看到三楼我那一间房子的窗户，仍然同以前一样摆满了红红绿绿的花草，当然不是出自欧朴尔太太之手。我蓦地一阵恍惚，仿佛我昨晚才离开,今天又回家来了。我推开大门,大步流星地跑上三楼。我没有用钥匙去开门,因为我意识到,现在里面住的是另外一家人了。从前这座房子的女主人恐怕早已安息在什么墓地里了,墓上大概也栽满了玫瑰花吧。我经常梦见这所房子,梦见房子的女主人,如今却是人去楼空了。我在这里度过的十年中,有愉快,有痛苦,经历过轰炸,忍受过饥饿。男房东逝世后,我多次陪着女房东去扫墓。我这个异邦的青年成了她身边的唯一的亲人,无怪我离开时她号啕痛哭。我回国以后,最初若干年,还经常通信。后来时移事变,就断了联系。我曾痴心妄想,还想再见她一面。而今我确实又来到了哥廷根,然而她却再也见不到,永远永远地见不到了。

我徘徊在当年天天走过的街头。这里什么地方都有过我的足迹。家家门前的小草坪上依然绿草如茵。今年冬雪来得早了一点。十月中,就下了一场雪。白雪、碧草、红花,相映成趣。鲜艳的花朵赫然傲雪怒放,比春天和夏天似乎还要鲜艳。我在一篇短文《海棠花》里描绘的那海棠花依然威严地站在那里。我忽然回忆起当年的冬天,日暮天阴,雪光照眼,我扶着我的吐火罗文和吠陀语老师西克教授,慢慢地走过十里长街。心里面感到凄清,但又感到温暖。回到祖国以后,每当下雪的时候,我便想到这一位像祖父一般的老人。回首前尘,已经有四十多年了。

我也没有忘记当年几乎每一个礼拜天都到的席勒草坪。它就在小山下面,是进山必由之路。当年我常同中国学生或者德国学生,在席勒草坪散步之后,就沿着弯曲的山径走上山去。曾登上俾斯麦塔,俯瞰哥廷根全城;曾在小咖啡馆里流连忘返;曾在大森林中茅亭下躲避暴雨;曾在深秋时分惊走觅食的小鹿,听它们脚踏落叶一路窸窸窣窣地逃走。甜蜜的回忆是写也写不完的。今天我又来到这里。碧草如旧，亭榭犹新。但是当年年轻的我已颓然一翁，而旧日游侣早已荡若云烟，有的离开了这个世界，有的远走高飞，到地球的另一半去了。此情此景，人非木石，能不感慨万端吗？

我在上面讲到江山如旧，人物全非。幸而还没有真正地全非。几十年来我昼思梦想最希望还能见到的人，最希望他们还能活着的人，我的"博士父亲"，瓦尔德施密特教授和夫人居然还都健在。教授已经是八十三岁高龄，夫人比他寿更高，是八十六岁。一别三十五年，今天重又会面，真有相见翻疑梦之感。老教授夫妇显然非常激动，我心里也如波涛翻滚，一时说不出话来。我们围坐在不太亮的电灯光下，杜甫的名句一下子涌上我的心头：

> 人生不相见，
> 动如参与商。
> 今夕复何夕？
> 共此灯烛光。

四十五年前我初到哥廷根我们初次见面，以及以后长达十年相处的情景，历历展现在眼前。那十年是剧烈动荡的十年，中间插上了一个第二次世界大战，我们没有能过上几天好日子。最初几年，我每次到他们家去吃晚饭时，他那个十几岁的独生儿子都在座。有一次教授同儿子开玩笑："家里有一个中国客人，你明天到学校去又可以张扬吹嘘一番了。"哪里知道，大战一爆发，儿子就被征从军，一年冬天，战死在北欧战场上。这对他们夫妇俩的打击，是无法形容的。不久，教授也被征从军。他心里怎样想，我不好问，他也不好说。看来是默默地忍受痛苦。他预定了剧院的票，到了冬天，剧院开演，他不在家，每周一次陪他夫人看戏的任务，就落到我肩上。深夜，演出结束后，我要走很长的道路，把师母送到他们山下林边的家中，然后再摸黑走回自己的住处。在很长的时间内，他们那一座漂亮的三层楼房里，只住着师母一个人。

他们的处境如此，我的处境更要糟糕。烽火连年，家书亿金。我的祖国在受难，我的全家老老小小在受难，我自己也在受难。中夜枕上，思绪翻腾，往往彻夜不眠。而且头上有飞机轰炸，肚子里没有食品充饥。做梦就梦到祖国的花生米。有一次我下乡去帮助农民摘苹果，报酬是几个苹果和五斤土豆。回家后一顿就把五斤土豆吃了个精光，还并无饱意。

大概有六七年的时间，情况就是这个样子。我的学习、写论文、参加口试、获得学位，就是在这种情况下进行的。教授每次回家度假，都听我的汇报，看我的论文，提出他的意见。今天我会的这一点点东西，哪一点不包含着教授的心血呢？不管我今天的成就还是多么微小，如果不是他怀着毫不利己的心情对我这一个素昧平生的异邦的青年加以诱掖教导的话，我能够有什么成就呢？所有这一切我能够忘记得了吗？

现在我们又会面了。会面的地方不是在我所熟悉的那一所房子里，而是在一所豪华的养老院里。别人告诉我，他已经把房子赠给哥廷根大学印度学和佛教研究所，把汽车卖掉，搬到这一所养老院里来了。院里富丽堂皇，应有尽有，健身房、游泳池，无不齐备。据说，饭食也很好。但是，说句不好听的话，到这里来的人都是七老八十的人，多半行动不便。对他们来说，健身房和游泳池实际上等于聋子的耳朵。他们不是来健身，而是来等死的。头一天晚上还在一起吃饭，聊天，第二天早晨说不定就有人见了上帝。一个人生活在这样的环境中，心情如何，概可想见。话又说了回来，教授夫妇孤苦伶丁，不到这里来，又到哪里去呢？

就是在这样一个地方，教授又见到了自己几十年没有见面的弟子。他的心情是多么激动，又是多么高兴，我无法加以描绘。我一下汽车就看到在高大明亮的玻璃门里面，教授端端正正地坐在圈椅上。他可能已经等了很久，正望眼欲穿哩。他瞪着慈祥昏花的双目瞧着我，仿佛想用目光把我吞了下去。握手时，他的手有点颤抖。他的夫人更是老态龙钟，耳朵聋，头摇摆不停，同三十多年前完全判若两人了。师母还专为我烹制了当年我在她家常吃的食品。两位老人齐声说："让我们好好地聊一聊老哥廷根的老生活吧！"他们现在大概只能用回忆来填充日常生活了。我问老教授还要不要中国关于佛教的书，他反问我："那些东西对我还有什么用呢？"我又问他正在写什么东西。他说："我想整理一下以前的旧稿；我想，不久就要打住了！"从一些细小的事情上来看，老两口的意见还是有一些矛盾的。看来这相依为命的一双老人的生活是阴沉的、郁闷的。在他们前面，正如鲁迅在《过客》中所写的那样："前面？前面，是坟。"

我心里陡然凄凉起来。老教授毕生勤奋，著作等身，名扬四海，受人尊敬，老年就这样度过吗？我今天来到这里，显然给他们带来了极大的快乐。一旦我离开这里，他们又将怎样呢？可是，我能永远在这里待下去吗？我真有点依依难舍，尽量想多待些时候。但是，千里凉棚，没有不散的筵席。我站起来，想告辞离开。老教授带着乞求的目光说："才十点多钟，时间还早嘛！"我只好重又坐下。最后到了深夜，我狠了狠心，向他们说了声："夜安！"站起来，告辞出门。老教授一直把我送下楼，送到汽车旁边，样子是难舍难分。此时我心潮翻滚，我明确地意识到，这是我们最后一面了。但是，为了安慰他，或者欺骗他，也为了安慰我自己，或者欺骗我自己，我脱口说了一句话："过一两年，我再回来看你！"声音从自己嘴里传到自己耳朵，显得空荡、虚伪，然而却又真诚。这真诚感动了老教授，他脸上现出了笑容："你可是答应了我了，过一两年再回来！"我还有什么话好说呢？我噙着眼泪，钻进了汽车。汽车开走时，回头看到老教授还站在那里，一动也不动，活像是一座塑像。

过了两天，我就离开了哥廷根。我乘上了一列开到另一个城市去的火车。坐在车上，同来时一样，我眼前又是面影迷离，错综纷杂。我这两天见到的一切人和物，一一奔凑到我的眼前来；只是比来时在火车上看到的影子清晰多了，具体多了。在这些迷离错乱的面影中，有一个特别清晰、特别具体、特别突出，它就是我在前天夜里看到的那一座塑像。愿这一座塑像永远停留在我的眼前，永远停留在我的心中。

1980 年 11 月在西德开始
1987 年 10 月在北京写完

去故国

——欧游散记之一

不知从什么时候起,就有一个到外国去,尤其是到德国去的希望埋在我的心里了。同朋友谈话的时候也时时流露出来。在外表看来似乎是很具体、很坚决。其实却渺茫得很。我没有伟大的动机。冠冕堂皇的理由自然也不能没有。但仔细追究起来,却只有一个极单纯的要求:我总觉得,在无量的——无论在空间上或时间上——宇宙进程中,我们有这次生命,不是容易事;比电火还要快,一闪便会消逝到永恒的沉默里去。我们不要放过这短短的时间,我们要多看一些东西。就因了这点小小的愿望,我想到外国去。

但是,究竟怎样去呢?似乎从来不大想到。自己学的是文科,早就被一般人公认为无补于国计民生的落伍学科,想得到官费自然不可能。至于自费呢,家里虽然不能说是贫无立锥之地,但若把所有的财产减去欠别人的一部分,剩下的也就只够一趟的路费。想自己出钱到外国去自然又是一个过大的妄想了。这些都是实际上不能解决的问题,但却从来没有给我苦恼,因为我根本不去想。我固执地相信,我终会有到外国去的一天。我把自己沉在美丽的涂有彩色的梦里。这梦有多么样的渺茫,恐怕只有我一个人知道了。

　　一直到去年夏天,当我的大学学程告一段落的时候,我才第一次想到究竟怎样到外国去。恐怕从我这个不切实际的只会做梦的脑筋里再也不会想出切合实际的办法:我想用自己的劳力去换得金钱,再把金钱储存起来到外国去。我没有详细计算每月存钱若干,若干年后才能如愿,便贸贸然回到故乡的一个城里去教书。第一个月过去了,钱没能剩下一个。第二个月又过去了,除了剩下许多账等第三个月来还之外,还剩下一颗疲劳的心。我立刻清醒了,头上仿佛浇上了一瓢冷水:照这样下去,等到头发全白了的时候,岂不也还是不能在柏林市上逍遥一下吗?然而书却终于继续教下去,只有把疲劳的心更增加了疲劳。

　　就在这时候,却有一个从天而降的机会落在我的头上。我只要出很少的一点钱就可以到德国去住上二年。亲眼看着自己用手去捉住一个梦,这种狂欢的心情是不能用任何语言文字描写得出的。我匆匆地从家里来到故都,又匆匆地回去。从虚无缥缈的幻想里一步跨到事实里,使我有点糊涂。我有时就会问起自己来:我居然也能到德国去了吗?然而,跟着来的却是在精神上极端痛苦的一段。平常我对事情,总有过多的顾虑,这我知道,比谁都清楚。但这次却不能不顾虑,我顾虑到到德国以后的生活,我顾虑到自己的家境。许多琐碎到不能再琐碎的小事纠缠着我,给我以大痛苦。随处都可以遇到的不如意与不满足像淡烟似的散布在我的眼前。同时还有许多实际问题要我解决:我还要筹钱。平常从自己手里水似的流去的钱,我现在才知道它的可贵。从这里面也可以看出真正的人情和世态。经了许多次的碰壁，终于还是大干和洁民替我解了这个围。同时又接到故都里梅生的信，他也要替我张罗。在这个期间，我有几次都想放弃了这个机会，因为这个机会带给我的快乐远不如带给我的痛苦多，但长之却从辽远的故都写信来劝我，带给我勇气和力量。我现在才知道友情的可贵，没有他们几位，说不定我现在又带了一颗疲劳的心开始吃粉笔末的生活了。这友情像一滴仙露，滴到我的焦灼的心上，使我又在心里开放了希望的花，使我又重新收拾起破碎的幻想，回到故都来。

在生命之路上，我现在总算走上一段新程了。几天来，从早晨到晚上，我时常一个人坐在一间低矮然而却明朗的屋里，注视着支离的树影在窗纱上慢慢地移动着，听树丛里曳长了的含有无量倦意的蝉声。我心里有时澄澈沉静得像古潭；有时却又搅乱得像暴风雨下的海面。我默默地筹划着应当做的事情。时时有幻影，柏林的幻影，浮动在我眼前：我仿佛看到宏伟古老的大教堂，圆圆的顶子在夕阳中闪着微光；宽广的街道，有车马在上面走着。我又仿佛看到大学堂的教室，头发皤白的老教授颤声讲着书。我仿佛连他的声音都能听得到，他那从眼镜边上射出来的眼光正落在我的头上。但当我发现自己仍然在这一间低矮而明朗的屋子里的时候，我的心飞到不知什么地方去了。

我虽然在过去走过许多路，但从降生一直到现在，自己脚迹叠成的一条路，回望过去，是连绵不断的一线，除了在每一年的末尾，在心里印上一个浅痕，知道又走过一段路以外，自己很少画过明显的鸿沟，说以前走的是一段，以后是另一段的开端。然而现在，自己却真的在心里画了一个鸿沟，把以前二十四年走的路就截在鸿沟的那一岸；在这一岸又开始了一条新路，这条会把我带到渺茫的未来去。这样我便不能不回头去看一看，正如当一个人走路走到一个阶级的时候往往回头看一样。于是我想到几个月来不曾想到的几个人。我先想到母亲。母亲死去到现在整二年了。前年这时候，我回故乡去埋葬母亲。现在恐怕坟头秋草已萋萋了。我本来预备每年秋天，当树丛乍显出点微黄的时候，回到故乡母亲的坟上去看看。无论是在白雾笼罩墓头的清晨，归鸦驮了暮色进入簌簌响着的白杨树林的黄昏，我都到母亲墓绕两周，低低地唤一声："母亲！"来补偿生前八年的长时间没见面的遗恨。然而去年的秋天，我刚从大学走入了社会，心情方面感到很大的压迫，更没有余闲回到故乡去。今年的秋天，又有这样一个机会落到我的头上。我不但不能回到故乡去，而且带了一颗饱受压迫的心，不能得到家庭的谅解，跑到几万里外的异邦去漂泊，一年，二年，谁又知道几年才能再回到这故国来呢？让母亲一个人凄清地躺在故乡的地下。忍受着寂寞的袭击，上面是萋萋的秋草。在白杨簌簌中，淡月朦胧里，我知道母亲会藉了星星的微光到各处去找她的儿子；藉了西风听取她儿子的消息。然而所找到的只是更深的凄清与寂寞，西风也只带给她迷离的梦。

我又想到母亲生前最关心的外祖母。当我七八岁还没有离开故乡的时候，整天住在她家里，她的慈祥的面貌永远印在我的记忆里。今年夏天见她的时候，她已龙钟得不像样子了。又正同别人闹着田地的纠纷，现在背恐怕更驼了吧？临分别的时候，她再三叮嘱我要常写信给她。然而现在当我要到这样远的地方去的时候，我却不能写信给她，我不忍使她流着老泪看自己晚年唯一的安慰者离开自己跑了。我只希望她能好好地活下去，当我漂泊归来的时候，跑到她怀里，把受到的委屈，都哭了出来。我为她祝福。

我终于要走了，沿了我自己在心里画下的一条鸿沟的这一岸的路走去。天知道我会走到什么地方去，这条路真太渺茫，渺茫到使我吃惊。以前我曾羡慕过漂泊的生活，也曾有过到外国去的渴望。然而当希望成为事实的现在，我又渴慕平静的生活了。我看了在豆棚瓜架下闲话的野老，看了在一天工作疲劳之余在门前悠然吸烟的农人，都引起我极大的向往。我真不愿意离开这故国，这故国每一方土地，每一棵草木，都能给我温热的感觉。但我终于要走的，沿了自己在心里画下的一条路走。我只希望，当我从异邦转回来的时候，我能看到一个一切都不变的故国，一切都不变的故乡，使我感觉不到我曾这样长的时间离开过它，正如从一个短短的午梦转来一样。

1935 年 8 月 13 日

表的喜剧

——欧游散记之一

自己是乡下人,没有见过多大的世面,乡下人的固执与畏怯还保留了一部分。初到柏林的时候,刚走出了车站,头里面便有点朦胧。脚下踏着的虽然是光滑的柏油路,但我却仿佛踏上了棉花。眼前飞动着汽车电车的影子,天空里交织着电线,大街小街错综交叉着:这一切织成了一幅有魔力的网,我便深深地陷在这网里。我惘然地跟着别人走,我简直像在一片茫无涯际的大海里摸索了。

在这样一片茫无涯际的大海里,我第一次感觉到表的需要,因为它能告诉我,什么时候应当去吃饭,什么时候应当去访人。说到表,我是一个十足的门外汉。在国内的时候,朋友中最少也是第三个表,或是第四个表的主人。然而对我,表却仍然是一个神秘的东西。虽然有时在等汽车的时候,因为等得不耐烦了,便沿着街向街旁的店铺里张望,希望能发现一只挂在墙上的钟,看看时间究竟到了没有。但张望的结果,却往往是,走了极远的路而碰不到一只钟。即便侥幸能碰到几只,然而每只所指的时间,最少也要相差半点钟。而且因为张望的态度太有点近于滑稽,往往引起铺子里伙计的注意,用怀疑的眼光看我几眼。当我从这怀疑的眼光的扫射下怀了一肚皮的疑虑逃回汽车站的时候,汽车已经开走了。一直到去年秋天,自己要按钟点挣面包的时候,才买了一只表。然而只走了三天,就停下来。到表铺一问,说是发条松,修理好了不久又停下来。又去问,说是针有毛病。修理到五六次的时候,计算起来,修理费已经超过了原价,但它却仍然僵卧在桌子上。我便下决心,花了相当大的一个数目另买了一只,果然能使我满意了。这表就每天随着我,一直随我坐上西伯利亚的火车。然而在斯托扑塞①换车的时候,因为急着搬行李,竟把玻璃罩碰碎了。在当时惶遽仓促的心情下,并不觉得是一个多大的损失,就把它放在一个茶叶瓶里,又坐了火车。当我到了这茫无涯际的海似的柏林的时候,我才又觉到它的需要了。

于是在到了的第三天,就由一位在柏林住过二年的朋友陪我出去修理。仍然有一幅充满了魔力的网笼罩着我的全身。我迷惘地随了他走。终于在康德街找到了一家表铺。说明了要换一个玻璃罩,表匠给了我一张纸条。我只看到上面有黑黑的几行字的影子,并没看清是什么字。因为我相信,上面最少也会有这表铺的名字和地址。只要有名字和地址,表就可以拿回去的。他答应我们第二天去拿。我们就跨出了铺门。

第二天的下午,我不愿意再让别人陪我走无意义的路,我便自己出发去取表。但是,一想到究竟要到什么地方去取的问题,立刻有一团迷离错杂的交织着电线的长长的街的影子浮动在我的

---

① 斯托扑塞:通称为斯托尔普。

眼前。我拿出那张纸条来看,我才发现,上面只印着收到一只修理的表,铺子名字却没有,当然更没有地址。我迷惑了。但我却不能不找找看。我本能地沿着康德街的左面走去,因为我虽然忘记了地址,但我却模模糊糊地记得是在街的左面。我走上去,我把我的注意力集中到每个铺子的招牌上,每个铺子的窗子里。我看过各种各样的招牌和窗子。我时时刻刻预备着接受这样一个奇迹,蓦地会有一个表字或一只表呈现到我的眼前。然而得到的却是失望,我仍然走上去,康德街为什么竟这样长呢?我一直走到街的尽端,只好折回来再看一遍。终于在一大堆招牌里我发现了一个表铺的招牌。因为铺面太小了,刚才竟漏了过去。我仿佛到了圣地似的快活,一步跨进去。但立刻觉得有点不对,昨天我们跨进那个表铺的时候,那位修理表的老头正伏在窗子前面工作。我们一进去,他仿佛吃惊似的把一把刀子掉在地上。他伏下身去拾刀子的时候,我发现他背后有一架放满了表的小玻璃橱。但今天那架橱子移到哪儿去了呢?还没等我把这疑虑扩散开来,主人出来了,也是一位老头。我只好把纸条交给他,他立刻就去找表。看了他的神气,想到刚才自己的怀疑,我笑了。但找了半天,表终于没找到。他用手搔着发亮的头皮,显出很焦急的样子。他告诉我,他的太太或者知道表放在什么地方。但她现在却不在家。让我第二天再去。他仿佛很抱歉的样子,拿过一支铅笔来,把他的地址写在那张纸条的后面。我只好跨出来,心里充满了疑惑和不安定,当我踏着暮色走回去的时候,对着这海似的柏林,我叹了一口气。

过了一个杂念缭绕的夜,我又在约定的时间走了去。因为昨天究竟有过那样的怀疑,所以走在路上的时候,我仍然注意每一个铺子的招牌和窗子里陈列的东西,希望能再发现一个表铺。不久,我的希望就实现了,是一个更要小的表铺。主人有点驼背。我把纸条递给他;问他,是不是他的。他说不是。我只好走出来,终于又走到昨天去过的那铺子。这次老头不在家,出来的是他的太太。我递给她纸条。她看到上面的字是她丈夫写的,立刻就去找表。她比老头还要焦急地拉开每一个抽屉,每一个橱子;她把每一个纸包全打开了;她又开亮了电灯,把暗黑的角隅都照了一遍。然而表终于没找到。这时我的怀疑一点都没有了,我的心有点跳,我仿佛觉得我的表的的确确是送到这儿来的。我注视着老太婆,然而不说话。看了我的神情,老太婆似乎更焦急了。她的白发在电灯下闪着光,有点颤动。然而表却只是找不到,她又会有什么办法呢?最后她只好对我说,她丈夫回来的时候问问看,她让我过午再去。我怀了更大的疑惑和不安定走了出来。

当天的过午,看看要近黄昏的时候,我又一个人走了去。一开门,里面黑沉沉的,我觉得四周立刻古庙似的静了起来,我能听到自己的心跳动的声音。等了好一会儿,才见两个影子从里面移动出来。开了灯,看到是我,老头有点显得惊惶,老太婆也显然露出不安定的神气。两个人又互相商议着找起来,把每一个可能的地方全找到了,但表却终于没找到。老头更用力地用手搔着发亮的头皮;老太婆的头发在灯影里也更颤动得厉害。最后老头终于忍不住问我了,是不是我自己送来的。这问题真使我没法回答。我的确是自己送来的,但送的地方不一定是这里。我昨天的怀疑立刻又活跃起来。我看不到那个放满了表的小玻璃橱,我总觉得这地方不大像我送表去的地方。我于是对他解释说,我到柏林还不到四天,街道弄不熟悉。我问他,那纸条是不是他发给我的。他听了，立刻恍然大悟似的噢了一声，没有说什么，很匆忙地从抽屉里拿出一叠纸条，同我给他的纸条比着给我看。两者显然有极大的区别：我给他的那张是白色的，然而他拿出的那一叠却是绿色的，而且还要大一倍。他说，这才是他的收条。我现在完全明白了我走错了铺子。因为自己一时的疏忽，竟让这诚挚的老人陪我演了两天的滑稽剧，我心里实在有点不过意。我向他道歉，我把我脑筋里所有的在这情形下用得着的德文单字全搜寻出来，老人脸上浮起一片诚挚而会意的微笑，没说什么。然而老太婆却有点生气了，嘴里嘟噜着，拿了一块橡皮用力在我给她的那张纸条上擦，想把她丈夫写上的地址擦了去。我却不敢怨她，她是对的，白白替我担了两天心，现在出出气，也是极应当的事。临走的时候，老头又向我说，要我到西面不远的一家表铺去问问，并且把门牌写给我。按着号数找到了，我才知道，就是我昨天去过的主人有点驼背的那个铺子。除了感激老头的热诚以外，我还能说什么呢？

我沿着康德街走上去，心里仿佛坠上了一块石头。天空里交织着电线，眼前是一条条错综交叉的大街小街，街旁的电灯都亮起来了，一盏盏沿着街引上去，极目处是半面让电灯照得晕红了起来的天空。我不知道柏林究竟有多大，我也不知道我现在在柏林的哪一部分。柏林是大海，我正在这大海里飘浮着，找一个比我自己还要渺小的表。我终于下意识地走到我那位在柏林住过两年朋友的家里去，把两天来找表的经过说给他听；他显出很怀疑的神气，立刻领我出来，到康德街西半的一个表铺里去。离我刚才去过的那个铺子最少有二里路。拿出了收条，立刻把表领出来。一拿到表，我心里有说不出的感觉，我仿佛亲手捉到一个奇迹。我又沿了康德街走回家去。当我想到两天来演的这一幕小小的喜剧，想到那位诚挚的老头用手搔着发亮的头皮的神气的时候，对了这大海似的柏林，我自己笑起来了。

1935 年 12 月 2 日于德国哥廷根

听 诗

——欧游散记之一

自己也不知道为什么，从很早的时候，就常有一幅影像在我眼前晃动：我仿佛看到一个垂老的诗人，在暗黄的灯影里，用颤动幽抑的声音，低低地念出自己心血凝成的诗篇。这颤声流到每个听者的耳朵里，心里，一直到灵魂的深深处，使他们着了魔似的静默着。这是一幅怎样动人的影像呢？然而，在国内，我却始终没有能把这幅影像真真地带到眼前来，转变成一幅更具体的情景。这影像也就一直是影像，陪我走过西伯利亚，来到哥廷根。谁又料到在这沙漠似的哥廷根，这影像竟连着两次转成具体的情景，我连着两次用自己的耳朵听到老诗人念诗。连我自己现在想起来，也像回忆一个充满了神奇的梦了。

当我最初看到有诗人来这里念诗的广告贴出来的时候，我的心喜欢得直跳。念诗的是老诗人宾丁（Rudolf G. Binding），又是一个能引起人们的幻想的名字。我立刻去买了票。我真想不到这古老的小城还会有这样的奇迹。离念诗还有十来天，我每天计算着日子的逝去。在这十来天中，一向平静又寂寞的生活竟也仿佛有了点活气,竟也渲染上了点色彩。虽然照旧每天一个人拖了一条影子,走过一段两旁有粗得惊人的老树的古城墙,到大学去;再拖了影子,经过这段城墙走回家来;然而,心情却意外地觉得多了点什么了。

终于盼到念诗的日子。从早晨就下起雨来。在哥廷根,下雨并不是什么奇事。而且这里的雨还特别腻人。有时会连着下七八天。仿佛有谁把天钻了无数的小孔似的,就这样不急不慢永远是一股劲向下滴。抬头看灰黯的天空,心里便仿佛塞满了棉花似的窒息。今天的雨仍然同以前一样,然而我的心情却似乎有点不同了。我的心里充满了喜悦,仿佛正有一个幸福就在不远的前面等我亲手去捉。在灰黯的不断漏着雨丝的天空里也仿佛亮着幸福的星。

念诗的时间是在晚上。黄昏的时候,就有一位在这里已经住过七年以上的朋友来邀我。我们一同走出去。雨点滴在脸上,透心地凉,使我有深秋的感觉。在昏暗的灯光中,我们摸进女子中学的大礼堂。里面已经挤了上千的人,电灯照得明耀如白昼。这使我多少有点惊奇,又有点失望。我总以为念诗应该在一间小屋中,暗黄的灯影里,只有几个素心人散落地围坐着;应该是梦似的情景。然而眼前的情景却竟是这样子。但这并不能使我灰心,不久我就又恢复了以前的兴头。在散乱嘈杂的声影里期待着。

声音蓦地静下去,诗人已经走了进来。他已经似乎很老了,走路都有点摇晃。人们把他扶上讲台去,慢慢地坐在预备好的椅子上,两手交叉起来,然而不说话。在短短的神秘的寂静中,我的心有点颤抖。接着说了几句引言,论到自由,论到创作。于是就开始念诗。最初的声音很低,微微有点颤动,然而却柔婉得像秋空的流云，像春水的细波，像一切说都说不出的东西。转了几转以后，渐渐地高起来了。每一行不平常的诗句里都仿佛加入了许多新东西，加入了无量更不平常的神秘的力量。仿佛有一颗充满了生命力的灵魂跳动在里面，连我自己的渺小的灵魂也仿佛随了那大灵魂的节律在跳动着。我眼前诗人的影子渐渐地大起来，大起来，一直大到任什么都看不到。于是只剩了诗人的微颤又高亢的声音不知从什么地方飘了来，宛如从天上飞下来的一道电光，从万丈悬崖上注下来的一线寒流，在我的四周舞动。我的眼前只是一片空濛，我什么东西都看不到了。四周的一切都仿佛化成了灰，化成了烟；连自己也仿佛化成了灰，化成了烟，随了那一股神秘的力量飞到不知什么地方去了。

不知多久以后，我的四周蓦地一静。我的心一动，才仿佛从一阵失神里转来一样，发现自己仍然坐在这里听诗。定了定神，向台上看了看，灯光照了诗人脸的一半，黑大的影投在后面的墙上。他的诗已经念完，正预备念小说。现在我眼前的幻影一点也不剩了。我抬头看了看全堂的听者，人人都瞪大了眼睛静默着。又看了看诗人，满脸的皱纹在一伸一缩地跳动着；我们很容易看出这位老人是怎样吃力地读着自己的作品。

小说终于读完了。人们又把这位老诗人扶下讲台。热烈的掌声把他送出去，但仍然不停，又把他拖回来，走到讲台的前面，向人们慢慢地鞠了一个躬，才又慢慢地踱出去。

礼堂里立刻起了一阵骚动：人们都想跟了诗人去请他在书上签字。我同朋友也挤了出去，挤到楼下来。屋里已经填满了人。我们于是就等，用最大的耐心等。终于轮到了自己。他签字很费力，手有点颤抖，签完了，抬眼看了看我，我才发现他的眼睛是异常地大的，而且充满了光辉。也许因为看到我是个外国人的缘故，嘴里喃喃地说了一句什么；但没等我说话，后面的人就挤上来把我挤出屋去，又一直把我挤出了大门。

外面雨还没停。一条条的雨丝在昏暗的路灯下闪着光。地上的积水也凌乱地闪着淡光。那一双大的充满了光辉的眼睛只是随了我的眼光转，无论我的眼光投到哪里去，那双眼睛便冉冉地浮现出来。在寂静的紧闭的窗子上，我会看到那一双眼睛；在远处的暗黑的天空里，我也会看到那双眼睛。就这样陪着我，一直陪我到家，又一直把我陪到梦里去。

这以后不久，又有了第二次听诗的机会。这次念诗的是卜龙克（Hans Friedrich Blunck）。他是学士院的主席，相当于英国的桂冠诗人。论理应当引起更大的幻想，但其实却不然。上次自己可以制造种种影像，再用幻想涂上颜色，因而给自己一点期望的快乐。但这次，既然有了上次的经验，又哪能再凭空去制造影像呢？但也就因了有上次的经验，知道了诗人的诗篇从诗人自己嘴里流出来的时候是有着怎样大的魔力，所以对日子的来临渴望得比上次又不知厉害多少倍了。

在渴望中，终于到了念诗的那天。又是阴沉的天色，随时都有落下雨来的可能。黄昏的时候，我去找那位朋友，走过那一段古老的城墙，一同到大学的大讲堂去。

人不像上次多。讲台的布置也同上次不一样。上次只是极单纯的一张桌子，一把椅子。这次桌子前却挂了国社党的红地黑字的旗子，而且桌子上还摆了两瓶乱七八糟的花。我感到深深的失望的悲哀。我早没有了那在一间小屋中暗黄的灯影里只有几个人听诗的幻影。连上次那样单纯朴质的意味也寻不到踪影了。

最先是一个毛手毛脚的年轻小伙子飞步上台，把右手一扬，开口便说话。嘴鼻子乱动，眼也骨碌骨碌地直转。看样子是想把眼光找一个地方放下，但看到台下有这样许多人看自己，急切又找不到地方放；于是嘴鼻子眼也动得更厉害。我忍不住直想笑出声来。但没等我笑出来，这小伙子，说过几句介绍词之后，早又毛手毛脚地跳下台来了。

接着上去的是卜龙克。他不知道什么时候已经来到这屋里，只从前排的一个位子上站起来就走上台去。他的貌像颇有点滑稽。头顶全秃光了，在灯下直闪光。嘴向右边歪，左嘴角上一个大疤。说话的时候，只有上唇的右半颤动，衬了因说话而引起的皱纹，形成一个奇异的景象。同宾丁一样，说了几句话之后，就开始念自己的诗。但立刻就给了我一个不好的印象。音调不但不柔婉，而且生涩得令人想也想不到，仿佛有谁勉强他来念似的，抱了一肚皮委屈，只好一顿一挫地念下去。我想到宾丁，在那老人的颤声里是有着多样大的魔力呢？但我终于忍耐着。念过几首之后，又念到他采了民间故事仿民歌作的歌。不知为什么诗人忽然兴奋起来，声音也高起来了。在单纯质朴的歌调中，仿佛有一股原始的力量在贯注着。我的心又不知不觉飞了出去，我又到了一个忘我的境界。当他念完了诗再念小说的时候，他似乎异常地高兴，微笑从不曾离开过他的脸。听众不时发出哄堂的笑声，表示他们也都很兴奋。这笑声延长下去，一直到诗人念完了小说带了一脸的微笑走下讲台。

我们又随着人们挤出了大讲堂。外面是阴暗的夜。我们仍然走过那段古城墙。抬头看到那座中世纪留下来的古老的教堂的尖顶，高高地刺向灰暗的天空里去，像一个巨人的影子。同上次一样,诗人的面影又追了我来,就在我眼前不远的地方浮动。同时那位老诗人的有着那一双大而有光辉的眼睛的面影,也浮到眼前来。无论眼前看到的是一棵老树,是树后面一团模糊的山林,但这两个面影就会浮在前面。就这样,又一直把我送到家,又一直把我送到梦里去。

到现在已经一个多月了,每在不经心的时候,一转眼,便有这样两个面影,一前一后地飘过去,这两位诗人的声音也便随着缭绕在耳旁,我的心立刻起一阵轻微的颤动。有人会以为这些纠缠不清的影子对我是一个大的累赘。然而正相反,我自己心里暗暗地庆幸着:从很早的时候就在眼前晃动的那幅影像终于在眼前证实了。自己就成了那影像里的一个听者,诗人的颤声就流到自己的耳朵里,心里,灵魂的深深处,而且还永远永远地埋起来。倘若真是一个梦的话,又有谁否认这不是一个充满了神奇的梦呢!

1936 年 2 月 26 日于德国哥廷根

辑 五

学 问

研究学问的三个境界

王国维在他著的《人间词话》里说了一段话:

古今之成大事业大学问者,必经过三种之境界:"昨夜西风凋碧树,独上高楼,望尽天涯路。"此第一境也。"衣带渐宽终不悔,为伊消得人憔悴。"此第二境也。"众里寻他千百度,回头蓦见那人又在灯火阑珊处。"此第三境也。

尽管王国维同我们在思想上有天渊之别,他之所谓"大学问""大事业",也跟我们了解的不完全一样。但是这一段话的基本精神,我们是可以同意的。

现在我就根据自己一些经验和体会来解释一下王国维的这一段活。

"昨夜西风凋碧树,独上高楼,望尽天涯路。"意思是:在秋天里,夜里吹起了西风,碧绿的树木都凋谢了。树叶子一落,一切都显得特别空阔。一个人登上高楼,看到一条漫长的路,一直引到天边,不知道究竟有多么长。王国维引用这几句词,形象地说明了一个人立志做一件事情时的情景。志虽然已经立定,但是前路漫漫,还看不到什么具体的东西。

说明第二个境界的那几句词引白欧阳修的《蝶恋花》。王国维只是借用那两句话来说明：在工作进行中，一定要努力奋斗，刻苦钻研，日夜不停，坚持不懈，以致身体瘦削，连衣裳的带子都显得松了。但是，他（她）并不后悔，仍然是勇往直前，不顾自己的憔悴。

在三个境界中，这可以说是关键。根据我自己的体会，立志做一件事情以后，必须有这样的精神，才能成功。无论是在对自然的斗争中，还是在阶级斗争中，要想找出规律，来进一步推动工作，都是十分艰巨的事情，就拿我们从事教育和科学研究工作的人来说吧，搞自然科学的，既要进行细致深入的实验，又要积累资料。搞社会科学的，必须积累极其丰富的资料，并加以细致的分析和研究。在工作中，会遇到层出不穷的意想不到的困难，我们一定要坚忍不拔，百折不回。决不容许有任何侥幸求成的想法，也不容许徘徊犹豫。只有这样，才能得到最后的成功。

工作是艰苦的，工作的动力是什么呢？对王国维来说，工作的动力也许只是个人的名山事业。但是，对我们来说，动力应该是建设社会主义社会和共产主义社会。所以，我们今天的工作动力同王国维时代比起来，真有天渊之别了。

所谓不顾身体的瘦削，只是形象的说法，我们决不能照办。在王国维时代，这样说是可以的。但是到了今天，我们既要刻苦钻研，同时又要锻炼身体。一马万马的关系必须正确处理。

此外，我们既要自己钻研，同时也要兢兢业业地向老师学习。打一个不太确切的比喻，老师和学生一教一学，就好像是接力赛跑，一棒传一棒，跑下去，最后达到目的地。我们之所以要尊师，就是因为老师在一定意义上是跑前一棒的人。一方面，我们要从他手里接棒;另一方面,我们一定会比他跑得远,这就是所谓"青出于蓝,而胜于蓝"。

说明第三个境界的词引自辛弃疾的《青玉案·元夕》。意思是:到处找他(她),也不知道找了几百遍几千遍,只是找不到。猛一回头,那人原来就在灯火不太亮的地方。中国旧小说常见的"踏破铁鞋无觅处,得来全不费工夫",表达的也是这个意思。王国维引用这几句词,来说明获得成功的情形。一个人既然立下大志做一件事情,于是就苦干、实干、巧干。但是什么时候才能成功呢?对于这个问题大可以不必过分考虑。只要努力干下去,而方法又对头,干得火候够了,成功自然就会到你身边来。

这三个境界,一般地说起来,是与实际情况相符的。就王国维所处的时代来说,他在科学研究方面所获得的成绩是极其辉煌的。他这一番话,完全出自亲自的体会和经验,因此才这样具体而生动。

到了今天,社会大大地进步了,我们的学习条件大大地改善了,我们的学习动力也完全不一样了。我们都应该立下雄心大志,一定要艰苦奋斗,攀登科学的高峰。

(摘自《季羡林谈读书治学》)

略说中国传统文化及其特点

说在中国传统文化的宝库中,中国传统道德是最重要的一部分内容,这话完全正确。因为从世界各国来看,像中国这样几千年如一日重视伦理道德的还没有第二个国家。什么叫做中国传统道德?或者说中国传统道德有哪些内容呢?这个问题很复杂,每个人的回答都可能不一样。我讲讲自己的看法,我想这里面起码应包括这么几部分内容。

第一,正如我的老师——清华大学陈寅恪教授曾经说过的《白虎通》当中的"三纲六纪"是中国文化的精华。什么叫"三纲"呢?就是君臣、父子、夫妇。他讲的当然是君为臣纲,父为子纲,夫为妻纲。这里边有糟粕,如夫妻应该是平等的,怎么男人成了女人的纲了呢?这个我们先不讲它。"六纪",一是诸父,就是父亲的兄弟姊妹;二是兄弟;三是族人;四是诸舅,就是母亲家的人;五是师长;六是朋友。他说,这"三纲六纪"是中国文化的中心,我看他的话很有道理。因为人类自有社会以来,必然要有一种规则来维系,不然的话社会就会乱七八糟。现在马路上为什么要有交通警?为什么要有红绿灯?这就是一种规则,一种规章制度，要求大家都来遵守，这样社会生活才能进行。要是没有这些规则，社会生活就不能进行。《白虎通》的"三纲六纪"，把当时社会所有的人际关系都规定了。

第二，我们的文化还有一个提法，是我们的特点，就是"格、致、正、诚、修、齐、治、平"。意思就是格物、致知、正心、诚意、修身、齐家、治国、平天下八个步骤。先从自己开始格物，就是了解事物，了解以后致知，把规律找出来，正心、诚意就不用讲了，修身就是修自己，然后齐家，把家治好，然后再治国，治国以后是平天下。就是从个人内心一直到天下。那么，什么叫国，什么叫天下呢？在周代来讲，像齐国、燕国、郑国等国是国，天下则指整个周代的中国，现在像中国、日本叫国，天下就是世界。个人要从内心出发，正心、诚意，一直推到治国、平天下。这套系统的步骤，属于伦理道德范畴，也属于政治范畴，是其他任何国家所没有的。

第三，"礼义廉耻，国之四维"。就是说，礼义廉耻是国家的四个支柱。除了这个提法外，古人还提出了"孝悌忠信，礼义廉耻"，等说法，意思都差不多。

上述三个方面是古代伦理道德最先最主要的内容。懂得了这三个方面的内容，大体就了解了中国伦理道德最基本的内容。我们的道德伦理又全面又有体系，其他的内容当然就多了，需要写一部中国伦理学史来阐述。

中国传统道德是中国传统文化当中最精华的内容，它在世界人类文明遗产中的特殊性非常之明显。为什么这么说呢？因为世界上任何国家，从古希腊一直到古印度，尽管每个国家都有自己的道德规范，每个民族都有自己的道德规范，可是内容这么全面、年代这么久远、涉及面这么广泛的道德规范，在全世界来看，中国是唯一的。现在中国周围这些国家，像日本、韩国、越南等，有一个名词叫汉文化圈，属于汉文化圈的国家基本上都受我国的影响。

我们一向讲中国是四大文明古国之一。现在我们的考古发现越多，就越证明我们的历史长久。随着考古学的不断进步，我估计将来考古发现不但有夏、有禹，一定还会有更古的尧、舜，还要往上发展。总而言之，我的看法是考古发现越多，我们的历史越长。这是从形成的历史时间看。

那么从具体内容上看，我们民族的特点就更明显了。

比如"孝"这个概念，"三纲五常"里面都有。除了中国以外，全世界各国都没有这么具体。何以证之呢？可以看一看欧洲现在社会的情况跟我们作比较。当然现在青年人也不像以前那样愚忠愚孝，"割肉疗母"我们也不提倡，可是就拿眼前来讲，我们中国的青年人还比世界各国的要孝得多，虽然程度不如以前了。我是研究语言的，有件事情很有意思：把"孝"这个词翻译为英语，用一个词翻译不出来，得用两个词。什么原因呢？因为虽然不能说外国没有孝，但是孝并非作为一个很重要的概念，所以译过去就得用两个词。英文里面两个什么词呢？就是儿女的"虔诚"与"尊敬"，而在中文中，光一个孝就够了。这就说明"孝"这个词有中国的特点。

我认为中国伦理道德中有两点值得提倡，第一点是讲气节、骨气。一个人要有骨头。我们现在不是还讲解放军硬骨头六连吗？文章也讲风骨。骨头本来是讲一种生理的东西，用到人身上，就是指人要讲气节。孟子就讲："富贵不能淫，贫贱不能移，威武不能屈,此之谓大丈夫。"富贵我们也不怕,贫贱我们也不怕,威武我们也不怕,这在别的国家是没有的。就是说作为一个人,我有我的人格,顶天立地,不管你多大的官,多么有钱,你做得不对我照样不买你的账。例子很多。《三国演义》里有个祢衡敢骂曹操,不怕他能杀人。近代的章太炎,他就敢在袁世凯住进中南海称帝时,到中南海新华门前骂袁称帝。这种骨气别的国家也不提倡。"骨气"这个词也不好译,翻成英文也得用两个词:道德的"反抗的力量"或者"不屈不挠的力量",我们用一个"气节""骨气",多么简洁明了。我们中国的小说中,随便看看,都有像祢衡这样的人。我们为什么崇拜包公?就是因为他威武不能屈。皇帝掌握生杀大权,但皇帝做错了,包公照样不买账;达官显贵虽然有钱有势,包公也照样不买账。这种品行外国是不提倡的。

我常对年轻人讲,不仅在国内要有人格,不能一见钱就什么都不讲了,出国也要有国格,不能忘记自己是中国人,不能忘记国格。

第二点是爱国主义。世界上真正提倡爱国主义的是中国。比如苏武北海牧羊而气节不改的故事,连小孩都知道。写《满江红》的抗金英雄岳飞,他的爱国精神更是历代传颂,后人在杭州西湖边专给他盖了一座庙。又如文天祥,谁都知道他的名言"人生自古谁无死,留取丹心照汗青",全国都有他的祠堂。近代、现代的爱国英雄也多得很,如抗日战争中的张自忠、佟麟阁,等等。

当然,我们讲爱国主义要分场合,例如,抗日战争里,我们中国喊爱国主义是好词,因为我们是正义的,是被侵略、被压迫的。压迫别人、侵略别人、屠杀别人的"爱国主义"是假的，是军国主义、法西斯。所以我们讲爱国主义要讲两点：一是我们决不侵略别人，二是我们决不让别人侵略。这样爱国主义就与国际主义、与气节联系上了。

关于中国传统道德在世界文明史中的地位问题，我想最好先举例来说明。大家都知道《歌德谈话录》这本书，在1827年1月31日歌德与爱克曼的谈话录中，歌德说，我今天看了一本中国的书：《好逑传》。中国人了不起，在中国人眼中，人跟宇宙合二为一（这是我这几年宣传的人与大自然和谐），男女谈情说爱，相互彬彬有礼，那么和谐、和睦，这个境界我们西方没有。可以说，《好逑传》在中国文学史上最多与《今古奇观》处在一个水平上，甚至中国文学史也不会写它。可是传到欧洲，当时欧洲文化的第一代表人歌德却大加赞美，但他是有根据的。虽然我国这类才子佳人题材的小说有些理想化，像《西厢记》，但是在当时的西方文化泰斗看来，起码中国作者心中的境界是很高的。歌德指出的这一点不是很值得我们回味吗？我认为，从世界文化的发展趋向看，中国文化包括中国道德的精华，在二十一世纪会在人类精神文明的发展中，发挥更重要的作用。这是我所期望的。

21世纪：东方文化的时代

人类创造的文明或文化从世界范围来说可分为东方文化和西方文化两大体系，每一个文明或文化都有一个诞生、成长、发展、衰落、消逝的过程，不可能是一成不变的。从人类的全部历史来看，我认为，东方文化和西方文化的关系是：三十年河东，三十年河西。目前流行全世界的西方文化并非历来如此，也绝不可能永远如此，到了21世纪，三十年河西的西方文化将逐步让位于三十年河东的东方文化，人类文化的发展将进入一个新的时期。

为什么我认为到了21世纪西方文化将让位于东方文化呢？我是从东西方文化的基础的最根本的差别在于思维方式不同这一点来考虑的。东方的思维方式、东方文化的特点是综合；西方的思维方式、西方文化的特点是分析。举个最简单的例子，从我们坐的凳子来说，看看太和殿皇帝的宝座，四方光板，左不能靠，右不能靠，后又不能靠，坐久了会很不舒服。再看看西方人坐的凳子，中间一道略为隆起，两边稍凹，这样坐着会很舒服，但要换个姿势就会硌得难受。而我们太和殿的宝座，光板一块，虽然坐久了不舒服。但是用什么姿势坐都可以。从这件小事，可说明东方人的思维和西方人不一样，在西方，从伽利略以来的四百年中，西方的自然科学走的是一条分析的道路，越分越细，现在已经分到层子（夸克），而且有人认为分析还没有到底，还能往下分。东方人则是综合的思维方式。用哲学家的语言说即是西方是一分为二，东方是合二为一。

在这方面，自然科学界和哲学界是有争论的。物质是无限可分的吗？有不少人相信庄子的话："一尺之棰，日取其半，万世不竭。"果真如此，则西方的分析方法、西方的思维方式、西方的文化就能永远存在下去，越分越琐细以致无穷，西方文化的光芒也就越辉煌。"三十年河东，三十年河西"这一条人类历史发展启示的规律就要被扬弃。但是庄子所说的是一个数学概念，我所说的分析是物理概念，二者不可混同。

国际上对物质是否无限可分也有两派之争。反对物质无限性观点的代表、大科学家海森堡（Heisenberg）认为物质不是永远可分的，最后有个界限，这个界限是夸克，称之为夸克封闭。其理由是夸克虽能被电子对撞机击碎，但击碎后仍是夸克，并未产生出新的物质。国内金吾伦同志著有《物质可分性新论》，也主张夸克封闭。我是同意这种看法的，因为对物质永远可分的这个观点现在无法证实。我认为夸克现在不能封闭，但将来总有一天要封闭的。我们的一切文明、一切文化现象甚至科技不同于西方。即使是数学，看起来应该是东西方没有差别，一加三等于四，而且还有公式，但是前两年我在自然辩证法通讯中，看到中科院数学所吴文俊教授对《九章》一书所写的序言里讲到东方和西方解决数学问题的方法不一样。对数学这个自然科学的基础尚且不一样，何况其他科学？

多年前，我就讲过 21 世纪是东方的世纪。西方在资本主义发展到帝国主义阶段，自认为是天之骄子，第一次世界大战从 1914 年打到 1918 年，基本上是欧洲人打欧洲人，战后二十年代初期，欧洲思想界出现了反思的热潮，他们思考的是为何自认为文化至高无上的欧洲都要自相残杀？看来西方不行了，要看东方。有本风行一时的书叫《欧洲的没落》，说欧洲要垮台、要灭亡，仰望东方。当时中国的《老子》《庄子》非常流行，《老子》德文译本有五六十种。有一位我认识的牙医，既非汉学家，又非文学家，却凭着一本字典、一股傻劲硬是把《老子》翻译了一遍。这说明当时不论是否搞哲学都向东方看齐。第二次世界大战打了六年，死的人比一战还要多。战后，欧洲再次出现一股眼望东方的反思热潮。当时除《老子》《庄子》外，又增加了禅宗、中医、《易经》，还有印度大乘佛教。一位英国的史学家汤因比在他所著的《历史研究》中，把各国民族的历史作了个总结，他认为人类共同创造了 23 个或 26 个文明，每个文明或文化都有其诞生、生长、繁荣、衰微、消逝的过程，没有任何一种文明或文化可以贯穿千秋。从他的哲学基础出发得出的结论是西方的文化将来要消灭。至今欧美思想界仍感觉他的反思比较深沉。

我们还可以从 20 世纪后半期西方兴起的几种新的科学模糊学、混沌学中进一步的说明。模糊学是从模糊数学开始的，以后又有模糊逻辑、模糊语言……就说模糊语言，我们天天开口讲话，从未怀疑过自己的语言是模糊的，但是说天气好，怎么叫好？天气暖，怎么叫暖？长得高，怎么叫高？这件事情好，怎么叫好？都是模糊的。我们可以对这些问题仔细分析、追根到底，但是要讲清楚却很难。混沌学被誉为继爱因斯坦的相对论和普朗克的量子力学之后 20 世纪科学的第三个伟大的发现。关于混沌学，美国学者格莱克写过一本书《混沌：开创新科学》，此书有汉译本，我国周文斌先生在 1990 年 11 月 8 日《光明日报》写有书评，文中有一段话说："混沌学是关于系统的整体性质的科学，它扭转科学中简化论的倾向，即只从系统的组成零件夸克、染色体或神经元来作分析的倾向，而努力寻求整体，寻求复杂系统的普遍行为。它把相距甚远各方面的科学家带到了一起，使以往的那种分工过细的研究方法发生了戏剧性的倒转，亦使整个数理科学开始改变自己的航向。它揭示了有序与无序的统一，确定性与随机性的统一，是过程的科学而不是状态的科学，是演化学而不是存在的科学。它覆盖面之广，几乎涉及自然科学与社会科学的各个领域。"为什么在 20 世纪后半期，西方有识之士开创了与西方文化整个背道而驰的模糊学、混沌学呢？这说明他们已经痛感西方分析的思维方式不行了。世上万事万物没有绝对的、百分之百的正确，金无足赤、人无完人，绝对的好、绝对的美是不存在的，一切都是相对的。分析的方法有限度，要把一切都弄得清清楚楚是办不到的。必须改弦更张、另求出路，这样人类文化才能继续向前发展。

我说三十年河东，三十年河西，许多事情就是这样。从整个世纪来看中国文化在世界上占领导地位，这是东方，三十年河东。到明朝末年、西方文化自天主教传人起，至今几百年了，西方资本主义的物质文明给人类带来很大的福利，但另一方面也带来灾难，癌症、艾滋病、淡水资源短缺、环境污染、生态平衡的破坏等等。这些灾难中任何一个解决不了，人类就难以继续生存。怎么办？人类到了今天，三十年河西要过，我们就像接力赛一样，在西方文化的基础上，接过这一棒，用东方文化的综合思维方式解决这些问题，去除掉这些弊端。所谓综合，就是整体观念、普遍联系这八个字。西方的哲学思维是只见树木不见森林，只从个别细节上穷极分析，而对这些细节之间的联系则缺乏宏观的概括，认为一切事物都是一清如水，而实际情况并非如此。我认为中国的东方的思维方式从整体着眼，从事物之间的联系着眼更合乎辩证法的精神。就像中医治病是全面考虑、多方照顾，一服中药，药分君臣，症治关键，医头痛从脚上下手，较西医的头痛治头、脚痛治脚更合乎辩证法。

总之，我认为，西方形而上学的分析已快走到尽头，而东方的寻求整体的综合必将取而代之。以分析为基础的西方文化也将随之衰微，代之而起的必然是以综合为基础的东方文化。"取代"不是"消灭"，而是在过去几百年来西方文化所达到的水平的基础上，用东方的整体着眼和普遍联系的综合思维方式，以东方文化为主导，吸收西方文化中的精华，把人类文化的发展推向一个更高的阶段。这种取代，在 21 世纪中就可见分晓。21 世纪，东方文化的时代，这是不以人们的主观愿望为转移的客观规律。

我和外国文学

要想谈我和外国文学,简直像"一部十七史,不知从何处谈起"。

我从小学时期起开始学习英文,年龄大概只有十岁吧。当时我还不大懂什么是文学,只朦朦胧胧地觉得外国文很好玩而已。记得当时学英文是课余的,时间是在晚上。现在留在我的记忆里的只是在夜课后,在黑暗中,走过一片种满了芍药花的花畦,紫色的芍药花同绿色的叶子化成了一个颜色,清香似乎扑入鼻官。从那以后,在几十年的漫长的岁月中,学习英文总同美丽的芍药花联在一起,成为美丽的回忆。

到了初中,英文继续学习。学校环境异常优美,紧靠大明湖,一条清溪流经校舍。到了夏天,杨柳参天,蝉声满园。后面又是百亩苇绿,十里荷香,简直是人间仙境。我们的英文教员水平很高,我们写的作文,他很少改动,而是一笔勾销,自己重写一遍。用力之勤,可以想见。从那以后,我学习英文又同美丽的校园和一位古怪的老师联在一起,也算是美丽的回忆吧。

到了高中,自己已经十五六岁了,仍然继续学英文,又开始学了点德文。到了此时,才开始对外国文学发生兴趣。但是这个启发不是来自英文教员,而是来自国文教员。高中前两年,我上的是山东大学附设高中。国文教员王崑玉先生是桐城派古文作家,自己有文集。后来到山东大学做了讲师。我们学生写作文,当然都用文言文,而且尽量模仿桐城派的调子。不知怎么一来,我的作文竟受到他的垂青。什么"亦简劲,亦畅达"之类的评语常常见到,这对于我是极大的鼓励。高中最后一年,我上的是山东济南省立高中。经过了五卅惨案,学校地址变了,空气也变了,国文老师换成了董秋芳(冬芬)、夏莱蒂、胡也频等等,都是有名的作家。胡也频先生只教了几个月,就被国民党通缉,逃到上海,不久就壮烈牺牲。以后是董秋芳先生教我们。他是北大英文系毕业,曾翻译过一本短篇小说集《争自由的波浪》,鲁迅写了序言。他同鲁迅通过信,通信全文都收在《鲁迅全集》中。他虽然教国文,却是外国文学出身,在教学中自然会讲到外国文学的。我此时写作文都改用白话,不知怎么一来,我的作文又受到董老师的垂青。他对我大加赞誉,在一次作文的评语中,他写道,我同另一个同级王峻岭(后来入北大数学系)是全班、全校之冠。这对一个十七八岁的青年来说,更是极大的鼓励。从那以后,虽然我思想还有过波动,也只能算是小插曲。我学习文学,其中当然也有外国文学的决心,就算是确定下来了。

在这时期,我曾从日本东京丸善书店订购过几本外国文学的书。其中一本是英国作者吉卜林的短篇小说。我曾着手翻译过其中的一篇,似乎没有译完。当时一本洋书值几块大洋,够我一个月的饭钱。我节衣缩食,存下几块钱,写信到日本去订书,书到了,又要跋涉十几里路到商埠去"代金引换"。看到新书,有如贾宝玉得到通灵宝玉,心中的愉快,无法形容。总之,我的兴趣已经确定,这也就确定了我以后学习和研究的方向。

考上清华以后,在选择系科的时候,不知是由于什么原因,我曾经一阵心血来潮,想改学数学或者经济。要知道我高中读的是文科,几乎没有学过数学。入学考试数学分数不到十分。这样的成绩想学数学岂非滑天下之大稽!愿望当然落空。一度冲动之后,我的心情立即平静下来:还是老老实实,安分守己,学外国文学吧。

清华大学西洋文学系,实际上是以英国文学为主,教授,不管是哪一国人,都用英语讲授。但是又有一个古怪的规定:学习英、德、法三种语言中任何一种,从一年级学到四年级,就叫什么语的专门化。德文和法文从字母学起,而大一的英文一上来就念J. 奥斯丁的《傲慢与偏见》,可见英文的专门化同法文和德文的专门化,完全是不可同日而语的。四年的课程有文艺复兴文学、中世纪文学、现代长篇小说、莎士比亚、欧洲文学史、中西诗之比较、英国浪漫诗人、中古英文、文学批评等等。教大一英文的是叶公超,后来当了国民党的外交部部长。教大二的是毕莲(Miss Bille),教现代长篇小说的是吴可读(英国人),教东西诗之比较的是吴宓,教中世纪文学的是吴可读,教文艺复兴文学的是温特(Winter),教欧洲文学史的是翟孟生(Jameson),教法文的是Holland小姐,教德文的是杨丙辰、艾克(Ecke)、石坦安(Von den Steinen)。这些外国教授的水平都不怎么样,看来都不是正途出身,有点野狐谈禅的味道。费了四年的时间,收获甚微。我还选了一些其他的课,像朱光潜的文艺心理学,陈寅恪的佛经翻译文学,朱自清的陶渊明诗等等,也曾旁听过郑振铎和谢冰心的课。这些课程水平都高,至今让我忆念难忘的还是这一些课程,而不是上面提到的那一些"正课"。

从上面的选课中可以看出,我在清华大学四年,兴趣是相当广的,语言、文学、历史、宗教几乎都涉及了。我是德文专门化的学生,从大一德文,一直念到大四德文,最后写论文还是用英文,题目是"The Early Poems of Hlderlin",指导教师是艾克。内容已经记不清楚,大概水平是不高的。在这期间,除了写作散文以外,我还翻译了德莱塞的《旧世纪还在新的时候》,屠格涅夫的《玫瑰是多么美丽,多么新鲜呵……》,史密斯(Smith)的《蔷薇》,杰克逊(H. Jackson)的《代替一篇春歌》,马奎斯(D. Marquis)的《守财奴自传序》,索洛古勃(Sologub)的一些作品,荷尔德林的一些诗,其中《玫瑰是多么美丽,多么新鲜呵……》《代替一篇春歌》《蔷薇》等几篇发表了,其余的大概都没有刊出,连稿子现在都没有了。

此时我的兴趣集中在西方的所谓"纯诗"上。但是也有分歧。纯诗主张废弃韵律,我则主张诗歌必须有韵律,否则叫任何什么名称都行,只是不必叫诗。泰戈尔是主张废除韵律的,他的道理并没有能说服我。我最喜欢的诗人是法国的魏尔兰、马拉美和比利时的维尔哈伦等。魏尔兰主张:首先是音乐,其次是明朗与朦胧相结合。这符合我的口味。但是我反对现在的所谓"朦胧诗"。我总怀疑这是"英雄欺人",以艰深文浅陋。文学艺术都必须要人了解,如果只有作者一个人了解(其实他自己也不见得就了解),那何必要文学艺术呢?此外,我还喜欢英国的所谓

"形而上学诗"。在中国，我喜欢的是六朝骈文，唐代的李义山、李贺，宋代的姜白石、吴文英，都是唯美的，讲求词藻华丽的。这个嗜好至今仍在。

在这四年期间，我同吴雨僧（宓）先生接触比较多。他主编天津《大公报》的一个副刊，我有时候写点书评之类的文章给他发表。我曾到燕京大学夜访郑振铎先生，同叶公超先生也有接触，他教我们英文，喜欢英国散文，正投我所好。我写散文，也翻译散文。曾有一篇《年》发表在与叶有关的《学文》上，受到他的鼓励，也碰过他的钉子。我常常同几个同班访问雨僧先生的藤影荷声之馆。有名的水木清华之匾就挂在工字厅后面。我也曾在月夜绕过工字厅走到学校西部的荷塘小径上散步，亲自领略朱自清先生《荷塘月色》描绘的那种如梦如幻的仙境。

我在清华时就已开始对梵文发生兴趣。旁听陈寅恪先生的佛经翻译文学更加深了我的兴趣。但由于当时没有人教梵文，所以空有这个愿望而不能实现。1935年深秋，我到了德国哥廷根，才开始从瓦尔德施密特（Waldschmidt）教授学习梵文和巴利文。后又从西克（E. Sieg）教授学习吠陀和吐火罗文。梵文文学作品只在授课时作为语言教材来学习。二次世界大战爆发，瓦尔德施密特被征从军，西克以耄耋之年出来代他授课。这位年老的老师亲切和蔼，恨不能把自己的一切学问和盘托出来，交给我这个异域的青年。他先后教了我吠陀、《大疏》，吐火罗语。在文学方面，他教了我比较困难的檀丁的《十王子传》。这一部用艺术诗写成的小说实在非常古怪。开头一个复合词长达三行，把一个需要一章来描写的场面细致地描绘出来了。我回国以后之所以翻译

《十王子传》，基因就是这样形成的。当时我主要是研究混合梵文，没有余暇来搞梵文文学，好像是也没有兴趣。在德国十年，没有翻译过一篇梵文文学著作，也没有写过一篇论梵文文学的文章。现在回想起来，也似乎从来没有想到要研究梵文文学。我的兴趣完完全全转移到语言方面，转移到吐火罗文方面去了。

　　1946年回国，我到北大来工作。我兴趣最大、用力最勤的佛教梵文和吐火罗文的研究，由于缺少起码的资料，已无法进行。我当时有一句口号，叫做："有多大碗，吃多少饭。"意思是说，国内有什么资料，我就做什么研究工作。巧妇难为无米之炊。不管我多么不甘心，也只能这样了。我就是在这种情况下来翻译文学作品的。解放初期，我翻译了德国女小说家安娜·西格斯的短篇小说。西格斯的小说，我非常喜欢。她以女性特有的异常细致的笔触，描绘反法西斯的斗争，实在是优秀的短篇小说家。以后我又翻译了迦梨陀娑的《沙恭达罗》和《优哩婆湿》，翻译了《五卷书》和一些零零碎碎的《佛本生故事》等。直至此时，我还并没有立志专门研究外国文学。我用力最勤的还是中印文化关系史和印度佛教史。我努力看书，积累资料。50年代，我曾想写一部《唐代中印关系史》，提纲都已写成，可惜因循未果。"十年浩劫"中，资料被抄，丢了一些，还留下了一些，我已兴趣索然了。在浩劫之后，我自忖已被打倒在地，命运是永世不得翻身。但我又不甘心无所事事，白白浪费人民的小米，想找一件能占住自己的身心而又能旷日持久的翻译工作，从来也没想到出版问题。我选择的结果就是印度大史诗《罗摩衍那》。大概从1973年开始，在看门房、守电话之余，着手翻译。我一定要译文押韵。但有时候找一个适当的韵脚又异常困难，我就坐在门房里，看着外面来来往往的人，大半都不认识，只见眼前人影历乱，我脑筋里却想的是韵脚。下班时要走四十分钟才能到家，路上我仍搜索枯肠，寻求韵脚，以此自乐，实不足为外人道也。

上面我谈了六十年来我和外国文学打交道的经过。原来不知从何处谈起，可是一谈，竟然也谈出了不少的东西。记得什么人说过，只要塞给你一支笔，几张纸，出上一个题目，你必然能写出东西来。我现在竟成了佐证。可是要说写得好，那可就不见得了。

究竟怎样评价我这六十年中对外国文学的兴趣和所表现出来的成绩呢？我现在谈一谈别人的评价。1980年，我访问联邦德国，同分别了将近四十年的老师瓦尔德施密特教授会面，心中的喜悦之情可以想见。那时期，我翻译的《罗摩衍那》才出了一本。我就带了去送给老师。我万没有想到，他板起脸来，很严肃地说："我们是搞佛教研究的，你怎么弄起这个来了！"我了解老师的心情，他是希望我在佛教研究方面能多做出些成绩。但是他哪里能了解我的处境呢？我一无情报，二无资料，我是不得已而为之的。只是到了最近五六年，我两次访问联邦德国，两次访问日本，同外国的渠道逐渐打通，同外国同行通信、互赠著作，才有了一些条件，从事我那有关原始佛教语言的研究，然而人已垂垂老矣。

前几天，我刚从日本回来。在东京时，以东京大学名誉教授中村元博士为首的一些日本学者为我布置了一次演讲会。我讲的题目是"和平和文化"。在致开幕词时，中村元把我送给他的八大本汉译《罗摩衍那》提到会上，向大家展示。他大肆吹嘘了一通，说什么世界名著《罗摩衍那》外文译本完整的，在过去一百多年内只有英文，汉文译本是第二个全译本，有重要意义。日本、美国、苏联等国都有人在翻译，汉译本对日本译本会有极大的鼓励作用和参考作用。

中村元教授同瓦尔德施密特教授的评价完全相反。但是我决不由于瓦尔德施密特的评价而沮丧，也决不由于中村元的评价而发昏。我认识到翻译这本书的价值，也认识到自己工作的不足。由于别的研究工作过多，今后这样大规模的翻译工作大概不会再干了。难道我和外国文学的缘分就从此终结了吗？决不是的。我目前考虑的有两件工作：一是翻译一点《梨俱吠陀》的抒情诗，这方面的介绍还很不够。二是读一点古代印度文艺理论的书。我深知外国文学在我们国家精神文明建设中的重要性，也深知我们研究的深度和广度都有待于大大地提高。不管我其他工作多么多，我的兴趣多么杂，我决不会离开外国文学这一块阵地的，永远也不会离开。

1986 年 5 月 31 日

漫谈散文

对于散文，我有偏爱，又有偏见。为什么有偏爱呢？我觉得在各种文学体裁中，散文最能得心应手，灵活圆通。而偏见又何来呢？我对散文的看法和写法不同于绝大多数的人而已。

我没有读过《文学概论》一类的书籍，我不知道，专家们怎样界定散文的内涵和外延。我个人觉得，"散文"这个词儿是颇为模糊的。最广义的散文，指与诗歌对立的一种不用韵又没有节奏的文体。再窄狭一点，就是指与骈文相对的，不用四六体的文体。更窄狭一点，就是指与随笔、小品文、杂文等名称混用的一种出现比较晚的文体。英文称这为"Essay, familiar essay"，法文叫"Essai"，德文是"Essay"，显然是一个字。但是这些洋字也消除不了我的困惑。查一查字典，译法有多种。法国蒙田的Essai，中国译为"随笔"，英国的Familiar essay，译为"散文"或"随笔"，或"小品文"。中国明末的公安派或竟陵派的散文，过去则多称之为"小品"。我堕入了五里雾中。

子曰："必也正名乎！"这个名，我正不了，我只好"王顾左右而言他"。中国是世界上散文第一大国，这决不是"王婆卖瓜",是必须承认的事实。在西欧和亚洲国家中,情况也有分歧。英国散文名家辈出,灿若列星。德国则相形见绌,散文家寥若晨星。印度古代,说理的散文是有的,抒情的则如凤毛麟角。世上万事万物有果必有因,这种情况的原因何在呢?我一时还说不清楚,只能说,这与民族性颇有关联。再进一步,我就穷辞了。

这且不去管它,我只谈我们这个散文大国的情况,而且重点放在眼前的情况上。五四运动是中国近代史上的一件大事,在文学范围内,改文言为白话,也是中国文学史上的一件大事。七十多年以来,中国文学创作取得了长足的进步。但是,据我个人的看法,各种体裁间的发展是极不平衡的。小说,包括长篇、中篇和短篇,以及戏剧,在形式上完全西化了。这是福?是祸?我还没见到有专家讨论过。我个人的看法是,现在的长篇小说的形式,很难说较之中国古典长篇小说有什么优越之处。戏剧亦然,不必具论。至于新诗,我则认为是一个失败。至今人们对诗也没能找到一个形式。既然叫诗,则必有诗的形式,否则可另立专名,何必叫诗?在专家们眼中,我这种对诗的见解只能算是幼儿园的水平,太平淡低下了。然而我却认为,真理往往就存在于平淡低下中。你们那些恍兮惚兮高深玄妙的理论"只堪自怡悦",对于我却是"只等秋风过耳边"了。

这些先不去讲它,只谈散文。简短截说,我认为五四运动以来中国文坛上最成功的是白话散文,个中原因并不难揣摩。中国有悠久雄厚的散文写作传统,所谓经、史、子、集四库中都有极为优秀的散文,为世界上任何国家所无法攀比。散文又没有固定的形式。于是作者如林,佳作如云,有如八仙过海,各显神通。旧日士子能背诵几十篇上百篇散文者,并非罕事,实如家常便饭。五四以后，只需将文言改为白话，或抒情，或叙事，稍有文采，便成佳作。窃以为，散文之所以能独步文坛，良有以也。

但是，白话散文的创作有没有问题呢？有的，或者甚至可以说，还不少。常读到一些散文家的论调，说什么："散文的诀窍就在一个'散'字。""散"字，松松散散之谓也。又有人说："随笔的关键就在一个'随'字。""随"者，随随便便之谓也。他们的意思非常清楚：写散文随笔，可以随便写来，愿意怎样写，就怎样写。愿意下笔就下笔，愿意收住就收住。不用构思，不用推敲。有些作者自己有时也感到单调与贫乏，想弄点新鲜花样；但由于腹笥贫瘠，读书不多，于是就生造词汇，生造句法，企图以标新立异来济自己的贫乏。结果往往是，虽然自我感觉良好，可是读者偏不买你的账，奈之何哉！读这样的散文，就好像吃掺上沙子的米饭，吐又吐不出，咽又咽不下，进退两难，啼笑皆非。你千万不要以为这样的文章没有市场。正相反，很多这样的文章堂而皇之地刊登在全国性的报刊上。我回天无力，只有徒唤奈何了。

要想追究产生这种现象的原因，也并不困难。世界上就有那么一些人，总想走捷径，总想少劳多获，甚至不劳而获。中国古代的散文，他们读得不多，甚至可能并不读，外国的优秀散文，同他们更是风马牛不相及。而自己又偏想出点风头，露一两手。于是就出现了上面提到的那样非驴非马的文章。

我在上面提到我对散文有偏见，又几次说到"优秀的散文"，我的用意何在呢？偏见就在"优秀"二字上。原来我心目中的优秀散文，不是最广义的散文，也不是"再窄狭一点"的散文，而是"更窄狭一点"的那一种。即使在这个更窄狭的范围内，我还有更更窄狭的偏见。我认为，散文的精髓在于"真情"二字，这二字也可以分开来讲：真，就是真实，不能像小说那样生编硬造；情，就是要有抒情的成分。即使是叙事文，也必有点抒情的意味，平铺直叙者为我所不取。《史记》中许多《列传》，本来都是叙事的，但是，在字里行间，洋溢着一片悲愤之情，我称之为散文中的上品。贾谊的《过秦论》，苏东坡的《范增论》《留侯论》等等，虽似无情可抒，然而却文采斐然，情即蕴涵其中，我也认为是散文上品。

这样的散文精品，我已经读了七十多年了，其中有很多篇我能够从头到尾地背诵。每一背诵，甚至仅背诵其中的片段，都能给我以绝大的美感享受。如饮佳茗，香留舌本；如对良友，意寄胸中。如果真有"三月不知肉味"的话，我即是也。从高中直到大学，我读了不少英国的散文佳品，文字不同，心态各异。但是，仔细玩味，中英又确有相通之处：写重大事件而不觉其重，状身边琐事而不觉其轻，娓娓动听，逸趣横生。读罢掩卷，韵味无穷，有很多很多值得我们学习借鉴之处。

至于六七十年来中国并世的散文作家，我也读了不少他们的作品。虽然笼统称之为"百花齐放"，其实有成就者何止百家。他们各有自己的特色，各有自己的风格，合在一起看，直如一个姹紫嫣红的大花园，给五四以后的中国文坛增添了无量光彩。留给我印象最深刻最鲜明的有鲁迅的沉郁雄浑，冰心的灵秀玲珑，朱自清的淳朴淡泊，沈从文的轻灵美妙，杨朔的镂金错彩，丰子恺的厚重平实，如此等等，不一而足。至于其余诸家，各有千秋，我不敢赞一辞矣。

综观古今中外各名家的散文或随笔，既不见"散"，也不见

"随"。它们多半是结构谨严之作,决不是愿意怎样写就怎样写的轻率产品。蒙田的《随笔》,确给人以率意而行的印象。我个人认为,在思想内容方面,蒙田是极其深刻的;但在艺术性方面,他却是不足法的。与其说蒙田是一个散文家,不如说他是一个哲学家或思想家。

根据我个人多年的玩味和体会,我发现,中国古代优秀的散文家,没有哪一个是"散"的,是"随"的。正相反,他们大都是在"意匠惨淡经营中",简练揣摩,煞费苦心,在文章的结构和语言的选用上,狠下工夫。文章写成后,读起来虽然如行云流水,自然天成,实际上其背后蕴藏着作者的一片匠心。空口无凭,有文为证。欧阳修的《醉翁亭记》是流传千古的名篇,脍炙人口,无人不晓。通篇用"也"字句,其苦心经营之迹,昭然可见。像这样的名篇还可以举出一些来,我现在不再列举,请读者自己去举一反三吧。

在文章的结构方面,最重要的是开头和结尾。在这一点上,诗文皆然,细心的读者不难自己去体会。而且我相信,他们都已经有了足够的体会了。要举例子,那真是不胜枚举。我只举几个大家熟知的。欧阳修的《相州昼锦堂记》开头几句话是:"仕宦而至将相,富贵而归故乡,此人情之所荣,而今昔之所同也。"据一本古代笔记上的记载,原稿并没有。欧阳修经过了长时间的推敲考虑,把原稿派人送走。但他突然心血来潮,觉得还不够妥善,立即又派人快马加鞭,把原稿追了回来,加上了这几句话,然后再送走,心里才得到了安宁。由此可见,欧阳修是多么重视文章的开头。从这一件小事中,后之读者可以悟出很多写文章之法。这就决非一件小事了。这几句话的诀窍何在呢?我个人觉得,这样的开头有雷霆万钧的势头,有笼罩全篇的力量,读者一开始读就感受到它的威力,有如高屋建瓴,再读下去,就一泻千里了。文章开头之重要,焉能小视哉!这只不过是一个例子,不能篇篇如此。综观古人文章的开头,还能找出很多不同的类型。有的提纲挈领,如韩愈《原道》之"博爱之谓仁,行而宜之之谓义,由是而之焉之谓道,足乎己无待于外之谓德"。有的平缓,如柳宗元的《小石城山记》之"自西山道口径北,逾黄茅岭而下,有二道"。有的陡峭,如杜牧《阿房宫赋》之"六王毕,四海一,蜀山兀,阿房出"。类型还多得很,不可能,也没有必要一一列举。读者如能仔细观察,仔细玩味,必有所得,这是完全可以肯定的。

谈到结尾,姑以诗为例,因为在诗歌中,结尾的重要性更明晰可辨。杜甫的《望岳》最后两句是"会当凌绝顶,一览众山小。"钱起的《赋得湘灵鼓瑟》的最终两句是:"曲终人不见,江上数峰青。"杜甫的《赠卫八处士》的最后两句是:"明日隔山岳,世事两茫茫。"杜甫的《缚鸡行》的最后两句是:"鸡虫得失无了时,注目寒江倚山阁。"这样的例子更是举不完的。诗文相通,散文的例子,读者可以自己去体会。之所以出现这种情况,原因并不难理解。在中国古代,抒情的文或诗,都贵在含蓄,贵在言有尽而意无穷,如食橄榄,贵在留有余味,在文章结尾处,把读者的心带向悠远,带向缥缈,带向一个无法言传的意境。我不敢说,每一篇文章,每一首诗,都是这样。但是,文章之作,其道多端;运用之妙,存乎一心。我上面讲的情况,是广大作者所刻意追求的,我对这一点是深信不疑的。

"你不是在宣扬八股吗?"我仿佛听到有人这样责难了。我敬谨答曰:"是的,亲爱的先生!我正是在讲八股,而且是有意这样做的。"同世上的万事万物一样,八股也要一分为二的。从内容上来看,它是"代圣人立言",陈腐枯燥,在所难免。这是毫不足法的。但是,从布局结构上来看,却颇有可取之处。它讲究逻辑,要求均衡,避免重复,禁绝拖拉。这是它的优点。有人讲,清代桐城派的文章,曾经风靡一时,在结构布局方面,曾受到八股文的影响。这个意见极有见地。如果今天中国文坛上的某一些散文作家——其实并不限于散文作家——学一点八股文,会对他们有好处的。

我在上面啰啰唆唆写了那么一大篇,其用意其实是颇为简单的。我只不过是根据自己六十来年的经验与体会,告诫大家:写散文虽然不能说是"难于上青天",但也决非轻而易行,应当经过一番磨炼,下过一番苦功,才能有所成,决不可掉以轻心,率尔操觚。

综观中国古代和现代的优秀散文,以及外国的优秀散文,篇篇风格不同。散文读者的爱好也会人人不同,我决不敢要求人人都一样,那是根本不可能的。仅就我个人而论,我理想的散文是淳朴而不乏味,流利而不油滑,庄重而不板滞,典雅而不雕琢。我还认为,散文最忌平板。现在有一些作家的文章,写得规规矩矩,没有任何语法错误,选入中小学语文课本中是毫无问题的。但是读起来总觉得平淡无味,是好的教材资料,却决非好的文学作品。我个人觉得,文学最忌单调平板,必须有波涛起伏,曲折幽隐,才能有味。有时可以采用点文言辞藻,外国句法,也可以适当地加入一些俚语俗话,增添那么一点苦涩之味,以避免平淡无味。我甚至于想用谱乐谱的手法来写散文，围绕着一个主旋律，添上一些次要的旋律；主旋律可以多次出现，形式稍加改变，目的只想在复杂中见统一，在跌宕中见均衡，从而调动起读者的趣味，得到更深更高的美感享受。有这样有节奏有韵律的文字，再充之以真情实感，必能感人至深，这是我坚定的信念。

  我知道，我这种意见决不是每个作家都同意的。风格如人，各人有各人的风格，决不能强求统一。因此，我才说：这是我的偏见。说"偏见"，是代他人立言。代他人立言，比代圣人立言还要困难。我自己则认为这是正见，否则我决不会这样刺刺不休地来论证。我相信，大千世界，文章林林总总，争鸣何止百家！如蒙海涵，容我这个偏见也占一席之地，则我必将感激涕零之至矣。

1998 年 5 月 25 日

假若我再上一次大学

"假若我再上一次大学",多少年来我曾反复思考过这个问题。我曾一度得到两个截然相反的答案:一个是最好不要再上大学,"知识越多越反动",我实在心有余悸。一个是仍然要上,而且偏偏还要学现在学的这一套。后一个想法最终占了上风,一直到现在。

我们不是提出了弘扬祖国优秀文化,发扬爱国主义吗?这一套天书确实能同这两句口号挂上钩,我举一个具体的例子。日本梵文研究的泰斗中村元博士在给我的散文集日译本《中国知识人的精神史》写的序中说到,中国的南亚研究原来是相当落后的。可是近几年来,突然出现了一批中年专家,写出了一些水平较高的作品,让日本学者有"攻其不备"之感。这是几句非常有意思的话。实际上,中国梵学学者同日本同行们的关系是十分友好的。我们一没有"攻",二没有争,只有坐在冷板凳上辛苦耕耘。有了一点成绩,日本学者看在眼里,想在心里,觉得过去对中国南亚研究的评价过时了。我觉得,这里面既包含着"弘扬",也包含着"发扬"。怎么能说,我们这一套无补于国计民生呢?

话说远了,还是回来谈我们的本题。

我的大学生活是比较长的:在中国念了四年,在德国哥廷根大学又念了五年,才获得学位。我在上面所说的"这一套"就是在国外学到的。我在国内时,对"这一套"就有兴趣。但苦无机会。到了哥廷根大学,终于找到了机会,我简直如鱼得水,到现在已经坚持学习了将近六十年。如果马克思不急于召唤我,我还要坚持学下去的。

如果想让我谈一谈在上大学期间我收获最大的是什么,那是并不困难的。在德国学习期间有两件事情是我毕生难忘的,这两件事都与我的博士论文有关联。

我想有必要在这里先谈一谈德国的与博士论文有关的制度。当我在德国学习的时候,德国并没有规定学习的年限。只要你有钱,你可以无限期地学习下去。德国有一个词儿是别的国家没有的,这就是"永恒的大学生"。德国大学没有空洞的"毕业"这个概念,只有博士论文写成,口试通过,拿到博士学位,这才算是毕了业。

写博士论文也有一个形式上简单而实则极严格的过程,一切决定于教授。在德国大学里,学术问题是教授说了算。德国大学没有入学考试,只要高中毕业,就可以进入任何大学。德国学生往往是先入几个大学,过了一段时间以后,自己认为某个大学、某个教授,对自己最适合,于是才安定下来,在一个大学,从某一位教授学习。先听教授的课,后参加他的研讨班。最后教授认为你"孺子可教",才会给你一个博士论文题目。再经过几年的努力,收集资料,写出论文提纲,经过教授过目。论文写成的年限没有规定,至少也要三四年,长则漫无限制。拿到题目十年八年写不出论文,也不是稀见的事。所有这一切都决定于教授,院长、校长无权过问。写论文,他们强调一个"新"字,没有新见解,就不必写文章。见解不论大小,唯新是图。论文题目不怕小,就怕不新。我个人觉得,这是非常重要的一点。只有这样,学术才能"日日新",才能有进步。否则满篇陈言,东抄西抄,饾钉拼凑,尽是冷饭。虽洋洋数十甚至数百万言,除了浪费纸张、浪费读者的精力以外,还能有什么效益呢?

我拿到博士论文题目的过程,基本上也是这样。我拿到了一个有关佛教混合梵语的题目。用了三年的时间,搜集资料,写成卡片,又到处搜寻有关图书,翻阅书籍和杂志,大约看了总有一百多种书刊。然后整理资料,使之条理化、系统化,写出提纲,最后写成文章。

我个人心里琢磨:怎样才能向教授露一手儿呢?我觉得那几千张卡片虽然抄写得好像蜜蜂采蜜,极为辛苦,然而却是干巴巴的,没有什么文采,或者无法表现文采。于是我想在论文一开始就写上一篇"导言",这既能炫学,又能表现文采。真是一举两得的绝妙主意,我照此办理。费了很长的时间,写成一篇相当长的"导言"。我自我感觉良好,心里美滋滋的。认为教授一定会大为欣赏,说不定还会夸上几句哩。我先把"导言"送给教授看,回家做着美妙的梦。我等呀,等呀,终于等到教授要见我,我怀着走上领奖台的心情,见到了教授。然而却使我大吃一惊。教授在我的"导言"前画上了一个前括号,在最后画上了一个后括号,笑着对我说:"这篇导言统统不要!你这里面全是华而不实的空话,一点新东西也没有!别人要攻击你,到处都是暴露点,一点防御也没有!"对我来说,这真如晴天霹雳,打得我一时说不上话来。但是，经过自己的反思，我深深地感觉到，教授这一棍打得好，我毕生受用不尽。

第二件事情是，论文完成以后，口试接着通过，学位拿到了手。论文需要从头到尾认真核对，不但要核对从卡片上抄入论文的篇、章、字、句，而且要核对所有引用过的书籍、报纸和杂志。要知道，在三年以内，我从大学图书馆，甚至从柏林的普鲁士图书馆，借过大量的书籍和报刊，耗费了大量的时间。当时就感到十分烦腻。现在再在短期内，把这样多的书籍重新借上一遍，心里要多腻味就多腻味。然而老师的教导不能不遵行，只有硬着头皮，耐住性子，一本一本地借，一本一本地查。把论文中引用的大量出处重新核对一遍，不让它发生任何一点错误。

后来我发现，德国学者写好一本书或者一篇文章，在读校样的时候，都是用这种办法来一一仔细核对。一个研究室里的人，往往都参加看校样的工作。每人一份校样，也可以协议分工。他们是以集体的力量，来保证不出错误。这个法子看起来极笨，然而除此以外，还能有"聪明的"办法吗？德国书中的错误之少，是举世闻名的。有的极为复杂的书竟能一个错误都没有，连标点符号都包括在里面。读过校样的人都知道，能做到这一步，是非常非常不容易的。德国人为什么能做到呢？他们并非都是超人的天才，他们比别人高出一头的诀窍就在于他们的"笨"。我想改几句中国古书上的话："德国人其智可及也，其笨（愚）不可及也。"

反观我们中国的学术界，情况则颇有不同。在这里有几种情况。中国学者博闻强记，世所艳称。背诵的本领更令人吃惊。过去有人能背诵四书五经，据说还能倒背。写文章时，用不着去查书，顺手写出，即成文章。但是记忆力会时不时出点问题的。中国近代一些大学者的著作，若加以细致核对，也往往有引书出错的情况。

这是出上乘的错。等而下之，作者往往图省事，抄别人的文章时，也不去核对，于是写出的文章经不起核对。这是责任心不强，学术良心不够的表现。还有更坏的就是胡抄一气。只要书籍文章能够印出，哪管他什么读者！名利到手，一切不顾。我国的书评工作又远远跟不上。即使发现了问题，也往往"为贤者讳"怕得罪人，一声不吭。在我们当前的学术界，这种情况能说是稀少吗？我希望我们的学术界能痛改这种极端恶劣的作风。

我上了九年大学，在德国学习时，我自己认为收获最大的就是以上两点。也许有人会认为这卑之无甚高论。我不去争辩。我现在年届耄耋，如果年轻的学人不弃老朽，问我有什么话要对他们讲，我就讲这两点。

1991 年 5 月 5 日于北京大学

我的书斋

最近身体不太好。内外夹攻,头绪纷繁,我这已届耄耋之年的神经有点吃不消了。于是下定决心,暂且封笔。乔福山同志打来电话,约我写点什么,我遵照自己的决心,婉转拒绝。但一听说题目是《我的书斋》,于我心有戚戚焉,立即精神振奋,暂停决心,拿起笔来。

我确实有个书斋,我十分喜爱我的书斋。这个书斋是相当大的,大小房间,加上过厅、厨房,还有封了顶的阳台,大大小小,共有八个单元。册数从来没有统计过,总有几万册吧。在北大教授中,"藏书状元"我恐怕是当之无愧的。而且在梵文和西文书籍中,有一些堪称海内孤本。我从来不以藏书家自命,然而坐拥如此大的书城,心里能不沾沾自喜吗?

我的藏书都像是我的朋友,而且是密友。我虽然对它们并不是每一本都认识,它们中的每一本却都认识我。我每一走进我的书斋,书籍们立即活跃起来,我仿佛能听到它们向我问好的声音,我仿佛能看到它们向我招手的情景。倘若有人问我,书籍的嘴在什么地方?而手又在什么地方呢?我只能说:"你的根器太浅，努力修持吧。有朝一日，你会明白的。"

我兀坐在书城中，忘记了尘世的一切不愉快的事情，怡然自得。以世界之广，宇宙之大，此时却仿佛只有我和我的书友存在。窗外粼粼碧水，丝丝垂柳，阳光照在玉兰花的肥大的绿叶子上，这都是我平常最喜爱的东西，现在也都视而不见了。连平常我喜欢听的鸟鸣声"光棍儿好过"，也听而不闻了。

我的书友每一本都蕴涵着无量的智慧。我只读过其中的一小部分，这智慧我是能深深体会到的。没有读过的那一些，好像也不甘落后，它们不知道是施展一种什么神秘的力量，把自己的智慧放了出来，像波浪似的涌向我来。可惜我还没有修炼到能有"天眼通"和"天耳通"的水平，我还无法接受这些智慧之流。如果能接受的话，我将成为世界上古往今来最聪明的人。我自己也去努力修持吧。

我的书友有时候也让我窘态毕露。我并不是一个不爱清洁和秩序的人，但是，因为事情头绪太多，脑袋里考虑的学术问题和写作问题也不少，而且每天都收到大量的寄来的书籍和报纸杂志以及信件，转瞬之间就摞成一摞。在这样的情况下，如果我需要一本书，往往是遍寻不得，"只在此屋中，书深不知处"，急得满头大汗，也是枉然。只好到图书馆去借。等我把文章写好，把书送还图书馆后，无意之间，在一摞书中，竟找到了我原来要找的书，"得来全不费工夫"。然而晚了，工夫早已费过了。我啼笑皆非，无可奈何，等到用另外一本书时，再重演一次这出喜剧。我知道，我要寻找的书友，看到我急得那般模样，会大声给我打招呼的。但是喊破了嗓子，也无济于事，我还没有修持到能听懂书的语言的水平。我还要加倍努力去修持。我有信心，将来一定能获得真正的"天眼通"和"天耳通"。只要我想要哪一本书,那一本书就会自己报出所在之处,我一伸手,便可拿到,如探囊取物。这样一来,文思就会像泉水般地喷涌,我的笔变成了生花妙笔,写出来的文章会成为天下之至文。到了那时,我的书斋里会充满了没有声音的声音,布满了没有形象的形象。我同我的书友们能够自由地互通思想,交流感情。我的书斋会成为宇宙间第一神奇的书斋,岂不猗欤休哉!

我盼望有这样一个书斋。

1993 年 6 月 22 日

国学漫谈

《国学，在燕园又悄然兴起》一文在国内外一部分人中引起了轰动。据我个人看到的国内一些报纸和香港的报纸，据我收到的一些读者来信看，读者们是热诚赞成文章的精神的。

想要具体的例证，那可以说是俯拾即是。前不久，我曾就东方文化和国学作过一次报告。一位青年同志写了一篇"侧记"，叙述这一次报告的情况，读者如有兴趣，可以参阅。我因为是当事人，有独特的感触，所以不避啰唆之嫌，在这里对那天的情况再讲上几句。

那是一个阴雨连绵的晚间，天气已颇有寒意。报告定在晚上7时。我毫无自信，事先劝同学们找一个不太大的教室，能容下一百人就行了。我是有私心的，害怕人少，讲者孑然坐在讲台上，面子不好看。然而他们坚持找电教大楼的报告大厅，能容下四百人。完全出我意料，不但座无虚席，而且还有不少人站在那里，或坐在台阶上，都在静静地谛听，整个大厅里鸦雀无声。我这个年届耄耋的世故老人，内心里十分激动，眼泪在眼睛里打转。据说，有人五点半就去占了座位。面对这样一群英姿勃发的青年，我心里一阵阵热浪翻滚，笔墨语言都是形容不出来的。

海外不是有一些人纷纷扬扬，说北大学生不念书，很难对付吗？上面这现象又怎样解释呢？

人世间有果必有因。上面说的这种情况也必有其原因。我经过思考，想用两句话来回答：顺乎人心，应乎潮流。

我们中华民族拥有五千年的光辉灿烂的文化，对人类做出了卓越的贡献。很难想象，世界上如果缺少了中华文化会是一个什么样子。前几年，弘扬中华优秀文化的号召一经提出，立即受到了国内外炎黄子孙的热烈拥护。原因何在呢？这个号召说到了人们的心坎上。弘扬什么呢？怎样来弘扬呢？这就需要认真地研究。我们的文化五色杂陈，头绪万端。我们要像韩愈说的那样："沉浸酣郁，含英咀华。"经过这样细细品味、认真分析的工作，把其中的精华寻找出来，然后结合具体情况，从而发扬光大之，期有利于中国人民和世界人民的前进与发展。"国学"就是专门做这件工作的一门学问。旧版《辞源》上说：国学，一国所固有之学术也。话虽简短朴实，然而却说到了点子上。七八十年以来，这个名词已为大家所接受。除了"脑袋里有一只鸟"的人（借用德国现成的话），大概不会再就这个名词吹毛求疵。如果有人有兴趣有工夫去探讨这个词儿的来源，那是他自己的事，我无权反对。

国学绝不是"发思古之幽情"。表面上它是研究过去的文化的，因此过去有一些学者使用"国故"这样一个词儿。但是，实际上，它既与过去有密切联系，又与现在甚至将来有密切联系。现在我们不是都谈建设有中国特色的社会主义吗？什么叫"特色"？特色表现在什么地方？我曾反复思考过这个问题。我觉得，科技对我们国家建设来说,对发展生产力来说,是非常重要的,万万不能缺少的。但是,科技却很难表现出什么特色。你就是在原子能、电脑、宇宙飞船等等尖端科技方面,有突出的成就,超过了世界先进国家,同其他国家比较起来,也只能是程度的差别,是水平的差别,谈不到什么特色。我姑且称这些东西为"硬件"。硬件的本质都是一样的,没有什么特色可言。

特色最容易表现在精神文化方面,我姑且称之为"软件",哲学、宗教、文学、艺术、伦理、道德、经营、管理等等都属于这个范畴。这些东西也是能够交流的,所谓"固有"并不排除交流,这个道理属于常识范围。以上这些学问基本上都保留在我们所说的"国学"中。其中有不少的东西可以说是中华文化、中华智慧的结晶,直至今日,不但对中国人发挥影响,它的光辉也照到了国外去。最近听一位国家教委的领导说,他在新德里时亲耳听到印度总统引用中国《管子》关于"十年树木,百年树人"的话。在巴基斯坦他也听到巴基斯坦总理引用中国古书中的话。足证中华智慧已深入世界人民之心。这是我们中国人应该感到骄傲的。所有这一些中国智慧都明白无误地表露了中国的特色。它产生于中国的过去,却影响了中国和世界的今天,连将来也会受到影响。事实已经证明,连外国人都会承认这一点的。

国学的作用还不就到此为止,它还能激发我们整个中华民族的爱国热情。"爱国主义"是一个好词儿,没有听到有人反对过。但是,我总觉得,爱国主义有真伪之分。在历史上,被压迫被侵略的民族,为了自己的生存与尊严,不惜洒热血、抛头颅,奋抗顽敌,伸张正义。这是真爱国主义。反之,压迫别人侵略别人的民族,有时候也高呼爱国主义,然而却不惜灭绝别的民族。这样的"爱国主义"是欺骗自己人民的口号，是蒙蔽别国人民的幌子。它实际上是极端民族沙文主义的遮羞布。例子不用举太远的，近代的德、意、日法西斯主义就是这一类货色。这是伪爱国主义。

中国的爱国主义怎样呢？它在主体上是属于真爱国主义范畴的。有历史为证，不管我们在漫长的封建时期内，"天朝大国"的口号喊得多么响，事实上我国始终有外来的侵略者，主要来自北方，先后有匈奴、突厥、辽、金、蒙、满等等。今天，这些民族基本上都成了中华民族的组成部分，但在当时只能说是敌对者，我们不能否定历史的本来面目。在历史上，连一些雄才大略的开国君主也难以逃避耻辱。刘邦曾被困于平城，李渊曾称臣于突厥，这是最明显的例子。我们也不能说，中国过去没有主动地侵略别人过，这情况也是有过的，但不是主流，主流是中国始终受到外来的威胁。正是由于这个原因，我们中国人民敬仰、歌颂许多爱国者，岳飞、文天祥、史可法等等都是。一直到今天，爱国主义，真正的爱国主义，始终左右我们民族的心灵。我常说，北京大学的优良传统之一，就是爱国主义，我这说法得到了许多人的赞同。探讨和分析中国爱国主义的来龙去脉，弘扬爱国主义思想，激发爱国主义热情，是我们今天"国学"的重要任务，国学的任务可能还可以举出一些来，以上三大项，我认为，已充分说明其重要性了。我上面说到"顺乎人心，应乎潮流"。我现在所谈的就是"人心"，就是"潮流"。我没有可能对所有的人都调查一番。我所说的"人心"，可能有点局限。但是，一滴水中可以见宇宙，从燕园来推测全国，不见得没有基础。我最近颇接触了一些青年学生。我发现，他们是很肯动脑筋的一代新人。有几个人告诉我，他们感到迷惘。这并不是坏事，这说明他们正在那里寻觅祛除迷惘的东西，正在那里动脑筋。他们成立了许多社团，有的名称极怪，什么"吠陀"，什么禅学，这一类名词都用上了。也许正在燕园悄然兴起的"国学"，正投了他们之所好，顺了他们的心。否则怎样来解释我在本文开头时说的那种情况呢？中国古话说："得道多助，失道寡助。"顺应人心和潮流的就是"道"。

但是，正如对人世间的万事万物一样。对国学也有不同的看法。提倡国学要有点勇气，这话是我说出来的。在我心中主要指的是以"十年浩劫"为代表的那一股极"左"思潮。我可万万没有想到，今天半路上竟杀出来了一个程咬金，在小报上写文章嘲讽国学研究，大扣帽子。不知国学究竟于他何害，我百思不得其解。无独有偶，北师大古籍研究所编纂《全元文》，按说这工作有百利而无一弊，然而竟也有人想全面否定。我觉得，有这些不同意见也无妨。国学，弘扬中华优秀文化，既然是顺乎人心、应乎潮流的事业，必然会发展下去的。

1993 年 12 月 24 日

一个老知识分子的心声

按我出生的环境,我本应该终生成为一个贫农。但是造化小儿却偏偏要播弄我,把我播弄成了一个知识分子。从小知识分子把我播弄成一个中年知识分子;又从中年知识分子把我播弄成一个老知识分子。现在我已经到了望九之年,耳虽不太聪,目虽不太明,但毕竟还是"难得糊涂",仍然能写能读,焚膏继晷,兀兀穷年,仿佛有什么力量在背后鞭策着自己,欲罢不能。眼前有时闪出一个长队的影子,是北大教授按年龄顺序排成了的。我还没有站在最前面,前面还有将近二十来个人。这个长队缓慢地向前迈进,目的地是八宝山。时不时地有人"捷足先登",登的不是泰山,而就是这八宝山。我暗暗下定决心:决不抢先加塞,我要鱼贯而进。什么时候鱼贯到我面前,我就要含笑挥手,向人间说一声"拜拜"了。

干知识分子这个行当是并不轻松的,在过去七八十年中,我尝够酸甜苦辣,经历够了喜怒哀乐。走过了阳关大道,也走过了独木小桥。有时候,光风霁月,有时候,阴霾蔽天。有时候,峰回路转,有时候,柳暗花明。金榜上也曾题过名,春风也曾得过意,说不高兴是假话。但是,一转瞬间,就交了华盖运,四处碰壁,五内如焚。原因何在呢?古人说:"人生识字忧患始。"这实在是见道之言。"识字",当然就是知识分子了。一戴上这顶帽子,"忧患"就开始向你奔来。是不是杜甫的诗"儒冠多误身"?"儒",当然就是知识分子了,一戴上儒冠就倒霉。我只举这两个小例子,就可以知道,中国古代的知识分子们早就对自己这一行腻味了。"诗必穷而后工",连作诗都必须先"穷"。"穷"并不是一定指的是没有钱,主要指的也是倒霉。不倒霉就作不出好诗,没有切身经历和宏观观察,能说得出这样的话吗?司马迁《太史公自序》说:"昔西伯拘羑里,演《周易》;孔子厄陈蔡,作《春秋》;屈原放逐,著《离骚》;左丘失明,厥有《国语》;孙子膑脚,而论兵法;不韦迁蜀,世传《吕览》;韩非囚秦,《说难》《孤愤》;《诗》三百篇,大抵圣贤发愤之所为作也。"司马迁算了一笔清楚的账。

世界各国应该都有知识分子。但是,根据我七八十年的观察与思考,我觉得,既然同为知识分子,必有其共同之处,有知识,承担延续各自国家的文化的重任,至少这两点必然是共同的。但是不同之处却是多而突出。别的国家先不谈,我先谈一谈中国历代的知识分子,中国有五六千年或者更长的文化史,也就有五六千年的知识分子。我的总印象是:中国知识分子是一种很奇怪的群体,是造化小儿加心加意创造出来的一种"稀有动物"。虽然"十年浩劫"中,他们被批为"一心只读圣贤书"的"修正主义"分子。这实际上是冤枉的。这样的人不能说没有,但是,主流却正相反。几千年的历史可以证明,中国知识分子最关心时事,最关心政治,最爱国。这最后一点,是由中国历史环境所造成的。在中国历史上，没有哪一天没有虎视眈眈伺机入侵的外敌。历史上许多赫然有名的皇帝，都曾受到外敌的欺侮。老百姓更不必说了。存在决定意识，反映到知识分子头脑中，就形成了根深柢固的爱国心。"天下兴亡，匹夫有责"，不管这句话的原形是什么样子，反正它痛快淋漓地表达了中国知识分子的心声。在别的国家是没有这种情况的。

然而，中国知识分子也是极难对付的家伙。他们的感情特别细腻、锐敏、脆弱、隐晦。他们学富五车，胸罗万象。有的或有时自高自大，自以为"老子天下第一"；有的或有时却又患了弗洛伊德（？）讲的那一种"自卑情结"（inferiority complex）。他们一方面吹嘘想"究天人之际，通古今之变"，气魄贯长虹，浩气盈宇宙。有时却又为芝麻绿豆大的一点小事而长吁短叹，甚至轻生，"自绝于人民"。关键问题，依我看，就是中国特有的"国粹"——面子问题。"面子"这个词儿，外国文没法翻译，可见是中国独有的。俗话里许多话都与此有关，比如"丢脸""真不要脸""赏脸"，如此等等。"脸"者，面子也。中国知识分子是中国国粹"面子"的主要卫道士。

尽管极难对付，然而中国历代统治者哪一个也不得不来对付。古代一个皇帝说："马上得天下，不能马上治之！"真是一针见血。创业的皇帝决不会是知识分子，只有像刘邦、朱元璋等这样一字不识的，不顾身家性命，"厚"而且"黑"的，胆子最大的地痞流氓才能成为开国的"英主"。否则，都是磕头的把兄弟，为什么单单推他当头儿？可是，一旦创业成功，坐上金銮宝殿，这时候就用得着知识分子来帮他们治理国家。不用说国家大事，连定朝仪这样的小事，刘邦还不得不求助于知识分子叔孙通。朝仪一定，朝廷井然有序，共同起义的那一群铁哥儿们，个个服服帖帖，跪拜如仪，让刘邦"龙心大悦"，真正尝到了当皇帝的滋味。

同面子表面上无关实则有关的另一个问题，是中国知识分子的处世问题，也就是隐居或出仕的问题。中国知识分子很多都标榜自己无意为官，而实则正相反。一个最有典型意义又众所周知的例子就是"大名垂宇宙"的诸葛亮。他高卧隆中，看来是在隐居，实则他最关心天下大事，他的"信息源"看来是非常多的。否则，在当时既无电话、电报，甚至连写信都十分困难的情况下，他怎么能对天下大势了如指掌，因而写出了有名的《隆中对》呢？他经世之心昭然在人耳目，然而却偏偏让刘先主三顾茅庐然后才出山"鞠躬尽瘁"。这不是面子又是什么呢？

我还想进一步谈一谈中国知识分子的一个非常古怪、很难以理解又似乎很容易理解的特点。中国古代知识分子贫穷落魄的多。有诗为证："文章憎命达。"文章写得好，命运就不亨通；命运亨通的人，文章就写不好。那些靠文章中状元、当宰相的人，毕竟是极少数。而且中国文学史上根本就没有哪一个伟大文学家中过状元。《儒林外史》是专写知识分子的小说。吴敬梓真把穷苦潦倒的知识分子写活了。没有中举前的周进和范进等的形象，真是入木三分，至今还栩栩如生。中国历史上一批穷困的知识分子，贫无立锥之地，决不会有面团团的富家翁相。中国诗文和老百姓嘴中有很多形容贫而瘦的穷人的话，什么"瘦骨嶙峋"，什么"骨瘦如柴"，又是什么"瘦得皮包骨头"，等等，都与骨头有关。这一批人一无所有，最值钱的仅存的"财产"就是他们这一身瘦骨头。这是他们人生中最后的一点"赌注"，轻易不能押上的,押上一输,他们也就"涅槃"了。然而他们却偏偏喜欢拼命,喜欢拼这一身瘦老骨头。他们称这个为"骨气"。同"面子"一样,"骨气"这个词儿也是无法译成外文的,是中国的国粹。要举实际例子的话,那就可以举出很多来。《三国演义》中的祢衡,就是这样一个人,结果被曹操假手黄祖给砍掉了脑袋瓜。近代有一个章太炎,胸佩大勋章,赤足站在新华门外大骂袁世凯,袁世凯不敢动他一根毫毛,只好钦赠美名"章疯子",聊以挽回自己的一点面子。

中国这些知识分子,脾气往往极大。他们又仗着"骨气"这个法宝,敢于直言不讳。一见不顺眼的事,就发为文章,呼天叫地,痛哭流涕,大呼什么"人心不古,世道日非",又是什么"黄钟毁弃,瓦釜雷鸣"。这种例子,俯拾即是。他们根本不给当政的最高统治者留一点面子,有时候甚至让他们下不了台。须知面子是古代最高统治者皇帝们的命根子,是他们的统治和尊严的最高保障。因此,我就产生了一个大胆的"理论":一部中国古代政治史至少其中一部分就是最高统治者皇帝和大小知识分子互相利用又互相斗争,互相对付和应付,又有大棒,又有胡萝卜,间或甚至有剥皮凌迟的历史。

在外国知识分子中,只有印度的同中国的有可比性。印度共有四大种姓,为首的是婆罗门。在印度古代,文化知识就掌握在他们手里,这个最高种姓实际上也是他们自封的。他们是地地道道的知识分子,在社会上受到普遍的尊敬。然而却有一件天大的怪事,实在出人意料。在社会上,特别是在印度古典戏剧中,少数婆罗门却受到极端的嘲弄和污蔑,被安排成剧中的丑角。在印度古典剧中,语言是有阶级性的。梵文只允许国王、帝师(当然都是婆罗门）和其他高级男士们说，妇女等低级人物只能说俗语。可是，每个剧中都必不可缺少的丑角也竟是婆罗门，他们插科打诨，出尽洋相，他们只准说俗语，不许说梵文。在其他方面也有很多嘲笑婆罗门的地方。这有点像中国古代嘲笑"腐儒"的做法。《儒林外史》中就不缺少嘲笑"腐儒"——也就是落魄的知识分子——的地方。鲁迅笔下的孔乙己也是这种人物。为什么中印同出现这个现象呢？这实在是一个有趣的研究课题。

我在上面写了我对中国历史上知识分子的看法。本文的主要目的就是写历史，连鉴往知今一类的想法我都没有。倘若有人要问："现在怎样呢？"因为现在还没有变成历史，不在我写作范围之内，所以我不答复，如果有人愿意去推论，那是他们的事，与我无干。

最后我还想再郑重强调一下：中国知识分子有源远流长的爱国主义传统，是世界上哪一个国家也不能望其项背的。尽管眼下似乎有一点背离这个传统的倾向，例证就是苦心孤诣、千方百计地想出国，有的甚至归化为"老外"，永留不归。我自己对这个问题的看法是：这只能是暂时的现象，久则必变。就连留在外国的人，甚至归化了的人，他们依然是"身在曹营心在汉"，依然要寻根，依然爱自己的祖国。何况出去又回来的人渐渐多了起来呢？我们对这种人千万不要"另眼相看"，当然也大可不必"刮目相看"。只要我们国家的事情办好了，情况会大大地改变的。至于没有出国也不想出国的知识分子占绝对的多数。如果说他们对眼前的一切都很满意，那不是真话。但是爱国主义在他们心灵深处已经生了根，什么力量也拔不掉的。甚至泰山崩于前，迅雷震于顶，他们会依然热爱我们这伟大的祖国。这一点我完全可以保证。只举一个众所周知的例子，就足够了。如果不爱自己的祖国，巴老为什么以老迈龙钟之身，呕心沥血来写《随想录》呢？对广大的中国老、中、青知识分子来说，我想借用一句曾一度流行的，我似非懂又似懂得的话：爱国没商量。

我生平优点不多，但自谓爱国不敢后人，即使把我烧成了灰，每一粒灰也还是爱国的。可是我对于当知识分子这个行当却真有点谈虎色变。我从来不相信什么轮回转生。现在，如果让我信一回的话，我就恭肃虔诚祷祝造化小儿，下一辈子无论如何也别再播弄我，千万别再把我弄成知识分子。

1995 年 7 月 18 日

对我影响最大的几本书

我是一个最枯燥乏味的人,枯燥到什么嗜好都没有。我自比是一棵只有枝干并无绿叶更无花朵的树。

如果读书也能算是一个嗜好的话,我的唯一嗜好就是读书。

我读的书可谓多而杂,经、史、子、集都涉猎过一点,但极肤浅,小学中学阶段,最爱读的是"闲书"(没有用的书),比如《彭公案》《施公案》《洪公传》《三侠五义》《小五义》《东周列国志》《说岳》《说唐》等等,读得如醉似痴。《红楼梦》等古典小说是以后才读的。读这样的书是好是坏呢?从我叔父眼中来看,是坏。但是,我却认为是好,至少在写作方面是有帮助的。

至于哪几部书对我影响最大,几十年来我一贯认为是两位大师的著作:在德国是亨利希·吕德斯(Heinrich Lüders),我老师的老师;在中国是陈寅恪先生。两个人都是考据大师,方法缜密到神奇的程度。从中也可以看出我个人兴趣之所在。我禀性板滞,不喜欢玄之又玄的哲学。我喜欢能摸得着看得见的东西,而考据正合吾意。

吕德斯是世界公认的梵学大师。研究范围颇广,对印度的古代碑铭有独到深入的研究。印度每有新碑铭发现而又无法读通时，大家就说："到德国去找吕德斯去！"可见吕德斯权威之高。印度两大史诗之一的《摩呵婆罗多》从核心部分起，滚雪球似的一直滚到后来成型的大书，其间共经历了七八百年。谁都知道其中有不少层次，但没有一个人说得清楚。弄清层次问题的又是吕德斯。在佛教研究方面，他主张有一个"原始佛典"（Mrkanm），是用古代半摩揭陀语写成的，我个人认为这是千真万确的事；欧美一些学者不同意，却又拿不出半点可信的证据。吕德斯著作极多。中短篇论文集为一书《古代印度语文论丛》，这是我一生受影响最大的著作之一。这书对别人来说，可能是极为枯燥的，但是，对我来说却是一本极为有味、极有灵感的书，读之如饮醍醐。

在中国，影响我最大的书是陈寅恪先生的著作，特别是《寒柳堂集》《金明馆丛稿》。寅恪先生的考据方法同吕德斯先生基本上是一致的，不说空话，无证不信。二人有异曲同工之妙。我常想，寅恪先生从一个不大的切入口切入，如剥春笋，每剥一层，都是信而有证，让你非跟着他走不行，剥到最后，露出核心，也就是得到结论，让你恍然大悟：原来如此，你没有法子不信服。寅恪先生考证不避琐细，但绝不是为考证而考证，小中见大，其中往往含着极大的问题。比如，他考证杨玉环是否以处女入宫。这个问题确极猥琐，不登大雅之堂。无怪一个学者说：这太Trivial（微不足道）了。焉知寅恪先生是想研究李唐皇族的家风。在这个问题上，汉族与少数民族看法是不一样的。寅恪先生是从看似细微的问题入手探讨民族问题和文化问题，由小及大，使自己的立论坚实可靠。看来这位说那样话的学者是根本不懂历史的。

在一次闲谈时，寅恪先生问我：《梁高僧传》卷二《佛图澄传》中载有铃铛的声音："秀支替戾冈，仆谷劬秃当"是哪一种语言？原文说是羯语，不知何所指？我到今天也回答不出来。由此可见寅恪先生读书之细心，注意之广泛。他学风谨严，在他的著作中到处可以给人以启发。读他的文章，简直是——一种最高的享受。读到兴会淋漓时，真想"浮一大白"。

中德这两位大师有师徒关系，寅恪先生曾受学于吕德斯先生。这两位大师又同受战争之害，吕德斯生平致力于 Molanavarga 之研究，几十年来批注不断。二战时手稿被毁。寅恪师生平致力于读《世说新语》，几十年来眉注累累。日寇入侵，逃往云南，此书丢失于越南。假如这两部书能流传下来，对梵学国学将是无比重要之贡献。然而先后毁失，为之奈何！

1999 年 7 月 30 日

辑 六

追 忆

西谛先生

西谛先生不幸逝世,到现在已经有二十多年了。听到飞机失事的消息时,我正在莫斯科。我仿佛当头挨了一棒,惊愕得说不出话来。我是震惊多于哀悼,惋惜胜过忆念,而且还有点儿惴惴不安。当我登上飞机回国时,同一架飞机中就放着西谛先生等六人的骨灰盒。我百感交集。当时我的心情之错综复杂可想而知。从那以后,在这样漫长的时间内,我不时想到西谛先生。每一想到,都不禁悲从中来。到了今天,震惊、惋惜之情已逝,而哀悼之意弥增。这哀悼,像烈酒,像火焰,燃烧着我的灵魂。

倘若论资排辈的话,西谛先生是我的老师。30年代初期,我在清华大学读西洋文学系。但是从小学起,我对中国文学就有浓厚的兴趣。西谛先生是燕京大学中国文学系的教授,在清华兼课。我曾旁听过他的课。在课堂上,西谛先生是一个渊博的学者,掌握大量的资料,讲起课来,口若悬河泻水,滔滔不绝。他那透过高度的近视眼镜从讲台上向下看挤满了教室的学生的神态,至今仍宛然如在目前。

当时的教授一般都有一点儿所谓"教授架子"。在中国话里,

"架子"这个词儿同"面子"一样,是难以捉摸、难以形容描绘的,好像非常虚无缥缈,但它又确实存在。有极少数教授自命清高,但精神和物质待遇却非常优厚。在他们心里,在别人眼中,他们好像是高人一等,不食人间烟火,而实则饱餍粱肉,进可以攻,退可以守,其中有人确实也是官运亨通,青云直上,成了令人羡慕的对象。存在决定意识,因此就产生了架子。

这些教授的对立面就是我们学生。我们的经济情况有好有坏,但是不富裕的占大多数,然而也不至于挨饿。我当时就是这样一个学生。处境相同,容易引起类似同病相怜的感情;爱好相同,又容易同声相求。因此,我就有了几个都是爱好文学的伙伴,经常在一起,其中有吴组缃、林庚、李长之等等。虽然我们所在的系不同,但却常常会面,有时在工字厅大厅中,有时在大礼堂里,有时又在荷花池旁"水木清华"的匾下。我们当时差不多都才20岁左右,阅世未深,尚无世故,正是天不怕、地不怕的时候。我们经常高谈阔论,臧否天下人物,特别是古今文学家,直抒胸臆,全无顾忌。幼稚恐怕是难免的,但是没有一点儿框框,却也有可爱之处。我们好像是《世说新语》中的人物,任性纵情,毫不矫饰。我们谈论《红楼梦》,我们谈论《水浒》,我们谈论《儒林外史》,每个人都努力发一些怪论,"语不惊人死不休"。记得茅盾的《子夜》出版时,我们间曾掀起一场颇为热烈的大辩论,我们辩论的声音在工字厅大厅中回荡。但事过之后,谁也不再介意。我们有时候也把自己写的东西,什么诗歌之类,拿给大家看,而且自己夸耀哪句是神来之笔,一点儿也不脸红。现在想来,好像是别人干的事,然而确实是自己干的事,这样的率真只在那时候能有,以后只能追忆珍惜了。

在当时的社会上,封建思想弥漫,论资排辈好像是天经地义。一个青年要想出头,那是非常困难的。如果没有奥援,不走门子,除了极个别的奇才异能之士外,谁也别想往上爬。那些少数出身于名门贵阀的子弟,他们丝毫也不担心,毕业后爷老子有的是钱,可以送他出洋镀金,回国后优缺美差在等待着他们。而绝大多数的青年经常为所谓"饭碗问题"担忧,我们也曾为"毕业即失业"这一句话吓得发抖。我们的一线希望就寄托在教授身上。在我们眼中,教授简直如神仙中人,高不可攀。教授们自然也是感觉到这一点的,他们之所以有架子,同这种情况是分不开的。我们对这种架子已经习以为常,不以为怪了。

我就是在这样的气氛中认识西谛先生的。

最初我当然对他并不完全了解。但是同他一接触,我就感到他同别的教授不同,简直不像是一个教授。在他身上,看不到半点儿教授架子;他也没有一点儿论资排辈的恶习。他自己好像并不觉得比我们长一辈,他完全是以平等的态度对待我们。他有时就像一个大孩子,不失其赤子之心。他说话非常坦率,有什么想法就说了出来,既不装腔作势,也不以势吓人。他从来不想教训人,任何时候都是亲切和蔼的。当是流行在社会上的那种帮派习气,在他身上也找不到。只要他认为有一技之长的,不管是老年、中年还是青年,他都一视同仁。因此,我们在背后就常常说他是一个宋江式的人物。他当时正同巴金、靳以主编一个大型的文学刊物《文学季刊》,按照惯例是要找些名人来当主编或编委的,这样可以给刊物镀上一层金,增加号召力量。他确实也找了一些名人,但是像我们这样一些无名又年轻之辈,他也决不嫌弃。我们当中有的人当上了主编,有的人当上特别撰稿人。自己的名字都煌煌然印在杂志的封面上,我们难免有些沾沾自喜。西谛先生对青年人的爱护,除了鲁迅先生外,恐怕并世无二。说老实话,我们有时候简直感到难以理解,有点儿受宠若惊了。

在这样的情况下,我们既景仰他学问之渊博,又热爱他为人之亲切平易,于是就很愿意同他接触。只要有机会,我们总去旁听他的课。有时也到他家去拜访他。记得在一个秋天的夜晚,我们几个人步行,从清华园走到燕园。他的家好像就在今天北大东门里面大烟筒下面。现在时过境迁,房子已经拆掉,沧海桑田,面目全非了。但是在当时给我的印象却是异常美好、至今难忘的。房子是旧式平房,外面有走廊,屋子里有地板,我的印象是非常高级的住宅。屋子里排满了书架,都是珍贵的红木做成的,整整齐齐地摆着珍贵的古代典籍,都是人间瑰宝,其中明清小说、戏剧的收藏更在全国首屈一指。屋子的气氛是优雅典丽的,书香飘拂在画栋雕梁之间。我们都狠狠地羡慕了一番。

总之,我们对西谛先生是尊敬的,是喜爱的。我们在背后常常谈到他,特别是他那些同别人不同的地方,我们更是津津乐道。背后议论人当然并不能算是美德,但是我们一点儿恶意都没有,只是觉得好玩而已。比如他的工作方式,我们当时就觉得非常奇怪。他兼职很多,常常奔走于城内城外。当时交通还不像现在这样方便。清华、燕京,宛如一个村镇,进城要长途跋涉。校车是有的,但非常少,有时候要骑驴,有时候坐人力车。西谛先生挟着一个大皮包,总是装满了稿子,鼓鼓囊囊的。他戴着深度的眼镜,跨着大步,风尘仆仆,来往于清华、燕京和北京城之间。我们在背后说笑话,说郑先生走路就像一只大骆驼。可是他一坐上校车,就打开大皮包拿出稿子,写起文章来。

据说他买书的方式也很特别。他爱书如命,认识许多书贾,一向不同书贾讲价钱,只要有好书,他就留下,手边也不一定就有钱偿付书价,他留下以后,什么时候有了钱就还账,没有钱就用别的书来对换。他自己也印了一些珍贵的古籍，比如《插图本中国文学史》《玄览堂丛书》之类。他有时候也用这些书去还书债。书贾愿意拿什么书，就拿什么书。他什么东西都喜欢大，喜欢多，出书也有独特的气派，与众不同。所有这一切我们也都觉得很好玩，很可爱。这更增加我们对他的敬爱。在我们眼中，西谛先生简直像长江大河，汪洋浩瀚；泰山华岳，庄严敦厚。当时的某一些名人同他一比，简直如小水洼、小土丘一般，有点儿微末不足道了。

但是时间只是不停地逝去，转瞬过了四年，大学要毕业了。清华大学毕业以后，我回到故乡去，教了一年高中。我学的是西洋文学，教的却是国文，用现在的话说，就是"不结合业务"，因此心情并不很愉快。在这期间，我还同西谛先生通过信。他当时在上海，主编《文学》。我寄过一篇散文给他，他立即刊登了。他还写信给我，说他编了一个什么丛书，要给我出一本散文集。我没有去搞，所以也没有出成。过了一年，我得到一份奖学金，到很远的一个国家里去住了十年。从全世界范围来看，这正是一个天翻地覆的时代。在国内，有外敌入侵，大半个祖国变了颜色；在国外，正在进行着第二次世界大战。我在国外，挨饿先不必说，光是每天躲警报，就真够呛。杜甫的诗："烽火连三月，家书抵万金。"我的处境是"烽火连十年，家书无从得"。同西谛先生当然失去了联系。

一直到了1946年的夏天，我才从国外回到上海。去国十年，漂洋万里，到了那繁华的上海，连个落脚的地方都没有。我曾在克家的榻榻米上睡过许多夜。这时候，西谛先生也正在上海。我同克家和辛笛去看过他几次，他还曾请我们吃过饭。他的老母亲亲自下厨房做福建菜，我们都非常感动，至今难以忘怀。当时上海反动势力极为猖獗。郑先生是他们的对立面。他主编一个争取民主的刊物,推动民主运动。反动派把他也看做眼中钉,据说是列入了黑名单。有一次,我同他谈到这个问题。完全出乎我的意料,他的面孔一下子红了起来,怒气冲冲,声震屋瓦,流露出极大的义愤与轻蔑。几十年来他给我的印象是和蔼可亲,平易近人,光风霁月,菩萨慈眉。我万万没有想到,他还有另一面:疾恶如仇,横眉冷对,疾风迅雷,金刚怒目。原来我只是认识了西谛先生的一面,对另一面我连想都没有想过。现在总算比较完整地认识西谛先生了。

有一件事情,我还要在这里提一下。我在上海时曾告诉郑先生,我已应北京大学之聘,担任梵文讲座。他听了以后,喜形于色,他认为,在北京大学教梵文简直是理想的职业。他对梵文文学的重视和喜爱溢于言表。1948年,他在他主编的《文艺复兴·中国文学专号》的《题辞》中写道:"关于梵文学和中国文学的血脉相通之处,新近的研究呈现了空前的辉煌。北京大学成立了东方语文学系,季羡林先生和金克木先生几位都是对梵文学有深刻研究的。……在这个'专号'里,我们邀约了王重民先生、季羡林先生、万斯年先生、戈宝权先生和其他几位先生们写这个'专题'。我们相信,这个工作一定会给国内许多的做研究工作者们以相当的感奋的。"西谛先生对后学的鼓励之情洋溢于字里行间。

解放后不久,西谛先生就从上海绕道香港到了北京。我们都熬过了寒冬,迎来了春天,又在这文化古都见了面,分外高兴。又过了不久,他同我都参加了新中国开国后派出去的第一个大型文化代表团,到印度和缅甸去访问。在国内筹备工作进行了半年多,在国外和旅途中又用了四五个月。我认识西谛先生已经几十年了,这一次是我们相聚最长的一次,我认识他也更清楚了,他那些优点也表露得更明显了。我更觉得他像一个不失其赤子之心的大孩子,胸怀坦荡,耿直率真。他喜欢同人辩论,有时也说一些歪理。但他自己却一本正经,他同别人抬杠而不知是抬杠。我们都开玩笑说,就抬杠而言,他已达到出神入化的境界,应该选他为"抬杠协会主席",简称之为"杠协主席"。出国前在检查身体的时候,他糖尿病已达到相当严重的程度,有几个"+"号。别人替他担忧,他自己却丝毫不放在心上,喝酒吃点心如故。他那豁达大度的性格,在这里也表现得非常鲜明。

回国以后,我经常有机会同他接触。他担负的行政职务更重了。有一段时间,他在北海团城里办公,我有时候去看他,那参天的白皮松给我留下了难忘的印象。这时候他对书的爱好似乎一点儿也没有减少。有一次他让我到他家去吃饭。他像从前一样,满屋堆满了书,大都是些珍本的小说、戏剧、明清木刻,满床盈案,累架充栋。一谈到这些书,他自然就眉飞色舞。我心里暗暗地感到庆幸和安慰,我暗暗地希望西谛先生能够这样活下去,多活上许多年,多给人民做一些好事情……

但是正当他充满了青春活力,意气风发,大踏步走上前去的时候,好像一声晴天霹雳,西谛先生不幸过早地离开我们了。他逝世时的情况是什么样子,谁也说不清楚。我时常自己描绘,让幻想驰骋。我知道,这样幻想是毫无意义的,但是自己无论如何也排除不掉。过了几年就爆发了"文化大革命"。我同许多人一样被卷了进去。在以后的将近十年中,我是如临深渊,如履薄冰,天天在战战兢兢地过日子,想到西谛先生的时候不多。间或想到他,心里也充满了矛盾:一方面希望他能活下来,另一方面又庆幸他没有活下来,否则他一定也会同我一样戴上种种的帽子,说不定会关进牛棚。他不幸早逝,反而成了塞翁失马了。

现在，恶贯满盈的"四人帮"终于被打倒了。普天同庆，朗日重辉。但是痛定思痛，我想到西谛先生的次数反而多了起来。将近五十年前的许多回忆，清晰的、模糊的、整齐的、零乱的，一齐涌入我的脑中。西谛先生的一举一动，一颦一笑，时时奔来眼底。我越是觉得前途光明灿烂，就越希望西谛先生能够活下来。像他那样的人，我们是多么需要啊。他一生为了保存祖国的文化，付出了多么巨大的劳动！如果他还能活到现在，那该有多好！然而已经发生的事情是永远无法挽回的。"念天地之悠悠"，我有时甚至感到有点凄凉了。这同我当前的环境和心情显然是有矛盾的，但我无论如何也抑制不住自己。我常常不由自主地低吟起江文通的名句来：

春草暮兮秋风惊，秋风罢兮春草生；绮罗毕兮池馆尽，琴瑟灭兮丘垄平。自古皆有死，莫不饮恨而吞声。

呜呼！生死事大，古今同感。西谛先生只能活在我们回忆中了。

1980 年 1 月 8 日初稿
1981 年 2 月 2 日修改

他实现了生命的价值

——悼念朱光潜先生

听到孟实先生逝世的消息,我的心情立刻沉重起来。这消息对我并不突然,因为他毕竟是快九十岁的人了,而且近几年来,身体一直不好。但是,如果他能再活上若干年,对我国的学术界,对我自己,不是更有好处吗?

现在,在北京大学内外,还颇有一些老先生可以算做我的师辈。因为,我当学生的时候,他们已经是教授了。但是,我真正听过课的老师,却只剩下孟实先生一人。按旧日的习惯,我应该称他为业师。在今天的新社会中,师生关系内容和意义都有了一些改变。但是,尊师重道仍然是我们要大力提倡的。我对于我这一位业师,一向怀有深深的敬意。而今而后,这敬意的接受者就少掉重要的一个了。

五十多年前,我在清华大学西洋文学系念书。我那时是二十岁上下。孟实先生是北京大学的教授,在清华大学兼课,年龄大概三十四五岁吧。他只教一门文艺心理学,实际上就是美学,这是一门选修课。我选了这一门课,认真地听了一年。当时我就感觉到，这一门课非同凡响，是我最满意的一门课，比那些英、美、法、德等国来的外籍教授所开的课好到不能比的程度。朱先生不是那种口若悬河的人，他的口才并不好，讲一口带安徽味的蓝青官话，听起来并不"美"。看来他不是一个演说家，讲课从来不看学生，两只眼向上翻，看的好像是天花板上或者窗户上的某一块地方。然而却没有废话，每一句话都清清楚楚。他介绍西方各国流行的文艺理论，有时候举一些中国旧诗词作例子，并不牵强附会，我们一听就懂。对那些古里古怪的理论，他确实能讲出一个道理来，我听起来津津有味。我觉得，他是一个有学问的人，一个在学术上诚实的人，他不哗众取宠，他不用连自己都不懂的"洋玩意儿"去欺骗、吓唬年轻的中国学生。因此，在开课以后不久，我就爱上了这一门课，每周盼望上课，成为我的乐趣了。

孟实先生在课堂上介绍了许多欧洲心理学家和文艺理论家的新理论，比如李普斯的感情移入说，还有什么人的距离说等等。他们从心理学方面，甚至从生理学方面来解释关于美的问题。其中有不少理论我觉得是有道理的，一直到今天我仍然记忆不忘。要说里面没有唯心主义成分，那是不能想象的。但是资产阶级的科学家，只要是一个有良心、不存心骗人的人，他总是会在不同程度上正视客观实际的，他的学说总会有合理成分的。我们倒洗澡水不应该连婴儿一起倒掉。达尔文和爱因斯坦难道不是资产阶级的科学家吗？但是，你能说，他们的学说完全不正确吗？我们过去有一些人习惯于用贴标签的办法来处理学术问题，把极其复杂的学术问题过分地简单化了。这不利于学术的发展。这种倾向到了"十年浩劫"期间，在"四人帮"的煽动下，达到了骇人听闻的荒谬的程度。"四人帮"竟号召对相对论一窍不通的人来批判爱因斯坦,成为千古笑谈。孟实先生完全不属于这一类人。他老老实实,本本分分,自己认识到什么程度,就讲到什么程度,一步一个脚印,无形中影响了学生。

离开清华以后,我出国一住就是十年。在这期间,国内正在奋起抗日,国际上则是第二次世界大战。"烽火连八年,家书抵亿金"。在一段相当长的时间内,我完全同祖国隔离,什么情况也不知道,1946年回国,立即来北大工作。那时孟实先生也转来北大。他正编一个杂志,邀我写文章。我写了一篇介绍《五卷书》的文章,发表在那个杂志上。他住的地方离我的住处不远。他的办公室(他当时是西方语言文学系主任,我是东方语言文学系主任)和我的办公室相隔也不远。但是我无论如何也回忆不起来,我曾拜访过他。说起来似乎是件怪事,然而却是事实。现在恐怕有很多人认为我是什么"社会活动家"。其实我的性格毋宁说是属于孤僻一类,最怕见人。我的老师和老同学很多,我几乎是谁都不拜访。天性如此,无可奈何,而今就是想去拜访孟实先生,也完全不可能了。

我因为没有在重庆或者昆明呆过,对于抗战时期那里的情况完全不了解。对于朱先生当时的情况也完全不清楚。到了北平以后,听了三言两语,我有时候也同几个清华的老同学窃窃私议过。到了1949年北平解放前夕,按朱先生的地位,他完全有资格乘南京派来的专机离开中国大陆的。然而他没有这样做,他毅然留了下来,等待北平的解放。其中过程细节,我完全不清楚。然而这件事却给我留下了深刻的印象:朱先生毕竟是经受住了考验,选择了一条唯一正确的道路。

我常常想，在解放前，中国的知识分子大概分为三类：先知先觉的、后知后觉的、不知不觉的。第一类是少数，第三类也是少数。孟实先生（还有我自己），在政治上不是先知先觉，但又决非不知不觉。爱国无分少长，革命难免先后，这恐怕是一条规律。孟实先生同一大批旧社会来的知识分子一样，经过了几十年的观察与考验、前进和停滞，既走过阳关大道，也走过独木小桥，最终还是认识了真理，认为共产党指出的道路是唯一正确的，因而坚定不移地在这一条路上走下去。孟实先生有一些情况我原来并不清楚。只是到了前几年，我读到他在抗战期间从重庆给周扬同志写的一封信，我才知道，他对国民党并不满意，他也向往延安。我心中暗自谴责：我没有能全面了解孟实先生。总之，我认为，孟实先生一生是大节不亏的。他走的道路是一切正直的中国知识分子都应该走的道路。

这一条道路当然也决不会是平坦的。三十多年来，风风雨雨，几乎所有的老知识分子都在风雨中经受磨炼。最突出的例子当然是"十年浩劫"。孟实先生被关进了牛棚。我是自己"跳"出来的，一跳也就跳进了牛棚。想不到几十年前的师生现在成了"同棚"。牛棚生活不是三言两语所能说清的。在这里暂且不谈。孟实先生在棚里的一件小事，我却始终忘记不了。他锻炼身体有一套方术，大概是东西均备，佛道沟通。在那种阴森森的生活环境中，他居然还在锻炼身体，我实在非常吃惊，而且替他捏一把汗。晚上睡下以后，我发现他在被窝里胡折腾，不知道搞一些什么名堂。早晨他还偷跑到一个角落里去打太极拳一类的东西。有一次被"监改人员"发现了，大大地挨了一通批。在这些"大老爷"眼中，我们锻炼身体是罪大恶极的。这是一件微不足道的小事，然而它的意义却不小。从中可以看出，孟实先生对自己的前途没有绝望，对我们的事业也没有绝望，他执着于生命，坚决要活下去。否则的话，他尽可以像一些别的难兄难弟一样，破罐子破摔算了。说老实话，我在当时的态度实在比不上他。这一件事，我从来没有同他谈起过，只是暗暗地记在心中。

"四人帮"垮台以后，天日重明，孟实先生以古稀之年，重又精神抖擞，从事科研、教学和社会活动。他的生活异常地有规律。每天早晨，人们总会看到一个瘦小的老头在大图书馆前漫步。在工作方面，他抓得非常紧，他确实达到了壮心不已的程度。他译完了黑格尔的美学，又翻译维柯的著作。这些著作内容深奥，号称难治，能承担这种翻译工作的，并世没有第二人，孟实先生以他渊博的学识和湛深的外语水平，兢兢业业，勤勤恳恳，争分夺秒，锲而不舍，"焚膏油以继晷，恒兀兀以穷年"，终于完成了这项艰巨的工作，给我们留下了宝贵的财富，得到了学术界普遍的赞扬。

孟实先生学风谨严，一丝不苟，谦虚礼让，不耻下问。他曾多次问到我关于古代印度宗教的问题。他对中外文学都有精湛的研究，这是学术界公认的。他的文笔又流利畅达，这也是学者中间少有的。思想改造运动时，有人告诉我说是喜欢读朱先生写的自我批评的文章。我当时觉得非常可笑：这是什么时候呀，你居然还有闲情逸致来欣赏文章！然而这却是事实，可见朱先生文章感人之深。他研究中外文艺理论，态度同样严肃认真。他翻译外国名著，也是句斟字酌，不轻易下笔。严复说："一名之立，旬月踟蹰。"我在朱先生身上也发现了这种认真负责的态度。解放后，他努力学习辩证唯物主义和历史唯物主义，并以此指导自己的研究工作，给我们树立了榜样。

现在，孟实先生离开了我们。他一生执着追求，没有偷懒。将近九十年的漫长的道路，走过来并不容易。峰回路转，柳暗花明，他都碰到过。顺利与挫折，他都经受过。但是，他在千辛万苦之后，毕竟找到了真理，热爱祖国，热爱社会主义，找到了一个中国知识分子的最好的归宿。现在人们常谈生命的价值，我认为，孟实先生是实现了生命的价值的。

听到孟实先生逝世的消息时，我并没有流泪，但是在写这篇短文时，却几次泪如泉涌。生生死死，自然规律，任何人也改变不了。古人说："大块劳我以生，息我以死。"孟实先生，安息吧！你的形象将永远留在你这一个年迈而不龙钟的学生的心中。

1986 年 3 月

遥远的怀念

华东师范大学出版社编辑部出了这样一个绝妙的题目,实在是先得我心。我十分愉快地接受了写这篇文章的任务。

唐代的韩愈说:"古之学者必有师。师者,所以传道、受业、解惑也。"今之学者亦然。各行各业都必须有老师。"师父领进门,修行在个人。"虽然修行要靠自己,没有领进门的师父,也是不行的。

我这一生,在过去的六十多年中,曾有过很多领我进门的师父。现在虽已年逾古稀,自己也早已成为"人之患"("人之患,在患为人师"),但是我却越来越多地回忆起过去的老师来。感激之情,在内心深处油然而生。我今天的这一点点知识,有哪一样不归功于我的老师呢?从我上小学起,经过了初中、高中、大学一直到出国留学,我那些老师的面影依次浮现到我眼前来,我仿佛又受了一次他们的教诲。

关于国内的一些老师,我曾断断续续地写过一些怀念的文章。我现在想选一位外国老师,这就是德国的瓦尔德施密特教授。

我于1934年从清华大学西洋文学系毕业，在故乡济南省立高中当了一年国文教员。1935年深秋，我到了德国，在哥廷根大学学习。从1936年春天起，我从瓦尔德施密特教授学习梵文和巴利文。我在清华大学读书时曾旁听过陈寅恪先生的"佛经翻译文学"。我当时就对梵文发生了兴趣。但那时在国内没有人开梵文课，只好画饼充饥，徒唤奈何。到了哥廷根以后，终于有了学习的机会，我简直是如鱼得水，乐不可支。教授也似乎非常高兴。他当时年纪还很轻，看上去比他的实际年龄更年轻，他刚在哥廷根大学得到一个正教授的讲座。他是研究印度佛教史的专家，专门研究新疆出土的梵文贝叶经残卷。除了梵文和巴利文外，还懂汉文和藏文，对他的研究工作来说，这都是不可缺少的。我一个中国人为什么学习梵文和巴利文，他完全理解。因此，他从来也没有问过我学习的动机和理由。第一学期上梵文课时，班上只有三个学生：一个乡村牧师，一个历史系的学生，第三个就是我。梵文在德国也是冷门，三人成众，有三个学生，教授就似乎很满意了。

教授的教学方法是典型的德国式的。关于德国教外语的方法我曾在几篇文章里都谈到过，我口头对人"宣传"的次数就更多。我为什么对它如此偏爱呢？理由很简单：它行之有效。我先讲一讲具体的情况。同其他外语课一样，第一年梵文（正式名称是：为初学者开设的梵文）每周两次，每次两小时。德国大学假期特长特多。每学期上课时间大约只有二十周，梵文上课时间共约八十小时，应该说是很少的。但是，我们第一学期就学完了全部梵文语法，还念了几百句练习。在世界上已知的语言中，梵文恐怕是语法变化最复杂、最烦琐，词汇量最大的语言。语法规律之细致、之别扭，哪一种语言也比不上。能在短短的八十个小时内学完全部语法，是很难想象的。这同德国的外语教学法是分不开的。

　　第一次上课时，教授领我们念了念字母。我顺便说一句，梵文字母也是非常啰唆的，绝对不像英文字母这样简明。无论如何，第一堂我觉得颇为舒服，没感到有多大压力。我心里满以为就会这样舒服下去的。第二次上课就给了我当头一棒。教授对梵文非常复杂的连声规律根本不加讲解。教科书上的阳性名词变化规律他也不讲。一下子就读起书后面附上的练习来。这些练习都是一句句的话，是从印度梵文典籍中选出来的。梵文基本上是一种死文字。不像学习现代语言那样一开始先学习一些同生活有关的简单的句子：什么"我吃饭"，"我睡觉"等等。梵文练习题里面的句子多少都脱离现代实际，理解起来颇不容易。教授要我读练习句子，字母有些还面生可疑，语法概念更是一点也没有。读得结结巴巴，译得莫名其妙，急得头上冒汗，心中发火。下了课以后，就拼命预习。一句只有五六个字的练习，要查连声，查语法，往往要做一两个小时。准备两小时的课，往往要用上一两天的时间。我自己觉得，个人的主观能动性真正是充分调动起来了。过了一段时间，自己也逐渐适应了这种学习方法。头上的汗越出越少了，心里的火越发越小了。我尝到了甜头。

　　除了梵文和巴利文以外，我在德国还开始学习了几种别的外语。教学方法都是这个样子。相传19世纪德国一位语言学家说过这样的话："拿学游泳来打个比方，我教外语就是把学生带到游泳池旁，一下子把他们推下水去。如果他们淹不死，游泳就学会了。"这只是一个比方，但是也可以看出其中的道理。虽然有点夸大，但道理不能说是没有的。在"文化大革命"中，我自己跳出来，成了某一派"革命"群众的眼中钉、肉中刺，被"打翻在地，踏上了一千只脚"，批判得淋漓尽致。我宣传过德国的外语教学法，成为大罪状之首，说是宣传德国法西斯思想。当时一些"革命小将"的批判发言，百分之九十九点九是胡说八道，他们根本不知道，这种教学法兴起时，连希特勒的爸爸都还没有出世哩！我是"死不改悔"的顽固分子，今天我仍然觉得这种教学法能充分调动学生的积极性，尽早独立自主地"亲口尝一尝梨子"，是行之有效的。

这就是瓦尔德施密特教授留给我的第一个也是最深的一个印象。从那以后，一直到1939年第二次世界大战爆发，他被征从军为止，我每一学期都必选教授的课。我在课堂上（高年级的课叫做习弥那尔①）读过印度古代的史诗、剧本，读过巴利文，解读过中国新疆出土的梵文贝叶经残卷。他要求学生极为严格，梵文语法中那些古里古怪的规律都必须认真掌握，决不允许有半点马虎和粗心大意，连一个字母他也决不放过。学习近代语言，语法没有那样繁复，有时候用不着死记，只要多读一些书，慢慢地也就学通了。但是梵文却绝对不行。梵文语法规律有时候近似数学，必须细心地认真对付。教授在这一方面是十分认真的。后来我自己教学生了。我完全以教授为榜样，对学生要求严格。等到我的学生当了老师的时候，他们也都没有丢掉这一套谨严细致的教学方法。教授的教泽真可谓无远弗届，流到中国来，还流了几代。我也总算对得起我的老师了。

---

① 习弥那尔：即 Seminar。

瓦尔德施密特教授的专门研究范围是新疆出土的梵文贝叶经。在这一方面，他是蜚声世界的权威。他的老师是德国的梵文大家吕德斯教授，也是以学风谨严著称的。教授的博士论文以及取得在大学授课资格的论文，都是关于新疆贝叶经的。这两本厚厚的大书，里面的材料异常丰富，处理材料的方式极端细致谨严。一张张的图表，一行行的统计数字，看上去令人眼花缭乱，令人头脑昏眩。我一向虽然不能算是一个马大哈，但是也从没有想到写科学研究论文竟然必须这样琐细。两部大书好几百页，竟然没有一个错字，连标点符号，还有那些稀奇古怪的特写字母或符号，也都是个个确实无误，这实在不能不令人感到吃惊。德国人一向以彻底性自诩。我的教授忠诚地保留了德国的优良传统。留给我的印象让我终生难忘，终生受用不尽。

但是给我教育最大的还是我写博士论文的过程。按德国规定，一个想获得博士学位的学生必须念三个系：一个主系和两个副系。我的主系是梵文和巴利文，两个副系是斯拉夫语文系和英国语文系。指导博士论文的教授，德国学生戏称之为"博士父亲"。怎样才能找到博士父亲呢？这要由教授和学生两个方面来决定。学生往往经过在几个大学中获得的实践经验，最后决定留在某一个大学跟某一个教授做博士论文。德国教授在大学里至高无上，他说了算，往往有很大的架子，不大肯收博士生，害怕学生将来出息不大，辱没了自己的名声。越是名教授，收徒弟的条件越高。往往经过几个学期的习弥那尔，教授真正觉得孺子可教，他才点头收徒，并给他博士论文题目。

对我来讲，我好像是没有经过那样漫长而复杂的过程。第四学期念完，教授就主动问我要不要一个论文题目。我听了当然是受宠若惊,立刻表示愿意。他说,他早就有一个题目《〈大事〉伽陀中限定动词的变化》,问我接受不接受。我那时候对梵文所知极少,根本没有选择题目的能力,便满口答应。题目就这样定了下来。佛典《大事》是用所谓"混合梵文"写成的,既非梵文,也非巴利文,更非一般的俗语,是一种乱七八糟杂凑起来的语言。这种语言对研究印度佛教史、印度语言发展史等都是很重要的。我一生对这种语言感兴趣,其基础就是当时打下的。

题目定下来以后,我一方面继续参加教授的习弥那尔,听英文系和斯拉夫语文系的课,另一方面就开始读法国学者塞那校订的《大事》,一共厚厚的三大本,我真是争分夺秒,"开电灯以继晷,恒兀兀以穷年"。我把每一个动词形式都做成卡片,还要查看大量的图书杂志,忙得不可开交。此时国际环境和生活环境越来越恶劣。吃的东西越来越少,不但黄油和肉几乎绝迹,面包和土豆也仅够每天需要量的三分之一至四分之一。黄油和面包都掺了假,吃下肚去,咕咕直叫。德国人是非常讲究礼貌的。但在当时,在电影院里,屁声相应,习以为常。天上还有英美的飞机,天天飞越哥廷根上空。谁也不知道,什么时候会有炸弹落下,心里终日危惧不安。在自己的祖国,日本军国主义者奸淫掳掠,杀人如麻。"烽火连三年,家书抵亿金。"我是根本收不到家书的。家里的妻子老小,生死不知。我在这种内外交迫下,天天晚上失眠。偶尔睡上一点,也是恶梦迷离。有时候梦到在祖国吃花生米。可见我当时对吃的要求已经低到什么程度。几粒花生米,连龙肝凤髓也无法比得上了。

我的论文就是在这种情况下慢慢地写下去的。我想,应当在分析限定动词变化之前写上一篇有分量的长的绪论,说明"混合梵语"的来龙去脉以及《大事》的一些情况。我觉得,只有这样,论文才显得有气派。我翻看了大量用各种语言写成的论文,做笔记,写提纲。这个工作同做卡片同时并举,经过了大约一年多的时间,终于写成了一篇绪论,相当长。自己确实是费了一番心血的。"文章是自己的好",我自我感觉良好,觉得文章分析源流,标列条目,洋洋洒洒,颇有神来之笔,值得满意的。我相信,这一举一定会给教授留下深刻印象,说不定还要把自己夸上一番。当时欧战方殷,教授从军回来短期休假。我就怀着这样的美梦,把绪论送给了他。美梦照旧做了下去。隔了大约一个星期,教授在研究所内把文章退还给我,脸上含有笑意,最初并没有说话。我心里咯噔一下,直觉感到情势有点不妙了。我打开稿子一看,没有任何改动。只是在第一行第一个字前面画上了一个前括号,在最后一行最后一个字后面画上了一个后括号。整篇文章就让一个括号括了起来,意思就是说,全不存在了。这真是"坚决、彻底、干净、全部"消灭掉了。我仿佛当头挨了一棒,茫然、懵然,不知所措。这时候教授才慢慢地开了口:"你的文章费劲很大,引书不少。但是都是别人的意见,根本没有你自己的创见。看上去面面俱到,实际上毫无价值。你重复别人的话,又不完整准确。如果有人对你的文章进行挑剔,从任何地方都能对你加以抨击,而且我相信你根本无力还手。因此,我建议,把绪论统统删掉。在对限定动词进行分析以前,只写上几句说明就行了。"一席话说得我哑口无言,我无法反驳。这引起了我的激烈的思想斗争,心潮滚滚,冲得我头晕眼花。过了好一阵子,我的脑筋才清醒过来,仿佛做了黄粱一梦。我由衷地承认,教授的话是完全合情合理的。我由此体会到:写论文就应该是这个样子。

这是我一生第一次写规模比较大的学术论文，也是我第一次受到剧烈的打击。然而我感激这一次打击，它使我终生头脑能够比较清醒。没有创见，不要写文章，否则就是浪费纸张。有了创见写论文，也不要下笔千言，离题万里。空洞的废话少说不说为宜。我现在也早就有了学生了。我也把我从瓦尔德施密特教授那里接来的衣钵传给了他们。

我的回忆就写到这里为止。这样一个好题目，我本来希望能写出一篇像样的东西。但是却是事与愿违，文章不怎么样。差幸我没有虚构，全是大实话，这对青年们也许还不无意义吧。

1987 年 3 月 18 日晨

悼念曹老

几个月以前,北京大学召开了庆祝曹老(靖华)九十华诞座谈会。我参加了,发了言,我说,曹老的道德文章,可以为人师表。《关东文学》编辑部的同志要我写一篇祝贺文章,我答应了,立即动笔。但是,只写了一半,便有西安、香港之行,没有来得及写完。回京以后,听到曹老病情转恶。但我立刻又有北戴河之行,没能到医院去看望他。不意他竟尔仙逝。老辈学人中又弱一个,给我连年来对师友的悼念又增添一份沉重的力量,让我把祝贺文章腰斩,来写悼念文字,不禁悲从中来了。

记得在大约四年以前,我还在学校工作,曹老的家属从医院打电话给学校领导,说曹老病危,让学校派人去见"最后一面"。我奉派前往,看到他的病并不"危",谈笑风生。我当时心情十分矛盾,我把眼泪硬压在内心里,陪他谈笑。他不久就出了院,而且还参加了一个在京西宾馆召开的会。我们见面,彼此兴奋。我一想到"最后一面",心里就觉得非常有趣。他则怡然坦然,坐在台阶上,同我谈话。以后,听说他又进了医院,出出进进,记不清有多少次了。时光流逝,一晃就是几年,他终于度过了自己的九十周岁诞辰。我原以为他还能奇迹般地出出进进几次,而终无危险,向着百岁迈进,可他终于一病不起了。

同很多人一样,我认识曹老有一个曲折的过程。我是先读他的书,然后闻知他的英勇事迹,最后才见面认识。我在大学读书期间,曾读过曹老的一些翻译作品。1946年夏天,我在离开祖国十一年之后,终于经历了千辛万苦,回到了祖国的怀抱里。我当时心情十分矛盾,一个年轻的游子又回到母亲跟前,心里感到特别温暖。但是在所谓胜利之后,国民党的"劫收"大员,像一群蝗虫,无法无天,乱抢乱夺。我又不禁忧从中来。我在上海停留期间,夜里睡在克家的榻榻米上,觉得其乐无穷。有一天,忽然听到传闻,国民党警察在南京下关车站蛮横地毒打了进京请愿的进步人士,其中就有曹老。从此曹靖华(我记得当时是曹联亚)这个名字就深深地印在我的记忆中。

一直到解放以后,我才在北京大学见到曹老。他在俄语系工作,我在东语系。由于行当不同,接触并不多。但是,他留给我的印象是非常好的。他长我十四岁,论资排辈,他应该算是我的老师。他为人淳朴无华,待人接物,诚挚有加,彬彬有礼,给人以忠厚长者的印象。他不愧是中国旧文化精华的一个代表人物,同他交往,使人如坐春风化雨中。

但是,这只是他性格的一个方面。在另一方面,他却如金刚怒目,对待反动派决不妥协。他通过翻译苏联的革命文学,哺育了一代代的革命新人。他的功绩将永远为中国人民所记忆。而他自己也以身作则。早年他冒风险同鲁迅先生交往,支持人民的正义斗争,坚贞不屈,数十年如一日,终于经历了严霜烈日,走过了不知多少独木小桥,迎来了次第春风。他真正做到了"横眉冷对千夫指,俯首甘为孺子牛"。

在以后长达几十年的交往中,我对他的敬意与日俱增。有很长的一段时间,他是《世界文学》的主编,我是编委之一。每隔几个月,总要召开一次编委会,大家放言高论,其乐融融。解放以后,我参加的会议真可谓多矣。我决不是一个"开会迷",有一些会让我苦不堪言。但是,对《世界文学》的会,我却真有一点"迷"了。同老友见面,同曹老见面,成为我的一大乐事。

我曾在悼念朱光潜先生的文章中提到,我最不喜欢拜访人。即使是我最尊敬的老师和老友,我也难得一访。我自己知道,这是一种怪癖,想改之者久矣。但是山难改,性难移,至今没有什么改进。对待曹老,我也是如此。尽管我对他有深厚的敬意和感情,但是曹老的家我却一次也没有去过。平常在校园中见了面,总要问寒问暖,说上一阵子话,看来彼此都是兴奋而又欣慰。在外面开会时碰到,更要促膝长谈。我往往暗自庆幸:北大是一个出百岁老人的地方。我们的老校长马寅初先生,活到一百多岁。我的美国老师温德教授也庆祝过自己的一百周岁。曹老为什么不能活到一百岁呢?

然而,曹老毕竟没有活到一百岁。这对中国文学艺术界来说是一大损失,对他的学生和朋友来说是一件无法弥补的憾事。有生必有死,这是自然规律,我辈凡人谁也无法抗御。我们只能用这个来安慰自己。同时,我又想到,年过九十,也算是寿登耄耋,在世界上,自古以来,就是十分罕见的。曹老可以安息了。

北大以老教授多闻名全国。我自己虽然久已年逾古稀,但是抬眼向前看,比我年纪大的还有一大排,我只能算是小弟弟,不敢言老,心中更无老意,常常感到,在燕园中,自己是幸福的人。然而近二三年以来，老成颇多凋谢，蓦抬头：我眼前的队伍逐渐缩短了，宛如深秋古木，在不知不觉中，叶片一片片地飘然落下。我虽然自谓能用唯物的态度对待生死问题，然而内心深处也难免引起一阵阵的颤抖了。

嗟乎，死者已矣。我们生者的责任更大起来了。我感到自己肩头沉重了起来。

1987 年 9 月 13 日

我记忆中的老舍先生

老舍先生含冤逝世已经二十多年了。在这一段相当长的时间内，我经常想到他，想到的次数远远超过我认识他以后直至他逝世的三十多年。每次想到他，我都悲从中来。我悲的是中国失去一个热爱祖国、热爱人民的正直的大作家，我自己失去一位从年龄上来看算是师辈的和蔼可亲的老友。目前，我自己已经到了晚年，我的内心再也承受不住这一份悲痛，我也不愿意把它带着离开人间。我知道，原始人是颇为相信文字的神秘力量的，我从来没有这样相信过。但是，我现在宁愿做一个原始人，把我的悲痛和怀念转变成文字，也许这悲痛就能突然消逝掉，还我心灵的宁静，岂不是天大的好事吗？

我从高中时代起，就读老舍先生的著作，什么《老张的哲学》《赵子曰》《二马》，我都读过。到了大学以后，以及离开大学以后，只要他有新作出版，我一定先睹为快，什么《离婚》《骆驼祥子》等等，我都认真读过。最初，由于水平的限制，他的著作我不敢说全都理解。可是我总觉得，他同别的作家不一样。他的语言生动幽默，是地道的北京话，间或也夹上一点山东俗语。他没有许多作家那种忸怩作态让人读了感到浑身难受的非常别扭的文体，一种新鲜活泼的力量跳动在字里行间。他的幽默也同林语堂之流的那种着意为之的幽默不同。总之，老舍先生成了我毕生最喜爱的作家之一，我对他怀有崇高的敬意。

但是，我认识老舍先生却完全出于一个偶然的机会。30 年代初，我离开了高中，到清华大学来念书。当时老舍先生正在济南齐鲁大学教书。济南是我的老家，每年暑假我都回去。李长之是济南人，他是我的唯一的一个小学、中学、大学"三连贯"的同学。有一年暑假，他告诉我，他要在家里请老舍先生吃饭，要我作陪。在旧社会，大学教授架子一般都非常大，他们与大学生之间宛然是两个阶级。要我陪大学教授吃饭，我真有点受宠若惊。及至见到老舍先生，他却全然不是我心目中的那种大学教授。他谈吐自然，蔼然可亲，一点架子也没有，特别是他那一口地道的京腔，铿锵有致，听他说话，简直就像是听音乐，是一种享受。从那以后，我们就算是认识了。

以后是激烈动荡的几十年。我在大学毕业以后，在济南高中教了一年国文，就到欧洲去了，一住就是十一年。中国胜利了，我才回来，在南京住了一个暑假。夜里睡在国立编译馆长之的办公桌上；白天没有地方呆，就到处云游，什么台城、玄武湖、莫愁湖等等，我游了一个遍。老舍先生好像同国立编译馆有什么联系，我常从长之口中听到他的名字。但是没有见过面。到了秋天，我也就离开了南京，乘海船绕道秦皇岛，来到北平。

以后又是更为激烈震荡的三年。用美式装备武装到牙齿的国民党军队，被彻底消灭。蒋介石一小撮到台湾去了。中国人民苦斗了一百多年，终于迎来解放的春天。我们这一群知识分子都亲身感受到，我们确实已经站起来了。就在这样的情况下，我在当时所谓故都又会见了老舍先生，上距第一次见面已经有二十多年了。

我现在已经记不清楚我们重逢时的情景。但是我却清晰地记得起五十年代初期召开的一次汉语规范化会议时的情景。当时语言学界的知名人士，以及曲艺界的名人，都被邀请参加，其中有侯宝林、马增芬姊妹等等。老舍先生、叶圣陶先生、罗常培先生、吕叔湘先生、黎锦熙先生等等都参加了。这是解放后语言学界的第一次盛会。当时还没有达到会议成灾的程度，因此大家的兴致都很高，会上的气氛也十分亲切融洽。

有一天中午，老舍先生忽然建议，要请大家吃一顿地道的北京饭。大家都知道，老舍先生是地道的北京人，他讲的地道的北京饭一定会是非常地道的，都欣然答应。老舍先生对北京人民生活之熟悉，是众所周知的。有人戏称他为"北京土地爷"。他结交的朋友，三教九流都有。他能一个人坐在大酒缸旁，同洋车夫、旧警察等旧社会的"下等人"，开怀畅饮，亲密无间，宛如亲朋旧友，谁也感觉不到他是大作家、名教授、留洋的学士。能做到这一步的，并世作家中没有第二人。这样一位老北京想请大家吃北京饭，大家的兴致哪能不高涨起来呢？商议的结果是到西四砂锅居去吃白煮肉，当然是老舍先生做东。他同饭馆的经理一直到小伙计都是好朋友，因此饭菜极佳，服务周到。大家尽兴地饱餐了一顿。虽然是一顿简单的饭，然而却令人毕生难忘。当时参加宴会今天还健在的叶老、吕先生大概还都记得这一顿饭吧。

还有一件小事，也必须在这里提一提。忘记了是哪一年了，反正我还住在城里翠花胡同没有搬出城外。有一天，我到东安市场北门对门的一家著名的理发馆里去理发，猛然瞥见老舍先生也在那里，正躺在椅子上，下巴上白糊糊的一团肥皂泡沫，正让理发师刮脸。这不是谈话的好时机，只寒暄了几句，就什么也不说了。等我坐在椅子上时，从镜子里看到他跟我打招呼，告别，看到他的身影走出门去。我理完发要付钱时，理发师说：老舍先生已经替我付过了。这样芝麻绿豆的小事殊不足以见老舍先生的精神，但是，难道也不足以见他这种细心体贴人的心情吗？

老舍先生的道德文章，光如日月，巍如山斗，用不着我来细加评论，我也没有那个能力。我现在写的都是一些小事。然而小中见大，于琐细中见精神，于平凡中见伟大，豹窥一斑，鼎尝一脔，不也能反映出老舍先生整个人格的一个缩影吗？

中国有一句俗话："好死不如赖活着。"这一句话道出了一个真理。一个人除非万不得已决不会自己抛掉自己的生命。印度梵文中"死"这个动词，变化形式同被动态一样。我一直觉得非常有趣，非常有意思。印度古代语法学家深通人情，才创造出这样一个形式。死几乎都是被动的，有几个人主动地去死呢？老舍先生走上自沉这一条道路，必有其不得已之处。有人说，人在临死前总会想到许多许多东西的，他会想到自己的一生的。可惜我还没有这个经验，只能在这里胡思乱想。当老舍先生徘徊在湖水岸边决心自沉时，眼望湖水茫茫，心里悲愤填膺，唤天天不应，唤地地不答，悠悠天地，仿佛只剩下自己孤身一人，他会想到自己的一生吧！这一生是忠诚于祖国、忠诚于人民的一生，然而到头来却落到这等地步。为什么呢？究竟是为什么呢？如果自己留在美国不回来，著书立说，悠游自在，洋房、汽车、声名禄利，无一缺少，舒舒服服地过一辈子，说不定能寿登耄耋，富埒王侯。

他不是为了热爱自己的祖国母亲,才毅然历尽艰辛回来的吗?是今天祖国母亲无法庇护自己那远方归来的游子了呢?还是不愿意庇护了呢?我猜想,老舍先生决不会埋怨自己的祖国母亲,祖国母亲永远是可爱的,在任何情况下都是可爱的。他也决不会后悔回来的,但是,他确实有一些问题难以理解,他只有横下一条心,一死了之。这样的问题,我们今天又有谁能够理解呢?我想,老舍先生还会想到自己院子里种的柿子树和菊花,他当然也会想到自己的亲人,想到自己的朋友。所有这一些都是十分美好可爱的。对于这一些难道他就一点也不留恋吗?决不会的,决不会的,但是,有一种东西梗在他的心中,像大毒蛇缠住了他,他只能纵身一跳,投入波心,让弥漫的湖水给自己带来解脱了。

两千多年以前,屈原自沉于汨罗江。他行吟泽畔,心里想的恐怕同老舍先生有类似之处吧。他想到:"蝉翼为重,千钧为轻;黄钟毁弃,瓦釜雷鸣。"他又想到:"世人皆浊我独清,众人皆醉我独醒。"难道老舍先生也这样想过吗?这样的问题,有谁能够答复我呢?恐怕到了地球末日也没有人能答复了。我在泪眼模糊中,看到老舍先生戴着眼镜,在和蔼地对我笑着,我耳朵里仿佛听到了他那铿锵有节奏的北京话。我浑身颤抖,连灵魂也在剧烈地震动。

呜呼!我欲无言。

1987 年 10 月 1 日晨

悼念沈从文先生

去年有一天,老友萧离打电话告诉我,从文先生病危,已经准备好了后事。我听了大吃一惊,悲从中来。一时心血来潮,提笔写了一篇悼念文章,自诧为倚马可待,情文并茂。然而,过了几天,萧离又告诉我说,从文先生已经脱险回家。我心里一块石头落了地,又窃笑自己太性急,人还没去,就写悼文,实在非常可笑。我把那一篇"杰作"往旁边一丢,从心头抹去了那一件事,稿子也沉入书山稿海之中,从此"云深不知处"了。

到了今年,从文先生真正去世了。我本应该写点什么的,可是,由于有了上述一段公案,懒于再动笔,一直拖到今天。同时我注意到,像沈先生这样一个人,悼念文章竟如此之少,有点不太正常,我也有点不平。考虑再三,还是自己披挂上马吧。

我认识沈先生已经五十多年了。当我还是一个大学生的时候,我就喜欢读他的作品。我觉得,在所有的并世的作家中,文章有独立风格的人并不多见。除了鲁迅先生之外,就是从文先生。他的作品,只要读上几行,立刻就能辨认出来,绝不含糊。他出身湘西的一个破落小官僚家庭,年轻时当过兵,没有受过多少正规的教育。他完全是自学成家。湘西那一片有点神秘的土地,其怪异的风土人情,通过沈先生的笔而大白于天下。湘西如果没有像沈先生这样的大作家和像黄永玉先生这样的大画家,恐怕一直到今天还是一片充满了神秘的 terra incognita（没有人了解的土地）。

我同沈先生打交道,是通过一件不大不小的事情。丁玲的《母亲》出版以后,我读了觉得有一些意见要说,于是写了一篇书评,刊登在郑振铎、靳以主编的《文学季刊》创刊号上。刊出以后,我听说,沈先生有一些意见。我于是立即写了一封信给他,同时请郑先生在《文学季刊》创刊号再版时,把我那一篇书评抽掉。也许就是由于这一个不能算是太愉快的因缘,我们就认识了。我当时是一个穷学生,沈先生是著名的作家。社会地位,虽不能说如云泥之隔,毕竟差一大截子。可是他一点名作家的架子也不摆,这使我非常感动。他同张兆和女士结婚,在北京前门外大栅栏撷英番菜馆设盛大宴席,我居然也被邀请。当时出席的名流如云。证婚人好像是胡适之先生。

从那以后,有很长的时间,我们并没有多少接触。我到欧洲去住了将近十一年。他在抗日烽火中的昆明住了很久,在西南联大任国文系教授。彼此音问断绝。他的作品我也读不到了。但是,有时候,不知是出于什么原因,我在饥肠辘辘、机声嗡嗡中,竟会想到他。我还是非常怀念这一位可爱、可敬、淳朴、奇特的作家。

一直到 1946 夏天,我回到祖国。这一年的深秋,我终于又回到了别离了十几年的北平。从文先生也于此时从云南复员来到北大,我们同在一个学校任职。当时我住在翠花胡同,他住在中老胡同，都离学校不远，因此我们也相距很近。见面的次数就多了起来。他曾请我吃过一顿相当别致、毕生难忘的饭，云南有名的汽锅鸡。锅是他从昆明带回来的，外表看上去像宜兴紫砂，上面雕刻着花卉书法，古色古香，虽系厨房用品，然却古朴高雅，简直可以成为案头清供，与商鼎周彝斗艳争辉。

就在这一次吃饭时，有一件小事给我留下了深刻的印象。当时要解开一个用麻绳捆得紧紧的什么东西，只须用剪子或小刀轻轻地一剪一割，就能开开。然而从文先生却抢了过去，硬是用牙把麻绳咬断。这一个小小的举动，有点粗劲，有点蛮劲，有点野劲，有点土劲，并不高雅，并不优美。然而，它却完全透露了沈先生的个性。在达官贵人、高等华人眼中，这简直非常可笑，非常可鄙。可是，我欣赏的却正是这一种劲头。我自己也许就是这样一个"土包子"，虽然同那一些只会吃西餐、穿西装、半句洋话也不会讲偏又自认为是"洋包子"的人比起来，我并不觉得低他们一等。不是有一些人也认为沈先生是"土包子"吗？

还有一件小事，也使我忆念难忘。有一次我们到什么地方去游逛，可能是中山公园之类。我们要了一壶茶。我正要拿起壶来倒茶，沈先生连忙抢了过去，先斟出了一杯，又倒入壶中，说只有这样才能把茶味调得均匀。这当然是一件微不足道的小事，然而在琐细中不是更能看到沈先生的精神吗？

小事过后，来了一件大事：我们共同经历了北平的解放。在这个关键时刻，我并没有听说，从文先生有逃跑的打算。他的心情也是激动的，虽然他并不故作革命状，以达到某种目的，他仍然是朴素如常。可是厄运还是降临到他头上来。一个著名的马列主义文艺理论家，在香港出版的一个进步的文艺刊物上，发表了一篇长文,题目大概是什么《文坛一瞥》之类,前面有一段相当长的修饰语。这一位理论家视觉似乎特别发达,他在文坛上看出了许多颜色。他"一瞥"之下,就把沈先生"瞥"成了粉红色的小生。我没有资格对这一篇文章发表意见。但是,沈先生好像是当头挨了一棒,从此被"瞥"下了文坛,销声匿迹,再也不写小说了。

一个惯于舞笔弄墨的人。一旦被剥夺了写作的权利,他心里是什么滋味,我说不清;他有什么苦恼,我也说不清。然而,沈先生并没有因此而消沉下去。文学作品不能写,还可以干别的事嘛。他是一个精力旺盛的人,他是一个闲不住的人,他转而研究起中国古代的文物来,什么古纸、古代刺绣、古代衣饰等等,他都研究。凭了他那一股惊人的钻研的能力,过了没有多久,他就在新开发的领域内取得了可喜的成绩。他那一本讲中国服饰史的书,出版以后,洛阳纸贵,受到国内外一致的高度的赞扬。他成了这方面权威。他自己也写章草,又成了一个书法家。

有点讽刺意味的是,正当他手中的写小说的笔被"瞥"掉的时候,从国外沸沸扬扬传来了消息,说国外一些人士想推选他作诺贝尔文学奖奖金的候选人。我在这里着重声明一句,我们国内有一些人特别迷信诺贝尔奖奖金,迷信的劲头,非常可笑:试拿我们中国没有得奖的那几位文学巨匠同已经得奖的欧美的一些作家来比一比,其差距简直有如高山与小丘。同此辈争一日之长,有这个必要吗!推选沈先生当候选人的事是否进行过,我不得而知。沈先生怎样想,我也不得而知。我在这里提起这一件事,只不过把它当做沈先生一生中一个小小的插曲而已。

我曾在几篇文章中都讲到,我有一个很大的缺点(优点?),

我不喜欢拜访人。有很多可尊敬的师友，比如我的老师朱光潜先生、董秋芳先生等等，我对他们非常敬佩，但在他们健在时，我很少去拜访。对沈先生也一样。偶尔在什么会上，甚至在公共汽车上相遇，我感到非常亲切，他好像也有同样的感情。他依然是那样温良、淳朴，时代的风风雨雨在他身上，似乎没有留下什么痕迹，说白了就是没有留下伤痕。一谈到中国古代科技、艺术等等，他就喜形于色，眉飞色舞，娓娓而谈，如数家珍，天真得像一个大孩子。这更增加了我对他的敬意。我心里曾几次动过念头：去看一看这一位可爱的老人吧！然而，我始终没有行动。现在人天隔绝，想见面再也不可能了。

有生必有死，是大自然的规律。我知道，这个规律是违抗不得的，我也从来没有想去违抗。古代许多圣君贤相，聪明一世，糊涂一时，想方设法，去与这个规律对抗，妄想什么长生不老，结果却事与愿违，空留下一场笑话。这一点我很清楚。但是，生离死别，我又不能无动于衷。古人云：太上忘情。我是一个微不足道的凡人，无论如何也做不到忘情的地步，只有把自己钉在感情的十字架上了。我自谓身体尚颇硬朗，并不服老。然而，曾几何时，宛如黄粱一梦，自己已接近耄耋之年。许多可敬可爱的师友相继离我而去。此情此景，焉能忘情？现在从文先生也加入了去者的行列。他一生安贫乐道，淡泊宁静，死而无憾矣。对我来说，忧思却着实难以排遣。像他这样一个有特殊风格的人，现在很难找到了。我只觉得大地茫茫，顿生凄凉之感。我没有别的本领，只能把自己的忧思从心头移到纸上，如此而已。

1988 年 11 月 12 日于香港中文大学会友楼

哭冯至先生

对我来说,真像是晴空一声霹雳:冯至先生走了,永远永远地走了。

要说我一点都没有想到,也不是的。他毕竟已是达到了米寿高龄的人了。但是,仅仅在一个多月以前,我去看过他。我看他身体和精神都很好,心中暗暗欣慰。他告诉我说,他不大喜欢有一些人去拜访他,但我是例外。他再三想把我留住。情真意切,见于辞色。可是我还有别的事,下了狠心辞别。我同他约好,待到春暖花开之时,接他到燕园里住上几天,会一会老朋友,在园子里漫游一番,赏一赏他似曾相识的花草树木。我哪里会想到,这是我们长达半个多世纪的友谊的最后一次谈话。如果我当时意识到的话,就是天大的事,我也会推掉的,陪他谈上几个小时,可是我离开了他。如今一切都成为过去。晚了,晚了,悔之晚矣!我将抱恨终天了!

我认识冯至先生的过程,现在回想起来,仿佛已经成了历史。他长我六岁,我们不可能是同学,因此在国内没有见过面。当我到德国去的时候,他已经离开那里,因此在国外也没有能见面。但是，我在大学念书的时候，就读过他的抒情诗，对那一些形神俱臻绝妙的诗句，我无限向往，无比喜爱。鲁迅先生赞誉他为中国最优秀的抒情诗人，我始终认为这是至理名言。因此，对抒情诗人的冯至先生，我真是心仪已久了。

但是，一直到1946年，我们才见了面。这时，我从德国回来，在北京大学东语系任教，冯先生在西语系，两系的办公室紧挨着，见面的机会就多了。

在这期间，给我留下印象最深的，不是北大的北楼，而是中德学会所在地，一所三进或四进的大四合院。这里房屋建筑，古色古香。虽无曲径通幽之趣，但回廊重门也自有奇趣。院子很深，"庭院深深深几许"，把市声都阻挡在大门外面，院子里静如古寺，一走进来，就让人觉得幽寂怡性。冯至先生同我，还有一些别的人，在这里开过许多次会。我在这里遇到了许多人，比如毕华德、张星烺、袁同礼、向达等等，现在都已作古。但是，对这一段时间的回忆，却永远不会消逝。

很快就到了1948年冬天，解放军把北京团团围住。北大一些教授，其中也有冯先生，在沙滩孑民堂里庆祝校庆，城外炮声隆隆，大家不无幽默地说，这是助庆的鞭炮。可见大家并没有身处危城中的恐慌感，反而有所期望，有所寄托。校长胡适乘飞机仓皇逃走，只有几个教授与他同命运，共进退。其余的都留下了，等待解放军进城。冯先生就是其中之一。

过去，我常常想，也常常说，对中国旧社会的知识分子来说，解放是一场严峻的考验，是大节亏与不亏的考验。在这一点上说，冯至先生是大节不亏的。但是，我想做一点补充或者修正。由于政治信念不同，当时离开大陆的也不见得都是大节有亏的。在这里,标准只有一个,就是看他爱不爱国。只要爱我们伟大的祖国,待在哪里,都无亏大节。爱国无分先后,革命不计迟早。这是我现在的想法。

总之,在这考验的关头,冯至先生留下来了,我也留下来了,许许多多的教授都留下来了。我们共同度过一段欢喜、激动、兴奋、甜美的日子。

跟着来的是长达四十年的漫长的开会时期。记得 50 年代在一次会上,周扬同志笑着对我们说:"国民党的税多,共产党的会多。"冯至先生也套李后主的词说:"春花秋月何时了?开会知多少!"他们二位并没有什么恶意,但是从他们的苦笑中也可以体会出一点苦味,难道不是这样吗?

幸乎?不幸乎?他们两位的话并没有错,在我同冯至先生长达四十多年的友谊中,我对他的回忆,几乎都同开会连在一起。

常言道:"时势造英雄。"解放这一个时势,不久就把冯至先生和我都造成了"英雄"。不知怎样一来,我们俩都成了"社会活动家",甚至"国际活动家",都成了奔走于国内外的开会的"英雄"。我是一个性格内向的人,最怕同别人打交道。我看,冯先生同我也是"伯仲之间见伊吕",他根本不是一个交际家。如果他真正乐此不疲的话,他就不会套用李后主的词来说"怪话"。这一点是用不着怀疑的。

开会之所以多,就是因为解放后集会结社,名目繁多。什么这学会,那协会;这理事会,那委员会;这人民代表大会,那政治协商会议,种种称号,不一而足。冯先生和我既然都是"社会活动家",那就必须"活动"。又因为我们两个的行当有点接近,在社会上所处的地位,又有点相似,因此就经常"活动"到一起来了。我有时候胡思乱想：冯先生和我如果不是"社会活动家"的话，我们见面的机会就会减少百分之八九十，我们的友谊就会向另外一个方向发展了。仅仅为了这一点，我也要感谢"会多"。

我们俩共同参加的会，无法一一列举，仅举其荦荦大者，就有《世界文学》编委会，中国作家协会，全国人民代表大会，国务院学位委员会，《中国大百科全书·外国文学卷》编委会，中国外国文学研究会，中国社会科学院文学研究所学术委员会，外国文学研究所学术委员会，等等，等等。我们的友谊就贯串在这些五花八门的会中，我的回忆也贯串在这些五花八门的会中。

我不能忘记那奇妙的莫干山。有一年，《中国大百科全书·外国文学卷》编委会在这里召开。冯先生是这一卷的主编，我是副主编，我们俩都参加了。莫干山以竹名，声震神州。我这个向来不作诗的"非诗人"，忽然得到了灵感，居然写了四句所谓"诗"："莫干竹世界，遍山绿琅玕。仰观添个个，俯视惟团团。"可见竹子给我的印象之深。在紧张地审稿之余，我同冯先生有时候也到山上去走走。白天踏着浓密的竹影，月夜走到仿佛能摸出绿色的幽篁里；有时候在细雨中，有时候在夕阳下。我们随意谈着话，有的与审稿有关，有的是上天下地，无所不谈。

这一段回忆是美妙绝伦的，终生难忘。

我不能忘记那令人发思古之幽情的西安丈八沟国宾馆。西安是中国古代几个朝代的都会，到了唐代，西安简直成了全世界的文化、政治和经济的中心，大量的外国人住在那里。唐代诗歌又是中国文学史上的一个黄金时期的产品。今天到了西安，只要稍一留意，就会到处都是唐诗的遗迹。谁到了灞桥，到了渭水，到了那一些什么"原"，不会立刻就联想到唐代许多脍炙人口的诗句呢？西安简直是一座诗歌的城市，一座历史传说的城市，一座立即让人发思古之幽情的城市。丈八沟这地方，杜甫诗中曾提到过。冯至先生个人是诗人，又是研究杜甫诗歌的专家。他到了西安，特别是到了丈八沟，大概体会和感受应该比别人更多吧。我们这一次是来参加中国外国文学研究会的年会的。工作也是颇为紧张的。但是，同在莫干山一样，在紧张之余，我们也间或在这秀丽幽静的宾馆里散一散步。这里也有茂林修竹，荷塘小溪。林中，池畔，修竹下，繁花旁，留下了我们的足踪。

这一段回忆是美妙绝伦的，终生难忘。

够了，够了。往事如云如烟。像这样不能忘记的回忆，真是太多太多了。像这些不能忘记的地方和事情，也真是太多太多了，多到我的脑袋好像就要爆裂的程度。现在，对我来说，每一个这样的回忆，每一件这样的事情，都仿佛成了一首耐人寻味的抒情诗。

所有这一些抒情诗都是围绕着一个人而展现的，这个人就是冯至先生。

在长达半个多世纪的友谊中，我们虽为朋友，我心中始终把他当老师来看待。借用先师陈寅恪先生的一句诗，就是"风义平生师友间"。经过这样长时间的亲身感受，我发现冯先生是一个非常可爱，非常可亲近的人。他淳朴，诚恳，不会说谎，不会虚伪，不会吹牛，不会拍马，待人以诚，同他相处，使人如坐春风中。我从来没有见他发过脾气。前几天，我到医院去看他的时候，他女儿姚平告诉我说，有时候她爸爸在胸中郁积了一腔悲愤，一腔不悦。女儿说："你发一发脾气嘛！一发不就舒服了吗？"他苦笑着说："你叫我怎样学会发脾气呢？"

冯至先生就是这样一个平凡而又奇特，这样一个貌似平凡实为不平凡的人。

古人说："人生得一知己，足矣。"我生性内向，懒于应对进退，怯于待人接物。但是，在八十多年的生命中，也有几个知己。我个人认为，冯至先生就是其中之一。在漫长的开会历程中，有多次我们住在一间屋中。我们几乎是无话不谈，对时事，对人物，对社会风习，对艺坛奇闻，我们的意见完全一致，几乎没有丝毫分歧。我们谈话，从来用不着设防。我们直抒胸臆，尽兴而谈。自以为人生幸福，莫大于此。我们的友谊之所以历久不衰，而且与时俱增，原因当然就在这里。

两年前，我的朋友和学生一定要为我庆祝八十诞辰。我提出来了一个条件：凡是年长于我的师友，一律不通知，不邀请。冯先生当然是在这范围以内的。然而，到了开会的那一天，大会就要开始时，冯先生却以耄耋之年，跋涉长途，从东郊来到西郊，来向我表示祝贺。我坐在主席台上，瞥见他由人搀扶着走进会场，我一时目瞪口呆，万感交集，我连忙跳下台阶，双手扶他上来。他讲了许多鼓励的话，优美得像一首抒情诗。全场四五百人掌声雷动，可见他的话拨动了听众的心弦。此情此景，我终生难忘。那一次会上，还来了许多年长于我或少幼于我的老朋友，比如吴组缃（他是坐着轮椅赶来的）、许国璋等等，情谊深重，连同所有的到会的友人，包括我家乡聊城和临清的旧雨新交，我都终生难忘。我是一个拙于表达但在内心深处极重感情的人。我所有的朋友对我这样情深意厚的表示，在我这貌似花样繁多而实单调、貌似顺畅而实坎坷的生命上，涂上了一层富有生机、富于情谊的色彩，我哪里能够忘记呢？

近几年来，我运交华盖，连遭家属和好友的丧事。人到老年，旧戚老友，宛如三秋树叶，删繁就简，是自然的事。但是，就我个人来说，几年之内，连遭大故，造物主——如果真有的话——不也太残酷了吗？我哭过我们全家敬爱的老祖，我哭过我的亲生骨肉婉如，我哭过从清华大学就开始成为朋友的乔木。我哪里会想到，现在又轮到我来哭冯至先生！"白发人哭黑发人"固然是人生之至痛。但"白发人哭白发人"，不也是同样地惨痛吗？我觉得，人们的眼泪不可能像江上之清风与山间之明月，取之不尽用之不竭。几年下来，我的泪库已经干涸了，再没有眼泪供我提取了。

　　然而，事实上却不是这样，完全不是这样。前几天，在医院里，我见了冯先生最后一面。他虽然还活着，然而已经不能睁眼，不能说话。我顿感，毕生知己又弱一个。我坐在会客室里，泪如泉涌，我准备放声一哭。他的女儿姚平连声说："季伯伯！你不要难过！"我调动起来了自己所有剩余的理智力量，硬是把痛哭压了下去。脸上还装出笑容，甚至在泪光中做出笑脸。只有我一个人知道：我的泪都流到肚子里去了。为了冯至先生，我愿意把自己泪库中的泪一次提光，使它成为我一生中最后的一次痛哭。

　　呜呼！今生已矣。如果真有一个来生，那会有多么好。

1993 年 2 月 24 日

晚节善终　大节不亏

——悼念冯芝生（友兰）先生

芝生先生离开我们，走了。对我来说，这噩耗既在意内，又出意外。约莫三四个月以前，我曾到医院去看过他，实际上含有诀别的意味。但是，过了不久，他又奇迹般地出了院。后来又听说，他又住了进去。以九十五周岁的高龄，对医院这样几出几进，最后终于永远离开了医院，也离开了我们。难道说这还不是意内之事吗？

可是芝生先生对自己的长寿是充满了信心的。他在八八自寿联中写道：

何止于米？相期以茶。
胸怀四化，寄意三松。

米寿指八十八岁，茶寿指一百〇八岁。他活到九十五岁，离茶寿还有十三年，当然不会满足的。去年，中国文化书院准备为他庆祝九十五岁诞辰，并举办国际学术讨论会。他坚持要到今年九十五周岁时举办。可见他信心之坚。他这种信心也感染了我们。我们都相信,他会创造奇迹的。今年的庆典已经安排妥帖,国内外请柬都已发出,再过一个礼拜,就要举行了。可惜他偏在此时离开了我们,使庆祝改为悼念。不说这是意外又是什么呢?

在芝生先生弟子一辈的人中,我可能是接触到冯友兰这个名字的最早的人。1926年,我在济南一所高中读书。这是一所文科高中。课程中除了中外语文、历史、地理、心理、伦理、《诗经》《书经》等等以外,还有一门人生哲学,用的课本就是芝生先生的《人生哲学》。我当时只有十五岁,既不懂人生,也不懂哲学。但是对这一门课的内容,颇感兴趣。从此芝生先生的名字,就深深地印在我的心中。我认为,他是一个高不可攀的大人物。屈指算来,现在已有六十四年了。

后来,我考进了清华大学,入西洋文学系。芝生先生是文学院长。当时清华大学规定,文科学生必须选一门理科的课,逻辑学可以代替。我本来有可能选芝生先生的课,临时改变主意,选了金岳霖先生的课。因此我一生没有上过芝生先生的课。在大学期间,同他根本没有来往,只是偶尔听他的报告或者讲话而已。

时过境迁,我大学毕业后,当了一年高中国文教员,到欧洲去漂泊了将近十一年。抗日战争后,回到了祖国。由于陈寅恪先生的介绍,到北大来工作。这时芝生先生从大后方复员回到北平,仍然在清华任教。我们没有接触的机会。只是偶尔从别人口中得知芝生先生在西南联大时的情况,也有过一些议论。这在当时是难以避免的。至于真相究竟如何,谁也不去探究了。

不久就迎来了解放。据我的推测,芝生先生本来有资格到台湾去的。然而他留下没走,同我们共同度过了一段既感到光明、又感到幸福的时刻。至于他是怎样想的，我完全不知道。不管怎样，他的朋友和弟子们从此对他有了新的认识，这却是事实。他曾给毛泽东同志写过一封信，毛主席回复了一封比较长的信。"十年浩劫"期间，我听他亲口读过。他当时是异常激动的。此是后话，这里暂且不表了。

不久，我国政府组成了一个文化代表团，应邀赴印度和缅甸访问。这是新中国开国后第一个比较大型的出访代表团。团员中颇有一些声誉卓著、有代表性的学者、文学家和艺术家。丁西林任团长，郑振铎、陈翰笙、钱伟长、吴作人、常书鸿、张骏祥、周小燕等等，以及芝生先生都是团员，我也滥竽其中。秘书长是刘白羽。因为这个团很重要，周总理亲自关心组团的工作，亲自审查出国展览的图片。记得是，1951年整个夏天，我们都在做准备工作，最费事的是画片展览。我们到处拍摄、搜集能反映新中国新气象的图片，最后汇总在故宫里面的一个大殿里，满满的一屋子，请周总理最后批准。我们忙忙碌碌，过了一个异常紧张但又兴奋愉快的夏天。

那一年国庆节前，我们到了广州，参加了观礼活动。我们在广州又住了一段时间，将讲稿或其他文件译为英文，做好最后的准备工作。此时，广州解放时间不长，国民党的飞机有时还来骚扰，特务活动也时有所闻。我们出门，都有便衣怀藏手枪的保安人员跟随，暗中加以保护。我们一切都准备好后，便乘车赴香港，换乘轮船，驶往缅甸，开始了对五天竺和缅甸的长达几个月的长征。……

从此以后，我们全团十几个人就马不停蹄，跋山涉水，几乎是一天换一个新地方，宛如走马灯一般，脑海里天天有新印象，眼前时时有新光景，乘船，乘汽车，乘火车，乘飞机，几乎看尽了春、夏、秋、冬四季风光，享尽了印缅人民无法形容的热情的款待。我不能忘记，我们曾在印度洋的海船上，看飞鱼飞跃。晚上在当空的皓月下，面对浩渺蔚蓝的波涛，追怀往事。我不能忘记，我们在印度闻名世界的奇迹泰姬陵上欣赏"琼楼玉宇高处不胜寒"的奇景。我不能忘记，我们在亚洲大陆最南端科摩林海角沐浴大海，晚上共同招待在黑暗中摸黑走八十里路、目的只是想看一看中国代表团的印度青年。我不能忘记，我们在佛祖释迦牟尼打坐成佛的金刚座旁流连瞻谒，我从印度空军飞机驾驶员手中接过几片菩提树叶，而芝生先生则用口袋装了一点金刚座上的黄土。我不能忘记，我们在金碧辉煌的土邦王公的天方夜谭般的宫殿里，共同享受豪华晚餐，自己也仿佛进入了童话世界。我不能忘记，在缅甸茵莱湖上，看缅甸船主独脚划船。我不能忘记，我们在加尔各答开着电风扇，啃着西瓜，度过新年。我不能忘记的事情太多太多了，怎么说也是说不完的。一想起印缅之行，我脑海里就成了万花筒，光怪陆离，五彩缤纷。中间总有芝生先生的影子在，他长须飘胸，道貌岸然。其他团员也都各具特点，令人忆念难忘。这情景，当时已道不寻常，何况现在事后追思呢？

根据解放后一些代表团出国访问的经验，在团员与团员之间的关系方面，往往可以看出三个阶段。初次聚在一起时，大家都和和睦睦，客客气气。后来逐渐混熟了，渐渐露出真面目，放言无忌。到了后期，临解散以前，往往又对某一些人心怀不满，胸有芥蒂。这个三段论法，真有点厉害，常常真能兑现。

但是，我们的团却不是这个样子。

我们自始至终，都是能和睦相处的。我们团中还产生了一对情侣，后来有情人终成了眷属。可见气氛之融洽。在所有的团员和工作人员中，最活跃的是郑振铎先生。他身躯高大魁梧，说话声音洪亮。虽然已经渐入老境，但不失其赤子之心。他同谁都谈得来，也喜欢开个玩笑，而最爱抬杠。团中爱抬杠者，大有人在。代表团成立了一个抬杠协会，简称杠协。大家想选一个会长，领袖群伦。于是月旦群雄，最后觉得郑先生喜抬杠，而不自知其为抬杠，已经达到抬杠圣境，圆融无碍。大家一致推选他为杠协会长。在他领导之下，团中杠业发达，皆大欢喜。

郑先生同芝生先生年龄相若，而风格迥异。芝生先生看上去很威严，说话有点口吃。但有时也说点笑话，足征他是一个懂得幽默的人。郑先生开玩笑的对象往往就是芝生先生。他经常喊芝生先生为"大胡子"，不时说些开玩笑的话。有一次，理发师正给芝生先生刮脸，郑先生站在旁边起哄，连声对理发师高呼："把他的络腮胡子刮掉！"理发师不知所措，一失手，真把胡子刮掉一块。这时候，郑先生大笑，旁边的人也陪着哄笑。然而芝生先生只是微微一笑，神色不变，可见先生的大度包容的气概。《世说新语》载："王子猷、子敬曾俱坐一室，上忽发火。子猷遽走避，不惶取屐；子敬神色恬然，徐唤左右，扶凭而出，不异平常。世以此定二王神宇。"芝生先生的神宇有点近似子敬。

上面举的只是一件微末小事，但是由小可以见大。总之，我们的代表团就是在这种熟悉而不亵渎、亲切而互相尊重的气氛中，共同生活了半年。我得以认识芝生先生，也是在一段时期内的事。屈指算来，到现在也近四十年了。

对于芝生先生的专门研究领域，中国哲学史，我几乎完全是一个门外汉，不敢胡言乱语。但是他治中国哲学史的那种坚韧不拔的精神，我却是能体会到的，而且是十分敬佩的。为了这一门学问，他不知遭受了多少批判。他提倡的道德抽象继承论，也同样受到严厉的诡辩式的批判。但是，他能同时在几条战线上应战，并没有被压垮。他坚持真理，修正错误，不惜以今日之我非昨日之我，经常在修订他的《中国哲学史》，我说不清已经修订过多少次了。我相信，倘若能活到一百〇八岁，他仍然是要继续修订的。只是这一点精神，难道还不值得我们认真学习吗？

芝生先生走过了九十五年的漫长的人生道路。九十五岁几乎等于一个世纪。自从公元建立后，至今还不到二十个世纪。芝生先生活了公元的二十分之一，时间够长的了。他一生经历了清代、民国、洪宪、军阀混乱、国民党统治、抗日战争，一直迎来了解放。道路并不总是平坦的，有阳关大道，也有独木小桥，曲曲折折，坎坎坷坷。然而芝生先生以他那奇特的乐观精神和适应能力，不断追求真理，追求光明，忠诚于自己的学术事业，热爱祖国，热爱祖国的传统文化，终于走完了人生长途，仰不愧于天，俯不怍于地。我们可以说是他晚节善终，大节不亏。他走了一条中国老知识分子应该走的道路。在他身上，我们是可以学习到很多东西的。

芝生先生！你完成了人生的义务，掷笔去世，把无限的怀思留给了我们。

芝生先生！你度过漫长疲劳的一生，现在是应该休息的时候了。你永远休息吧！

1990 年 12 月 3 日

悼许国璋先生

小保姆告诉我,北京外国语大学来了电话,说许国璋教授去世了。我不禁"哎哟"了一声。我这种不寻常的惊呼声,在过去相同的场合下是从来没有过的。它一方面表现了这件事对我打击之剧烈,另一方面其背后还蕴含着一种极其深沉的悲哀,有如被雷击一般,是事前绝对没有想到的,我只有惊呼"哎哟"了。

我同国璋,不能算是最老的朋友。但是,屈指算来,我们相识也已有将近半个世纪了。在解放初期那种狂热的开会的热潮中,我们常常在各种各样的会上相遇。会虽然是各种各样,但大体上离不开外国语言和文学。我们亦不是一个行当,他是搞英语的,我搞的则是印度和中亚古代语言。但因为同属于外字号,所以就有了相会的机会。我从小学就开始学英语,以后在清华,虽云专修德语,实际上所有的课程都用英语来进行,因此我对英语也不敢说是外行,又因此对国璋的英语造诣也具有能了解的资格。英语界的同行们对他的英语造诣之高,无不钦佩。但是,他在这一方面绝无骄矜之气。他待人接物,一片淳真,朴实,诚恳,谦逊,但也并不故作谦逊状,说话实事求是,决不忸怩作态。因此，他给我留下了非常美好的、毕生难忘的印象。

到了那一个史无前例的"十年浩劫"，他理所当然地在劫难逃。风闻他被打成了外院"洋三家村"的大老板。中国人作诗词，讲究对偶，"四人帮"一伙虽然胸无点墨，我们老祖宗这个遗产，他们却忠诚地继承下来了，既有"土三家村"，必有"洋三家村"。国璋等三个外院著名的英美语言文学的教授，适逢其会，忉蒙垂青，于是一个虚无缥缈的"洋三家村"就出现在大字报上了。大家都知道，"土三家村"是"十年浩劫"的直接导火线。本来不存在的事实却被具有天眼通、天耳通的"四人帮"及其徒子徒孙们"炒"成了"事实"，搞得乌烟瘴气，寰宇闻名。中一变而为外，土一变而为洋，当时崇洋媚外，罪大恶极——其实"四人帮"一伙是在灵魂深处最崇洋媚外的——"土三家村"十恶不赦，而"洋三家村"则必然是万恶不赦了。在这样的情况下，国璋所受的皮肉之苦，以及精神上的折磨，概可想见了。

拨乱反正，天日重明。我同国璋先生的来往也多了起来。据我个人的估计，我们在浩劫前后的来往，性质和内容，颇有所不同。劫前集会，多是务虚；劫后集会，则重在务实。从前，我们这一群知识分子，特别是老知识分子，又特别是在外国待过的老知识分子，最初还是有理智、有自知之明的。我们都知道自己是热爱祖国的，热爱新社会的，对所谓"解放"是感到骄傲的。然而，天天开会，天天"查经"，天天"学习"，天天歌功。人是万物主灵，但又是很软弱的动物，久而久之，就被这种环境制造成了后现代主义的最新的"基督教徒"，一脑袋"原罪"思想，简直觉得自己一无是处，罪恶滔天，除非认真脱胎换骨，就无地自容，就无颜见天下父老。我的老师中国当代大哲学家金岳霖先生，学贯中西，名震中外，早已过了还历之年，头发已经黑白参半。就是这样一个老人，竟在一次会上，声音低沉，眼睛里几乎要流出眼泪，沉痛检讨自己。什么原因呢？他千方百计托人买一幅明朝大画家文徵明的画。我当时灵魂的最深处一阵战栗，觉得自己"原罪"的思想太差劲了，应该狠狠地向老师学习了。

我同国璋也参加了不少这样的会，他是怎样思考的，我不知道。反正他是一个老党员，"原罪"的意识应该超过我们的。我丝毫也没有认为，中国的老知识分子都是完美无缺的。我们有自己的缺点，我们也应该改造思想。但是，事实最是无情的，当年一些挥舞着"资产阶级法权"大棒专门整人的人，曾几何时，原形毕露：他们有的不只是资产阶级思想，而且还有封建思想。这难道不是最大的讽刺吗？

这话扯远了，还是收回来讲劫后的集会吧，此时"四人帮"已经垮了台，双百方针真正得到了实现。改革开放给人们带来了思想的活跃，带来了重新恢复起来的干劲。外国语言文学界也不例外。我同国璋先生，还有"洋三家村"的全体成员，以及南南北北的同行们，在暌离了十多年以后，又经常聚在一起开会。但是，现在不再是写不完的检讨，认不完的罪，而是认真、细致地讨论一些为适应我国社会主义建设的有关外国语言文学的问题。最突出的例子是编写《中国大百科全书》"外国文学卷"和"语言卷"的工作。此时，我们真正是心情愉快，仿佛拨云雾而见青天。那一顶顶"资产阶级法权""资产阶级反动学术权威"的虚无缥缈的、至今谁也说不清楚的，然而却如泰山压顶似的大帽子，"三山半落青天外"了。我们无帽一身轻，真有用不完的劲。我同国璋每次见面，会心一笑，真如"如来拈花，迦叶微笑"，

"心有灵犀一点通"了。

最难忘的是当我受命担任"语言卷"主编时的情景。这样一部能而且必须代表有几千年研究语言学传统的世界大国语言学研究水平的巨著,编纂责任竟落到了我的肩上,我真是诚惶诚恐,如履薄冰。我考虑再三,外国语言部分必须请国璋先生出马负责。中国研究外国语言的学者不是太多,而造诣精深,中西兼通又能随时吸收当代语言新理论的学者就更少。在这样考虑之下,我就约了李鸿简同志,在一个风大天寒的日子里,从北大乘公共汽车,到魏公村下车,穿过北京外院的东校园,越过马路,走到西校园的国璋先生的家中,恳切陈词,请他负起这个重任。他二话没说,立即答应了下来。我刚才受的寒风冷气之苦和心里面忐忑不安的心情,为之一扫。我无意中瞥见了他室中摆的那一盆高大的刺儿梅,灵犀一点,觉得它也为我高兴,似向我招手祝贺。

从那以后,我们的来往就多了起来,有时与《大百科》有关,有时也无关。他在自己的小花园里种了荷兰豆,几次采摘一些最肥嫩的,亲自送到我家里来。大家可以想象,这些当时还算是珍奇的荷兰豆,嚼在我嘴里是什么滋味,这里面蕴涵着醇厚的友情,用平常的词汇来形容,什么"鲜美",什么"脆嫩",都是很不够的。只有用神话传说中的"醍醐",只有用梵文 amra (不死之药)一类的词儿,才能表达于万一。

他曾几次约我充当他的硕士生和博士生答辩委员会主席,请我在他住宅附近的一个餐厅里吃饭,有一次居然吃的是涮锅子。他也到我家来过几次,我们推心置腹,无话不谈。我们谈论彼此学校的情况,谈论当前中国文坛、特别是外国语言文学界的新情况和新动向,谈论当前的社会风气。谈论最多的是青年的出国热。我们俩都在外国呆过多年，决不是什么土包子，但是我们都不赞成久出不归，甚至置国格与人格于不顾，厚颜无耻地赖在那个蔑视自己甚至污辱自己的国家里不走。我们当年在外国留学时，从来也没有久居不归的念头。国璋特别讲到，一个黄脸皮的中国人，那几个诺贝尔奖奖金的获得者除外，在民族歧视风气浓烈的美国，除了在唐人街鬼混或者同中国人来往外，美国社会是很难打进去的。有一些中国人可以毕生不说英文，依然能过日子。神话传说中说一人成道，鸡犬升天，那一些中国人把一块中国原封不动地搬过了汪洋浩瀚的太平洋，带着鸡犬，过同在中国完全一样的日子，笑骂由他笑骂，好饭我自吃之，这究竟有什么意义呢？我同国璋禁不住唏嘘不已。"回思寒夜话明昌，相对南冠泣数行。"我们不是楚囚，也无明昌可话，但是我们的心情是沉重的，我们是欲哭无泪了。岂不大可哀哉！

最让我忆念难忘的是在我八十岁诞辰庆祝会上，我同国璋兄的会面。人生八十，寿登耄耋，庆祝一下，未可厚非。但自谓并没有做出什么了不起的成绩，而校系两级竟举办了这样大规模的庆祝活动。大会在电教大厅举行。本来只能容四百多人的地方，竟到了五六百人。多年不见的毕业老同学都从四面八方来到燕园，向我表示祝贺。我的家乡的书记也不远千里来了。澳门的一些朋友也来了。我心里实在感到不安。最让我感动的是接近米寿的冯至先生来了，我的老友，身体虚弱、疾病缠身的吴组缃兄也坐着轮椅来了。我既高兴，又忐忑不安，感动得我手忙脚乱，一时竟说不出话来。

又实在出我意料，国璋兄也带着一个大花篮来了。我们一见面，仿佛有什么暗中的力量在支配着我们，不禁同时伸出了双臂，拥抱在一起。大家都知道，这种方式在当前的中国还是比较陌生的。可我们为什么竟同时伸出了双臂呢？中国古人说："诚于中，形于外。"在我们两人的心中，不知道从什么时候早已埋下了超乎寻常的感情，一种"贵相知心"的感情。在当时那一种场合下，自然而然地爆发了出来，我们只能互相拥抱了。

在我漫长的一生中，那一次祝寿会是空前的，是我完全没有意料到的。我周旋在男女老少五六百人的人流中，我眼前仿佛是一个春天的乐园，每一个人的笑容都幻化成一朵盛开的鲜花，姹紫嫣红，一片锦绣。当我站在台上讲话的时候，心中一时激动，眼泪真欲夺眶而出，片刻沉默，简直说不出话来。此情此景，至今记忆犹新。

我已年届耄耋，一生活得时间既长，到的地方又多。我曾到过三十来个国家，有的国家我曾到过五六次之多，本来应该广交天下朋友，但是情况并非如此。我确实交了一些朋友，一些素心人，但是数目并不太多。我自己检查，我天生是一个内向的人，我自谓是性情中人。在当今世界上，像我这样的人是不合时宜的。但是，造化小儿仿佛想跟我开玩笑，他让时势硬把我"炒"成了一个社会活动家，甚至国际活动家。每当盛大场合，绅士淑女，峨冠博带，珠光宝气，照射牛斗。我看有一些天才的活动家，周旋其中，左一握手，右一点头，如鱼得水，畅游无碍。我内心真有些羡煞愧煞。我局促在一隅，手足无所措，总默祷苍天，希望盛会早散，还我自由。这样的人而欲广交朋友，岂不等于骆驼想钻针眼吗？

我因此悟到：交友之道，盖亦难矣。其中有机遇，有偶合，有一见如故，有相对茫然。友谊的深厚并不与会面的时间长短成正比。往往有人相交数十年，甚至天天对坐办公，但是感情总是如油投水，决不会融洽。天天"今天天气，哈，哈，哈"，天天像英国人所说的那样像一对豪猪，必须保持一定的距离，天天在演"三岔口"，到了成不了真正的朋友。

反观我同国璋兄的关系，情况却完全不同。我们并不在一个学校工作，见面的次数相对说来并不是太多。我们好像真是一见如故，一见倾心，没有费多少周折。我们也都并没有清晰地意识到，我们终于成了朋友，成了知己的朋友。难道真如佛家所说的那样人与人之间有缘分吗？

了解了我在上面说的这个过程，就能够知道，国璋的逝世对我的心灵是多么大的打击。我们俩都是唯物主义者，不信有什么来生，有什么天堂。能够有来生和天堂的信仰，也不是坏事，至少心灵可以得到点安慰。但是，我办不到。我相信我们都只有一次生命，一别便永远不能再会。可是，如果退一步想，在仅有的一次生命中，我们居然能够相逢，而且成了朋友，这难道不能算是最高的幸福吗？遗体告别的那一天，有人劝我不要去。我心里想的却是，即使我不能走，我爬也要爬到八宝山。这最后的一面我无论如何也要见的。当我看到国璋安详地躺在那里时，我泪如泉涌，真想放声痛哭一场。从此人天暌隔，再无相见之日了。呜呼，奈之何哉！奈之何哉！

1994 年 9 月 24 日

回忆陈寅恪先生

别人奇怪，我自己也奇怪：我写了这样多的回忆师友的文章，独独遗漏了陈寅恪先生。这究竟是为什么呢？对我来说，这是事出有因，查亦有据的。我一直到今天还经常读陈先生的文章，而且协助出版社出先生的全集。我当然会时时想到寅恪先生的。我是一个颇为喜欢舞笔弄墨的人，想写一篇回忆文章，自是意中事。但是，我对先生的回忆，我认为是异常珍贵的，超乎寻常地神圣的。我希望自己的文章不要玷污了这一点神圣性，故而迟迟不敢下笔。到了今天，北大出版社要出版我的《怀旧集》，已经到了非写不行的时候了。

要论我同寅恪先生的关系，应该从六十五年前的清华大学算起。我于1930年考入国立清华大学，入西洋文学系（不知道从什么时候起改名为外国语文系）。西洋文学系有一套完整的教学计划，必修课规定得有条有理，完完整整。但是给选修课留下的时间却是很富裕的。除了选修课以外，还可以旁听或者偷听。教师不以为忤，学生各得其乐。我曾旁听过朱自清、俞平伯、郑振铎等先生的课，都安然无恙，而且因此同郑振铎先生建立了终生的友谊。但也并不是一切都一帆风顺。我同一群学生去旁听冰心先生的课。她当时极年轻，而名满天下。我们是慕名而去的。冰心先生满脸庄严，不苟言笑，看到课堂上挤满了这样多学生，知道其中有"诈"，于是威仪俨然地下了"逐客令"："凡非选修此课者，下一堂不许再来！"我们悚然而听，憬然而退，从此不敢再进她讲课的教室。四十多年以后，我同冰心重逢，她已经变成了一个慈祥和蔼的老人，由怒目金刚一变而为慈眉菩萨。我向她谈起她当年"逐客"的事情，她已经完全忘记，我们相视而笑，有会于心。

就在这个时候，我旁听了寅恪先生的"佛经翻译文学"。参考书用的是《六祖坛经》，我曾到城里一个大庙里去买过此书。寅恪师讲课，同他写文章一样，先把必要的材料写在黑板上，然后再根据材料进行解释、考证、分析、综合，对地名和人名更是特别注意。他的分析细入毫发，如剥蕉叶，愈剥愈细愈剥愈深，然而一本实事求是的精神，不武断，不夸大，不歪曲，不断章取义。他仿佛引导我们走在山阴道上，盘旋曲折，山重水复，柳暗花明，最终豁然开朗，把我们引上阳关大道。读他的文章，听他的课，简直是一种享受，无法比拟的享受。在中外众多学者中，能给我这种享受的，国外只有亨利希·吕德斯（Heinrich Lüders），在国内只有陈师一人。他被海内外学人公推为考证大师，是完全应该的。这种学风，同后来滋害流毒的"以论代史"的学风，相差不可以道里计。然而，茫茫士林，难得解人，一些鼓其如簧之舌惑学人的所谓"学者"，骄纵跋扈，不禁令人浩叹矣。寅恪师这种学风，影响了我的一生。后来到德国，读了吕德斯教授的书，并且受到了他的嫡传弟子瓦尔德施密特（Waldschmidt）教授的教导和熏陶，可谓三生有幸，可惜自己的学殖瘠茫，又限于天赋，虽还不能说无所收获，然而犹如细流比沧海，空怀仰止之心，徒增效颦之恨。这只怪我自己，怪不得别人。

总之，我在清华四年，读完了西洋文学系所有的必修课程，得到了一个学士头衔。现在回想起来，说一句不客气的话：我从这些课程中收获不大。欧洲著名的作家，什么莎士比亚、歌德、塞万提斯、莫里哀、但丁等等的著作都读过，连现在忽然时髦起来的《尤利西斯》和《追忆似水年华》等等也都读过。然而大都是浮光掠影，并不深入。给我留下深远影响的课反而是一门旁听课和一门选修课。前者就是在上面谈到寅恪师的"佛经翻译文学"；后者是朱光潜先生的"文艺心理学"，也就是美学。关于后者，我在别的地方已经谈过，这里就不再赘述了。

在清华时，除了上课以外，同陈师的接触并不太多。我没到他家去过一次。有时候，在校内林荫道上，在熙往攘来的学生人流中，会见到陈师去上课。身着长袍，朴素无华，肘下夹着一个布包，里面装满了讲课时用的书籍和资料。不认识他的人，恐怕大都把他看成是琉璃厂某一个书店的到清华来送书的老板，决不会知道，他就是名扬海内外的大学者。他同当时清华留洋归来的大多数西装革履、发光鉴人的教授，迥乎不同。在这一方面，他也给我留下了毕生难忘的印象，令我受益无穷。

离开了水木清华，我同寅恪先生有一个长期的别离。我在济南教了一年国文，就到了德国哥廷根大学。到了这里，我才开始学习梵文、巴利文和吐火罗文。在我一生治学的道路上，这是一个至关重要的转折点。我从此告别了歌德和莎士比亚，同释迦牟尼和弥勒佛打起交道来。不用说，这个转变来自寅恪先生的影响。真是无巧不成书,我的德国老师瓦尔德施密特教授同寅恪先生在柏林大学是同学,同为吕德斯教授的学生。这样一来,我的中德两位老师同出一个老师的门下。有人说:"名师出高徒。"我的老师和太老师们不可谓不"名"矣,可我这个徒却太不"高"了。忝列门墙,言之汗颜。但不管怎样说,这总算是一个中德学坛上的佳话吧。

我在哥廷根十年,正值二战,是我一生精神上最痛苦然而在学术上收获却是最丰富的十年。国家为外寇侵入,家人数年无消息,上有飞机轰炸,下无食品果腹。然而读书却无任何干扰。教授和学生多被征从军。偌大的两个研究所:印度学研究所和汉学研究所,都归我一个人掌管。插架数万册珍贵图书,任我翻阅。在汉学研究所深深的院落里,高大阴沉的书库中;在梵学研究所古老的研究室中,阒无一人。天上飞机的嗡嗡声与我腹中的饥肠辘辘声相应和。闭目则浮想联翩,神驰万里,看到我的国,看到我的家。张目则梵典在前,有许多疑难问题,需要我来发覆。我此时恍如遗世独立,苦欤?乐欤?我自己也回答不上来了。

经过了轰炸的炼狱,又经过了饥饿,到了1945年,在我来到哥廷根十年之后,我终于盼来了光明,东西法西斯垮台了。美国兵先攻占哥廷根,后来英国人来接管。此时,我得知寅恪先生在英国医目疾。我连忙写了一封长信,向他汇报我十年来学习的情况,并将自己在哥廷根科学院院刊及其他刊物上发表的一些论文寄呈。出乎我意料地迅速,我得了先生的复信,也是一封长信,告诉我他的近况,并说不久将回国。信中最重要的事情是说,他想向北大校长胡适、代校长傅斯年、文学院长汤用彤几位先生介绍我到北大任教。我真是喜出望外,谁听到能到最高学府来任教而会不引以为荣呢？我于是立即回信，表示同意和感谢。

　　这一年深秋，我终于告别了住了整整十年的哥廷根，怀着"客树回看成故乡"的心情，一步三回首地到了瑞士。在这个山明水秀的世界公园里住了几个月，1946年春天，经过法国和越南的西贡，又经过香港，回到了上海。在克家的榻榻米上住了一段时间。从上海到了南京，又睡到了长之的办公桌上。这时候，寅恪先生也已从英国回到南京。我曾谒见先生于俞大维官邸中。谈了谈阔别十多年以来的详细情况，先生十分高兴，叮嘱我到鸡鸣寺下中央研究院去拜见北大代校长傅斯年先生，特别嘱咐我带上我用德文写的论文，可见先生对我爱护之深以及用心之细。

　　这一年的深秋，我从南京回到上海，乘轮船到了秦皇岛，又从秦皇岛乘火车回到了阔别十二年的北京（当时叫北平）。由于战争关系，津浦路早已不通，回北京只能走海路，从那里到北京的铁路由美国少爷兵把守，所以还能通车。到了北京以后，一片"落叶满长安"的悲凉气象。我先在沙滩红楼暂住，随即拜见了汤用彤先生。按北大当时的规定，从海外得到了博士学位回国的人，只能任副教授，在清华叫做专任讲师，经过几年的时间，才能转向正教授。我当然不能例外，而且心悦诚服，没有半点非分之想。然而过了大约一周的光景，汤先生告诉我，我已被聘为正教授，兼东方语言文学系的系主任。这真是石破天惊，大大地出我意料。我这个当一周副教授的纪录，大概也可以进入吉尼斯世界纪录了吧。说自己不高兴，那是谎言，那是矫情。由此也可以看出老一辈学者对后辈的提携和爱护。

　　不记得是在什么时候，寅恪师也来到北京，仍然住在清华园。我立即到清华去拜见。当时从北京城到清华是要费一些周折的,宛如一次短途旅行。沿途几十里路全是农田。秋天青纱帐起,还真有绿林人士拦路抢劫的。现在的年轻人很难想象了。但是,有寅恪先生在,我决不会惮于这样的旅行。在三年之内,我颇到清华园去过多次。我知道先生年老体弱,最喜欢当年住北京的天主教外国神甫亲手酿造的栅栏红葡萄酒。我曾到今天市委党校所在地当年神甫们的静修院的地下室中去买过几次栅栏红葡萄酒,又长途跋涉送到清华园,送到先生手中,心里颇觉安慰。几瓶酒在现在不算什么。但是在当时,通货膨胀已经达到了钞票上每天加一个"0"还跟不上物价飞速提高的速度的情况下,几瓶酒已经非同小可了。

有一年的春天,中山公园的藤萝开满了紫色的花朵,累累垂垂,紫气弥漫,招来了众多的游人和蜜蜂。我们一群弟子们,记得有周一良、王永兴、汪篯等,知道先生爱花。现在虽患目疾,迹近失明;但据先生自己说,有些东西还能影影绰绰看到一团影子。大片藤萝花的紫光,先生或还能看到。而且在那种兵荒马乱、物价飞涨、人命微浅、朝不虑夕的情况下,我们想请先生散一散心,征询先生的意见,他怡然应允。我们真是大喜过望,在来今雨轩藤萝深处,找到一个茶桌,侍先生观赏紫藤。先生显然兴致极高。我们谈笑风生,尽欢而散。我想,这也许是先生在那样的年头里最愉快的时刻。

还有一件事,也给我留下了毕生难忘的回忆。在解放前夕,政府经济实已完全崩溃。从法币改为银圆券,又从银圆券改为金圆券,越改越乱,到了后来,到粮店买几斤粮食,携带的这币那券的重量有时要超过粮食本身。学术界的泰斗、德高望重、被著名的史学家郑天挺先生称之为"教授的教授"的陈寅恪先生也不能例外。到了冬天,他连买煤取暖的钱都没有,我把这情况告诉了已经回国的北大校长胡适之先生。胡先生最尊重最爱护确有成就的知识分子。当年他介绍王静庵先生到清华国学研究院去任教,一时传为佳话。寅恪先生在《王观堂先生挽词》中有几句诗"鲁连黄鹞绩溪胡,独为神州惜大儒。学院遂闻传绝业,园林差喜适幽居",讲的就是这一件事。现在却轮到适之先生再一次"独为神州惜大儒"了,而这个"大儒"不是别人,竟是寅恪先生本人。适之先生想赠寅恪先生一笔数目颇大的美元。但是,寅恪先生却拒不接受。最后寅恪先生决定用卖掉藏书的办法来取得适之先生的美元。于是适之先生就派他自己的汽车——顺便说一句,当时北京汽车极为罕见,北大只有校长的一辆——让我到清华陈先生家装了一车西文关于佛教和中亚古代语言的极为珍贵的书。陈先生只收两千美元。这个数目在当时虽不算少,然而同书比起来,还是微不足道的。在这一批书中,仅一部《圣彼得堡梵德大词典》市价就远远超过这个数目了。这一批书实际上带有捐赠的性质。而寅恪师对于金钱的一芥不取的狷介性格,由此也可见一斑了。

在这三年内,我同寅恪师往来颇频繁。我写了一篇论文《浮屠与佛》,首先读给他听,想听听他的批评意见。不意竟得到他的赞赏。他把此文介绍给《中央研究院历史语言研究所集刊》发表。这个刊物在当时是最具权威性的刊物,简直有点"一登龙门,声价十倍"的威风。我自然感到受宠若惊。差幸我的结论并没有瞎说八道,几十年以后,我又写了一篇《再谈浮屠与佛》,用大量的新材料,重申前说,颇得到学界同行们的赞许。

在我同先生来往的几年中,我们当然会谈到很多话题。谈治学时最多，政治也并非不谈但极少。寅恪先生决不是一个"闭门只读圣贤书"的书呆子。他继承了中国"士"的优良传统：天下兴亡，匹夫有责。从他的著作中也可以看出，他非常关心政治。他研究隋唐史，表面上似乎是满篇考证，骨子里谈的都是成败兴衰的政治问题，可惜难得解人。我们谈到当代学术，他当然会对每一个学者都有自己的看法。但是，除了对一位明史专家外，他没有对任何人说过贬低的话。对青年学人，只谈优点，一片爱护青年学者的热忱。真令人肃然起敬。就连那一位由于误会而对他专门攻击，甚至说些难听的话的学者，陈师也从来没有说过半句褒贬的话。先生的盛德由此可见。鲁迅先生从来不攻击年轻人，差堪媲美。

  时光如电，人事沧桑，转眼就到了1948年年底。解放军把北京城团团包围住。胡适校长从南京派来了专机，想接几个教授到南京去，有一个名单。名单上有名的人，大多数都没有走，陈寅恪先生走了。这又成了某一些人探讨研究的题目：陈先生是否对共产党有看法？他是否对国民党留恋？根据后来出版的浦江清先生的日记，寅恪先生并不反对共产主义，他反对的仅是苏联牌的共产主义。在当时，这也许是一个怪想法，甚至是一个大逆不道的想法。然而到了今天，真相已大白于天下，难道不应该对先生的睿智表示敬佩吗？至于他对国民党的态度，最明显地表现在他对蒋介石的态度上。1940年，他在《庚辰暮春重庆夜宴归作》这一首诗中写道："食蛤那知天下事，看花愁近最高楼。"吴宓先生对此诗作注说："寅恪赴渝，出席中央研究院会议，寓俞大维妹丈宅。已而蒋公宴请中央研究院到会诸先生。寅恪于座中初次见蒋公，深觉其人不足为，有负厥职，故有此诗第六句。"按即

"看花愁近最高楼"这一句。寅恪师对蒋介石,也可以说是对国民党的态度表达得不能再清楚明白了。然而,几年前,一位台湾学者偏偏寻章摘句,说寅恪先生早有意到台湾去。这真是天下一大怪事。

到了南京以后,寅恪先生又辗转到了广州,从此就留在那里没有动。他在台湾有很多亲友,动员他去台湾者,恐怕大有人在,然而他却岿然不为所动。其中详细情况,我不得而知。我们国家许多领导人,包括周恩来、陈毅、陶铸、郭沫若等等,对陈师礼敬备至。他同陶铸和老革命家兼学者的杜国庠,成了私交极深的朋友。在他晚年的诗中,不能说没有欢快之情,然而更多的却是抑郁之感。现在回想起来,他这种抑郁之感能说没有根据吗?能说不是查实有据吗?我们这一批老知识分子,到了今天,都已成了过来人。如果不昧良心说句真话,同陈师比较起来,只能说我们愚钝,我们麻木,此外还有什么话好说呢?

1951年,我奉命随中国文化代表团,访问印度和缅甸。在广州停留了相当长的时间,准备将所有的重要发言稿都译为英文,我当然不会放过这个机会的,我到岭南大学寅恪先生家中去拜谒。相见极欢,陈师母也殷勤招待。陈师此时目疾虽日益严重,仍能看到眼前的白色的东西。有关领导,据说就是陈毅和陶铸,命人在先生楼前草地上铺成了一条白色的路,路旁全是绿草,碧绿与雪白相映照,供先生散步之用。从这一件小事中,也可以看到我们国家对陈师尊敬之真诚了。陈师是极富于感情的人,他对此能无所感吗?

然而,世事如白云苍狗,变幻莫测。解放后不久,正当众多的老知识分子兴高采烈、激情未熄的时候,华盖运便临到头上。

运动一个接着一个，针对的全是知识分子。批完了《武训传》，批俞平伯，批完了俞平伯，批胡适，一路批，批，批，斗，斗，斗，最后批到了陈寅恪头上。此时极大规模的、遍及全国的反右斗争还没有开始。老年反思，我在政治上是个蠢材。对这一系列的批和斗，我是心悦诚服的，一点没有感到其中有什么问题。我虽然没有明确地意识到，在我灵魂深处，我真认为中国老知识分子就是"原罪"的化身，批是天经地义的。但是，一旦批到了陈寅恪先生头上，我心里却感到不是味。虽然经人再三动员，我却始终没有参加到这一场闹剧式的大合唱中去。我不愿意厚着面皮，充当事后的诸葛亮，我当时的认识也是十分模糊的，但是，我毕竟没有行动。现在时过境迁，在四十年之后，想到我没有出卖我的良心，差堪自慰，能够对得起老师在天之灵了。

可是，从那以后，直到老师于1969年在空前浩劫中被折磨得离开了人世，将近二十年中，我没能再见到他。现在我的年龄已经超过了他在世的年龄五年，算是寿登耄耋了。现在我时常翻读先生的诗文。每读一次，都觉得有新的收获。我明确意识到，我还未能登他的堂奥。哲人其萎，空余著述。我却是进取有心，请益无人，因此更增加了对他的怀念。我们虽非亲属，我却时有风木之悲。这恐怕也是非常自然的吧。

我已经到了望九之年，虽然看样子离开为自己的生命画句号的时候还会有一段距离，现在还不能就作总结；但是，自己毕竟已经到了日薄西山、人命危浅之际，不想到这一点也是不可能的。我身历几个朝代，忍受过千辛万苦。现在只觉得身后的路漫长无边，眼前的路却是越来越短，已经是很有限了。我并没有倚老卖老，苟且偷安，然而我却明确地意识到，我成了一个"悲剧"人物。我的悲剧不在于我不想"不用扬鞭自奋蹄",不想"老骥伏枥,志在千里",而是在"老骥伏枥,志在万里"。自己现在承担的或者被迫承担的工作,头绪繁多,五花八门,纷纭复杂,有时还矛盾重重,早已远远超过了自己的负荷量,超过了自己的年龄。这里面,有外在原因,但主要是内在原因。清夜扪心自问:自己患了老来疯了吗?你眼前还有一百年的寿命吗?可是,一到了白天,一接触实际,件件事情都想推掉,但是件件事情都推不掉,真仿佛京剧中的一句话:"马行在夹道内,难以回马。"此中滋味,只有自己一人能了解,实不足为外人道也。

在这样的情况下,我有时会情不自禁地回想自己的一生。自己究竟应该怎样来评价自己的一生呢?我虽遭逢过大大小小的灾难,像"十年浩劫"那样中国人民空前的愚蠢到野蛮到令人无法理解的灾难,我也不幸——也可以说是有"幸"身逢其盛,几乎把一条老命搭上;然而我仍然觉得自己是幸运的,自己赶上了许多意外的机遇。我只举一个小例子。自从盘古开天地,不知从哪里吹来了一股神风,吹出了知识分子这个特殊的族类。知识分子有很多特点。在经济和物质方面是一个"穷"字,自古已然,于今为烈。在精神方面,是考试多如牛毛。在这里也是自古已然,于今为烈。例子俯拾即是,不必多论。我自己考了一辈子,自小学、中学、大学,一直到留学,月有月考,季有季考,还有什么全国通考,考得一塌糊涂。可是我自己在上百场国内外的考试中,从来没有名落孙山。你能说这不是机遇好吗?

但是,俗话说:"一个篱笆三个桩,一个好汉三个帮。"如果没有人帮助,一个人会是一事无成的。在这方面,我也遇到了极幸运的机遇。生平帮过我的人无虑数百。要我举出人名的话,我首先要举出的，在国外有两个人，一个是我的博士论文导师瓦尔德施密特教授，另一个是教吐火罗语的老师西克教授。在国内的有四个人：一个是冯友兰先生，如果没有他同德国签订德国清华交换研究生的话，我根本到不了德国。一个是胡适之先生，一个是汤用彤先生，如果没有他们的提携的话，我根本来不到北大。最后但不是最少，是陈寅恪先生。如果没有他的影响的话，我不会走上现在走的这一条治学的道路，也同样是来不了北大。至于他为什么不把我介绍给我的母校清华，而介绍给北大，我从来没有问过他，至今恐怕永远也是一个谜，我们不去谈它了。

我不是一个忘恩负义的人。我一向认为，感恩图报是做人的根本准则之一。但是，我对他们四位，以及许许多多帮助过我的师友怎样"报"呢？专就寅恪师而论，我只有努力学习他的著作，努力宣扬他的学术成就，努力帮助出版社把他的全集出全、出好。我深深地感激广州中山大学的校领导和历史系的领导，他们再三举办寅恪先生学术研讨会，包括国外学者在内，群贤毕至。中大还特别创办了陈寅恪纪念馆。所有这一切，我这个寅恪师的弟子都看在眼中，感在心中，感到很大的慰藉。国内外研究陈寅恪先生的学者日益增多，先生的道德文章必将日益发扬光大，这是毫无问题的。这是我在垂暮之年所能得到的最大的愉快。

然而，我仍然有我个人的思想问题和感情问题。我现在是"后已见来者"，然而却是"前不见古人"，再也不会见到寅恪先生了。我心中感到无限的空漠，这个空漠是无论如何也填充不起来了。掷笔长叹，不禁老泪纵横矣。

1995 年 12 月 1 日